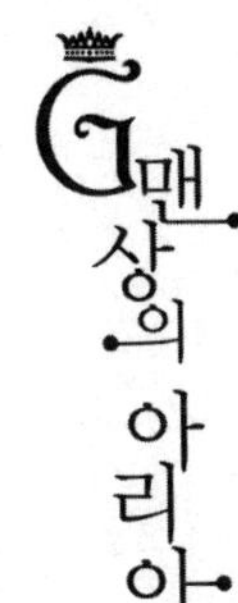

G맨상의 아리아 1

초판 1쇄 찍은 날 ｜ 2013년 4월 12일
초판 1쇄 펴낸 날 ｜ 2013년 4월 19일

지은이 ｜ 이정숙
펴낸이 ｜ 서경석

편집장 ｜ 권태완
편 집 ｜ 장미연
디자인 ｜ 신현아

펴낸곳 ｜ 도서출판 청어람
등록번호 ｜ 제1081-1-89호
등록일자 ｜ 1999. 5. 31
어람번호 ｜ 제5-0332호

주소 ｜ 경기도 부천시 원미구 심곡2동 163-2 서경B/D 3F (우) 420-822
전화 ｜ 032-656-4452 팩스 ｜ 032-656-4453
http://www.chungeoram.com
E-mail ｜ chungeorambook@daum.net

ⓒ 이정숙, 2013

ISBN 978-89-251-3245-7 04810
ISBN 978-89-251-3244-0 (SET)

G맨, 상승의 아리아
'G멀맨'에게 붙잡힌 아내
1
이정숙 장편 소설
Chungeoram romance novel
도서출판 청어람

CONTENTS

prologue
감정상실증 (感情喪失症)

"이 시간에 네가 왜 여기 있어?"

뭔가가 이상해서 아리는 잠시 멍했다.

병원에서 느꼈던 기묘한 혼란은 역시 그녀의 착각이 아니었나 보다. 정말 그의 어딘가가 달라져 있었다. 싸늘한 말도 말이지만 그녀를 보는 눈이 명백히 멀어 보였다.

알 수 없는 위화감.

마치 전혀 모르는 사람처럼.

경막하혈종(subdural hematoma, SDH)

뇌혈관이 터지면서 혈액이 새어 나와 뇌와 뇌의 질긴 바깥쪽

막 사이에 쌓이게 되는 것. 쉽게 말해서 뇌가 피를 흘리는 것이라고 할 수 있다. 증상으로는 경미한 두통, 오심, 구토, 기억상실, 균형 감각 소실이나 보행 장애, 그리고 성격의 변화가 있다.

출혈이 언어와 운동 능력을 조절하는 부분에서 일어나므로 마취에서 깨어날 때의 반응, 혹은 통증으로 성격이 바뀔 수 있다.

분노, 시기, 증오, 슬픔, 행복, 사랑, 기쁨, 우울, 만족, 흥분, 애절, 설렘, 감동, 의심, 쾌락, 걱정, 불안, 격노, 비애 등 모든 복잡한 감정들.

기억은 그대로 있는데 어느 날 뇌 속에서 감정만이 싹 사라진다.

저 여자를 좋아했다는 fact는 알겠다.

하지만 어떻게, 어떤 식으로 좋아했는지 그 '좋아했다는' 감정이 도통 뭔지 모르겠다. 'fact'만 있지 'real'을 전혀 느낄 수 없게 되었다.

저 여자는 대체 나한테 뭐지?

오아리 넌 대체 나한테 무슨 의미냐?

1편

통칭 'G랄맨!'

"열한 시에 이사급 회의가 있고, 열두 시 한국재단 최부식 이사장님 주최 오찬 모임이 있습니다. 열네 시 에스제이 물산 정영태 상무와 미팅 후 J호텔 리셉션 참석, 열여섯 시 백봉그룹 백봉식 회장님의 자서전 출간기념파티가 있습니다만…… 전부 안 가실 거죠?"

"안 가."

"다른 건 몰라도 백봉식 회장님 자서전 출간기념파티엔 얼굴이라도 비추셔야 할 텐데요. 회장님과 오십 년 이상 우정을 쌓으신 막역지우이신데, 참석 안 했단 사실이 회장님께 알려지면 제 선에서 막을 수가 없습니다."

“젠장, 그게 또 그런가?”

“그렇습니다.”

“그럼…….”

“참석하시게요?”

“아니, 안 가.”

순간 오 비서의 눈썹이 소금 뿌려진 실지렁이처럼 꿈틀거렸다.

‘이 쉑! 그럴 거면 왜 참석할 것처럼 뜸을 들였냐고, 이 사장 자식아!’

“그럼 그렇게 처리하겠습니다.”

“뭘 어떻게 처리할 건데?”

“모두 불참이라고요.”

“되도록 뒷말 안 들려오게 제대로 해.”

“제가 언제 한 번이라도 실수한 적 있나요?”

저건 뭐 말 안 듣는 자식도 아니니 패줄 수도 없고.

오 비서는 족히 삼 년은 뱃속에서 발효되었을 듯한 깊고 찐득 찐득한 한숨을 푹 내쉬었다. 비서직 3년 동안 늘어난 거라고는 저 사장 놈 뒤치다꺼리뿐이다.

생각 같아서는 ‘더 이상 네 더러운 성깔머리 맞춰주면서 이깟 변명과 거짓으로 점철된 인생 따위 살지 않을 테야!’ 라고 스케 줄 수첩 내던져 버리고 도망가고 싶지만 밥줄이니 어쩌겠는가. 게다가 비위만 잘 맞추면 타 회사 비서 대비 세 배의 연봉을 챙길 수 있었다. 돈이라면 휴지 대신 쓸 정도로 넘쳐 나는 게 저 재수 없는 인간이니까.

"그럼 이후엔 회사로 들어가시겠습니까?"

"양평으로."

"회장님께서 당분간 별장에 발길 끊으시라고……."

"밥줄 끊길래?"

"김 기사, 양평으로."

당연히 회사로 갈 줄 알았던 김 기사는 잠깐 중앙차선 사이에서 방황하더니 곧 페이스를 찾고 양평 방향으로 차를 돌렸다.

젊은 사장을 남들 정상 출근하는 평일 정시에 회사로 들여보내는 게 이다지도 힘들다니. 늘 있는 일이지만 오늘도 또 사장을 딴 데로 새게 하면 저 사장 놈이 아닌 김 기사의 정강이가 까인다, 바로 회장님께.

하지만 어쩌겠는가. 직통 고용주의 말을 따라야지.

아니, 조인트를 까려면 정신 못 차리는 자기 손자를 까야지 왜 죄 없는 아랫것들을 괴롭히느냔 말이다. 회장님 왈, 사장이 뭐라고 뻗대건 무조건 회사로 실어 나르라는데 어디 저 사장 놈이 말을 들을 위인이냐고요. 회장 네 손자이니 네가 더 잘 알 것 아니니.

아무튼 회장이 더 문제다. 고슴도치도 자기 자식은 예쁘다고, 저 안하무인에 대가리엔 싹퉁바가지밖에 안 든 저것도 손자라고 땅콩 껍질 벗기듯 후후 불며 금이야 옥이야 조심스럽게 떠받

드는 걸 보면 기도 안 찬다. 덕분에 아랫것들만 어르신의 위협에 죽어 나갈 판이다.

"아, 얘 또 전화하고 난리네."

그때 뒷좌석에서 엿가락의 화신이라도 되는 양 사지를 늘어뜨리고 있던 사장 놈이 진동하는 휴대폰을 오 비서에게 내던지며 짜증을 냈다.

"귀찮으니까 가방 하나 사서 보내. 입 쑥 들어가게 비싼 걸로."

휴대폰을 보니 얼마 전에 회장님의 성화로 맞선을 본 '수진물산'의 고명딸로 몸매, 외모 죽여주지만 성질은 더러운 그 아가씨였다.

물론 저 사장 놈도 금수저 물고 태어난 죄로 한 달 평균 이십 회 이상의 선을 보고 다녀야 하니 맞선녀들이 징글징글하기도 하겠지만, 이런 일은 네가 좀 하란 말이다!

"살다 살다 이젠 남의 연애사에까지 끼어들게 생겼네."

"뭐?"

"제가 뭐라고 했나요? 그런데 계속 전화하실 텐데, 곤란하시면 제가 대신 받을까요?"

"됐어. 그러다 지치면 말겠지."

그래 주면 다행이겠지만.

믿기진 않지만 수진물산 고명딸은 첫 만남에 저 미친 사장한테 한눈에 반해 목을 매는 중이었다. 아니, 그 정도로 배경 되고 미모 되면 머리는 나빠도 눈은 높을 텐데, 어디 반할 데가 없어서 저런 또라이한테 반하고 난릴까.

"차라리 한 번 만나주는 게 어떠세요? 회장님도 두 분이 얼마나 자주 만나는지 체크하시는 것 같고."

이 미친 사장을 모시면서 별의별 잡일에 막일을 다 했지만, 이렇게 연애사까지 간섭하고 있다 보면 정말이지 프로 비서로서의 자긍심이 무너지곤 한다. 제아무리 이상한 지시라도 웬만하면 두말 않고 따르는 편이지만 연애사까지는 좀 아니지 않나? 그래도 어쩌겠는가. 먹고살려면 할 건 해야지.

"지지난주 금요일 십팔 시에서 이십 시까지 약 두 시간 동안 청담동 일식집에서 술과 요리를 하신 이후로 한 번도 만나지 않으셨습니다. 이대로 보고가 올라갈 텐데요."

"올라가라고 해."

"양평 들어가시기 전에 잠시 만나는 건 어떠세요?"

"시간 없어."

"스케줄 지금 다 미루고 있습니다만?"

"귀찮아."

'아, 그럼 차버리든가!'

귀에서 증기기관차 소리가 뻑뻑 날 것 같았지만 오 비서는 얼른 열불을 가라앉히고 다이어리에 '수진물산 딸 가방 보내기'라고 적어 넣었다.

“C사 걸로.”

‘C사 가방’이라고 추가하고 그 위에 ‘G맨의 추천’이라고 쓴 다음 밑줄 쫙쫙에 별표까지 했다. 혹시라도 실수하면 바로 죽음이다.

여기서 ‘G맨’이란 저 미친 사장 놈의 별명 ‘지랄맨’의 약자다. 회사에선 아주 유명한 별명으로, 이 회사에서 월급 받는 인간들은 다 알되 회장이랑 당사자만 모르는 그의 정식 코드명이다.

통칭 ‘지랄맨’.

줄여서 ‘G맨’.

본명 ‘하태규’.

입만 열지 않으면 기품 있는 외모, 입만 열지 않으면 축복처럼 타고난 세련된 근육질의 몸매, 입만 열지 않으면 한 폭의 그림 같은 분위기.

“이런 미친 새끼들, 이따위 걸 기획안이라고 올려놓고 감히 내 사인을 받겠다고? 아주 잘리고 싶어 환장들을 했구만. 야, 차 돌려! 회사로 다시 가!”

하지만 입을 여는 순간 한 마리 악귀가 출몰한다. 아니, 늘 악귀였다가 잠깐 입 다물고 있을 때 남들의 안구에 젠틀맨인 양 사기 치는 것일 뿐.

양평 가서 늘어지게 처놀기만 할 줄 알았더니 결재가 급한 기획안을 몇 개 챙겨 왔나 보다. 대외적인 미팅이나 모임엔 죽어라 안 나가면서도 신기하게도 제 할 일은 최소한으로 압축해서 한다. 아니, 놈팡이 재벌 후계자 놀이를 할 거면 쭉 일관성 있게 하든가, 할 일 다 하면서 지랄을 떠니 뭐라고 할 수도 없고.

어이없게도 그 잘난 두뇌로 남들보다 수배는 짧은 시간에 일을 척척 해치웠다. 한때 일선에 있을 땐 대단했단 평이 있지만, 자신은 못 봤으니 모르겠다. 오십 명분의 일을 혼자 처리했다든가 어쨌다든가. 흔히 '두 개의 심장'이란 말이 있지만 저 인간의 경우에는 '두 개의 뇌'라고 하면 적당했다.

남들은 그렇게 일할 시간 줄여서 효율적으로 일하면 보통 칭찬을 받는데 저 인간은 욕만 얻어먹는다. 이유는 남들이 죽도록 해놓은 일의 취약점을 너무나 간단하게 파악해 버리기 때문이다. 그게 어떻게 한 번 보는 것만으로 눈에 확 들어올까? 그럼 그걸 좀 부드럽게 설명해 주면 좋을 텐데, 아주 주리를 틀어 기름을 짜내려고 달려드니 문제였다.

다들 저 같은 줄 아냐고요. 잘난 집구석에서 엘리트코스 교육받고 잘난 머리 이용해서 최소한의 투시만으로 남들보다 수배의 효과를 내는 거, 그게 안 되니까 다들 주말, 휴일 반납하고 야근에 뺑뺑이 치며 일에 매달리는 거다. 근데 그걸 갖고 사람을 개 잡듯 잡아버리니.

"뭘 꾸물거리고 있어! 밟아! 다리 부러졌어? 엑셀이 뭔지 몰라? 이걸 속도라고 내고 있어?"

"죄, 죄송합니다."

"사과할 시간에 밟으라고! 사과하면 속도가 더 빨라져? 회사가 가까워지기라도 해? 대체 그 하나마나한 사과는 왜 주구장창 하는데? 걸어가도 이것보단 빠르겠네. 지금 개기냐?"

"아, 아닙니다. 제가 어떻게 감히……."

"근데 왜 기어가? 날아가야 할 거 아니야! 도로 사정이 변하지 못하면 너 자신이라도 변하려고 머리를 써야지! 이대로 살다가 급할 때마다 죄송하다고 사과만 할래? 뭔가 해결책을 찾으라고! 그러고도 기사랍시고 월급 받아먹어?"

본격적으로 족치기 전에 애피타이저로 김 기사부터 잡아대는 미친 사장 하태규를 보며 오 비서는 또 찐득한 한숨을 흘렸다.

'저 말하는 본새 좀 봐라. 저렇게 개 잡듯 잡으면 잘하던 인간도 기죽어서 못한다는 걸 정녕 모르는 거냐, 넌?'

중얼거리다 룸미러로 미친 사장과 눈이 딱 마주치자 얼른 몸을 쑥 내려 대피했다. 자칫 길게 눈 맞추고 있으면 그 화살이 그녀에게로 날아온다. 저럴 때의 하태규는 미친개다. 미친개한테 물리면 약도 없다.

"이런 개새끼들, 이따위 기획안 올리라고 팀비 지원해 준 줄 알아? 지난번에 보류한 이유를 하나도 개선하지 않았잖아! 도표인지 자료 첨분지 종이 아깝게 두껍기는 지랄 맞게 두껍고. 들다가 팔 부러지란 소리지, 이거?"

또 시작이다. 또 시작이야.

"화려하게 눈가림만 하면 그렇구나 하면서 넘어갈 줄 알았어? 그리고 이 자료, 이게 뭐야? 2009년부터 세상 안 돌아가? 지구가 폭발했어? 어떻게 2009년 자료를 그대로 갖다 붙여놔! 이게 만들기 숙제야? 오려 붙이긴 또 왜 이렇게 오려 붙여놨어?"

못 말리겠다. 어쩜 저렇게 끊지도 않고 욕을 할 수 있을까? 도대체 어떻게 된 뇌구조기에 그 많은 자료를 다 달달 외우고 있는 거냐고.

2009년 이후로 세상 안 돌아가? 지구가 폭발했어? 어떻게 한 번 본 자료를 3년 동안이나 머릿속에 담아둘 수 있어!

"감히 하태규를 알로 봤다 이거지? 넌 또 뭐 해, 주 과장한테 당장 전화해서 집합하라고 안 하고! 딱 보면 척 몰라? 아니면 내가 회사로 쳐들어가서 주 과장, 신 과장, 박 대리, 이 대리, 그 밑의 팀원들까지 죄다 찾아다니면서 굴비처럼 줄줄 엮어서 기차놀이할까?"

서류를 확 집어 던지며 소리치는 바람에 오 비서는 히뜩 놀라 얼른 휴대폰으로 주 과장의 번호를 눌렀다.

"그거 내 휴대폰이잖아! 이참에 네가 나 할래?"

"죄, 죄송합니다."

"잘들 논다, 잘들 놀아. 놀 거면 집에서 놀든가 놀이공원엘 가든가 하지 왜 출근해서 남 놀지도 못하게 거치적거려?”

사람이 놀라서 실수할 수도 있지 꼭 저렇게 걸고넘어져야 기분이 좋지. 불에라도 덴 듯 놈의 휴대폰을 내려놓고 자기 휴대폰을 꺼내 드는 그녀를 하태규가 어이없다는 눈으로 째려보며 계속 욕에 욕을 하고 있었다.

무념무상. 오 비서는 한쪽 귀를 닫아버리곤 자기 할 일을 했다. 뭐라고 난리 치거나 말거나 가만히 내버려 두면 한 2분 정도 욕하다가 저도 지치면 그만둔다.

“하나같이 하는 짓들 하고는. 믿을 인간이 없어, 믿을 인간이.”

차창으로 시선을 돌리는 하태규의 옆얼굴에 여전히 짜증과 무조건적인 불만이 덕지덕지 묻어 있다. 하지만 이제 대충 머릿속에 떠오른 욕은 다 했는지 슬슬 줄어드는 기미다. 거 봐라. 저러다 만다고 했지?

들기로는 태어날 때부터 저 모양 저 꼴이었다고 하던데……. 어떻게 태교를 하면 저렇게 될 수 있는지 심히 궁금한 오 비서였다.

태규는 손가락으로 허벅지를 탁탁 쳐가며 인상을 잔뜩 찌푸린 채 창밖을 내다보고 있었다. 살풀이하듯 한 번 성질을 풀고 나면 된장이 물에 풀리듯 조금 나아지긴 했다. 그래도 안에서 악귀 같은 게 꿈틀거리는 건 여전했다.

자신의 성격은 태어날 때부터 이랬다. 뭐든지 마음에 안 차고, 웃을 일이라곤 없고, 누구도 옆에 오려 들지 않고, 누구도 옆에 두고 싶지 않은, 그런데도 오히려 그게 편한, 세상에 둘도 없는 불친절에 몰인정한 성격. 남들이 당황하면 그나마 즐겁고 미소가 지어지고, 절절매면 만족스럽고, 괴로워하면 자신도 모르게 몸이 개운해진다.

타고나길 더러운 성격에 살다 보니 야비함, 가학성까지 추가되었다. 워낙에 처음부터 모든 걸 가지고 태어나서 배려나 망설임 따위는 알지 못했다. 저지르고 싶으면 저지르고, 상대방이 아플 수도 있다는 건 생각하지도 않았다. 그러다 보니 점점 잔인해지고 있었다. 하루에 한 번이라도 가시 돋친 말을 해야 직성이 풀리고 하루 일을 마친 것 같다. 하지만 그게 잘못됐단 생각은 한 번도 하지 않았다. 왜냐하면 그걸 말해준 사람이 없었기 때문이다.

현재 나이 서른셋. 세상에 즐거운 건 하나도 없었다. 어느새 완벽하게 혼자가 되어 있었다. 하지만 외롭다는 걸 느낄 새도 없이 이미 혼자인 게 너무도 익숙해져 버린 삶.

그게 바로 현재의 하태규였다.

2편

그녀의 이름, 아리. 지랄맨에게 당해서 슬픈 아리아의 아리

쾅!

여자는 생맥주 잔을 거칠게 테이블에 내려놓았다.

길게 풀어 헤친 웨이브 진 긴 머리, 몸에 짝 달라붙는 검은 슬리브리스 탑과 독특한 페인팅이 눈에 띄는 청바지를 차려입은 그녀는 시끄러운 음악 소리가 요동치는 클럽에서 한창 음주가무에 열을 올리고 있었다. 그녀는 생기 넘치고 속박이라곤 받지 않는 듯 자유로워 보였다. 몇 분 전까지는.

하지만 현재 그녀는 취해 있었다. 그 바람에 그 유쾌하게 빛나던 미소도 사라지고 급기야 억울함과 한을 담은 눈물을 한바탕 쏟아내는 바람에 마스카라가 번져 귀신 저리 가라였다.

"내가 왜 이 모양 이 꼴로 살아야 하냐고!"

가슴을 쥐어뜯으며 울분을 토해내는 그녀의 옆에서는 친구들이 늘 있는 일이라는 듯 대수롭지 않게 술을 마셨다. 그때 머리를 치렁치렁하게 기른 눈에 띄게 잘생긴 남자 하나가 슬림한 몸매를 뽐내며 그녀의 옆자리에 털썩 앉았다.

"얘 또 취했냐?"

"어. 얌전히 잘 마시더니 또 이 모양이다."

"도착한 지 삼십 분쯤 지났으니까 때가 되긴 됐네."

"하여튼 잘 놀다가 그놈 얘기만 나오면 저 모양이라니까."

"누가 아니래냐. 그놈의 지랄맨."

친구들이 쯧쯧 혀를 차자 죽여주게 슬림한 긴 머리 남자가 그녀의 빈 잔에 생맥주를 채워주었다.

"오늘도 또 지랄맨이냐?"

"도대체 인간이 뭘 먹고 크면 그 모양이 되는 거냐고! 내가 이 능력, 이 스펙으로 그런 미친놈 밑에서 청춘을 허비하고 있어야 해? 내가 진짜 그딴 회사 당장 때려치우고 만다!"

"진짜로?"

"그걸 못하니까 이렇게 울분이 터지는 거지! 회사 때려치우면 뭐 먹고 살 건데? 네가 나 먹여 살려줄래?"

"나 먹고 남은 거라도 괜찮으면 생각해 볼게."

"뻑하면 욕하고 툭하면 개지랄하고, 입에 아주 걸레를 물었어, 걸레를! 그리고 사람을 부르려면 ‘오 비서’라고 부르면 되잖아. 무조건 ‘야!’ 아니면 ‘너!’ 야. 나, 알아주는 비서학과 나와서 영어, 중국어, 일어 3개 국어 능통한 인간이야. 성적도 톱으로 졸업했어! 컴퓨터 쓸 땐 오른손은 쓰지도 않아! 근데 내가 왜 그 놈한테 그렇게 당하고 있어야 해!”

입에서 불이라도 뿜을 듯 소리치고 있는 그녀.

27세, 본명 오아리. 취미 키보드 연주, 직업 오 비서.

통칭 ‘야!’ 또는 ‘너’로 불리며, 하루 중 가장 많이 듣는 말은 ‘정신 똑바로 안 차릴래?’, ‘지금 개기냐?’, ‘꺼져!’ 등이다.

때문에 제정신으로는 버틸 수 없는 하루하루를 근근이 연명하며, 퇴근 후 친구가 하는 클럽에 들러 좋아하는 음악을 듣고 공연이 있을 때는 친한 인디밴드 속에 끼어 키보드를 연주하는 것으로 스트레스를 푼다.

클럽에 있을 때의 그녀는 한없이 자유롭고 화려하며 거침없다. 과연 저 단조로운 검은 무지스커트 정장 안에 갇혀 있던 그 오 비서가 맞나 싶을 정도이다.

오 비서로 있을 때의 그녀는 구불거리는 긴 머리도 스트레이트로 쫙쫙 펴서 하나로 모아 묶고 다닌다. 화장도 예의상 무채색 계열의 톤 다운된 기본 화장만 한다. 스타킹은 당연히 검정 기본 스타킹이요, 표정도 딱딱하고 무미건조함 그 자체다. 지금처럼 엉엉 울고, 하하 웃고, 소리치고, 환호하고, 야유하는 등등의 감정을 드러내는 일 따위는 하지 않는다.

'뭘 해도 비서답게!'

그게 '비서의 품격'이라고 생각하고 있기도 하지만, 사실 미친 사장 놈 하태규 탓이 더 컸다.

하태규 밑에서 벌써 3년 이상 비서 일을 해오다 보니 안 그래도 한 톤 다운시켰던 표정은 더 어두컴컴해졌고, 한 단계 낮게 짓던 미소는 더욱 침울해졌으며, 친절, 헌신, 봉사 같은 플러스적인 감정 따위는 아예 사라지게 되었다.

그저 분노, 증오, 복수심!

그 반작용인지 아리는 어느 순간부터 회사만 나오면 머리를 풀어 헤치고, 짙은 화장을 하고, 점점 더 시끄럽고 요란하고 들뜬 곳을 찾게 되었다. 나름 수수하고 한편 내성적인 인간이었건만 옷 길이는 점점 더 짧아졌고, 스타일은 점점 더 과감해졌으며, 주량은 기하급수적으로 늘었다. 동반 상승으로 주사도 같이 심해졌다.

아마 사장은 이런 자신을 길거리에서 우연히 마주치더라도 그 오 비서인 줄은 상상도 못할 것이다. 그만큼 회사에서의 오 비서와 밖에서의 오아리의 갭은 컸다. 그리고 그 차이를 인식하면서 즐기는 게 지금 오아리의 유일한 즐거움이었다.

"왜냐하면 이렇게 회사에서의 오 비서랑 정반대의 모습으로 앉아 있으면 왠지 그 얄미운 사장 놈의 뒤통수를 치는 기분이거든.”

“그게 무슨 상관이 있어?”

“있지. 그놈은 뭐든 다 알고 있다고 생각하거든. 나 같은
건 아마 지가 만든 원 안에서 뱅글뱅글 돌고 있을 거라 생각
할 거야. 난 바로 그 오만한 믿음에 균열을 일으키는 존재란
거지.”

어두침침하고 채도라곤 없이 흑백의 명도 대비만 있는 오 비
서의 모습을 그는 꽤 마음에 들어 했다. 왜냐하면 그는 그 단조
로움을 좋아했다. 있어도 그만 없어도 그만인 무 존재감. 그러
니 ‘비서의 정석’이라고도 할 수 있는 그 지극한 보편성을 그는
아주 흡족해했다.

“우리는 그냥 그림자면 돼. 자기가 가는 대로 따라가고, 자기
가 원하는 대로 같이 행동하고, 자기가 선택한 방향으로만 움직
이는 그림자. 당연히 그 그림자는 말을 해서도 안 되고, 거역해
서도 안 되고, 개겨서도 안 되지. 그리고 알다시피 말하고 거역
하고 개기는 그림자는 없잖아?”

“그거 말 되네. 그림자라…….”

“근데 그 그림자 중에서도 그 인간 발밑에 바로 딱 달라붙어
있는 최고의 맞춤형 그림자가 바로 나거든. 나 말고 그 인간 옆
에서 이렇게 오래 버텨낸 정신 나간 비서는 없었으니까.”

“그건 그래.”

"그걸 돌려 말하면 나만큼 오래 옆에 붙여둔 비서도 없다는 게 되지. 과연 내가 마음에 들어서일까? 내가 믿음직해서? 천만에. 그 인간한테 그런 인간적인 감정 따위는 없어. 왜냐면 감정은 인간이 가지는 거니까."

친구들이 키들키들 웃고 난리가 났다. 아리가 광분하면 할수록 그들은 재미있는 모양이다. 이래서 직접 겪지 않으면 그 고통을 모른다.

"그 인간은 내가 마음에 들어서 옆에 붙여두는 게 아니야. 그냥 내가 딱 '오 비서' 니까, 자기주장, 자기 생활도 없는 오 비서. 오 비서는 그냥 해가 뜨면 오 비서로 일어나서 오 비서로 살다가 해가 지면 오 비서로 잠들지. 오 비서는 씻을 때 옷을 벗는 게 아니라 오 비서로 이루어진 특제 슈트를 벗어. 그리고 아침이 되면 그걸 다시 입고 나와."

친구들이 이젠 아예 테이블을 쳐가며 자지러졌다.

"그렇지만 난 이렇게 쫙 붙는 옷도, 속옷이 보일 정도로 짧은 옷도 입을 수 있어. 화려한 화장도 할 수 있고, 머리 스타일도 바꿀 수 있어. 웃을 수도 있고 심지어 육두문자도 날릴 수 있어. '네, 시정하겠습니다, 죄송합니다' 삼종 세트만 외치는 그런 여자가 아니라고. 이런 오아리가 있다는 걸 그 인간은 상상도 못할걸?"

"그러니까 거기서 바로 희열을 느끼는 거다?"

"그렇지! 이것들이? 그래, 비웃어라, 비웃어."

"야, 그게 뭐 대단한 희열이라고."

"어디 희열뿐이야? 복수지! 자기가 생각지도 못하는 곳에서 오 비서가 오아리가 되어서 살아가고 있다니! 그걸 알면 그 인간은 아마 부들부들 떨다가 화병으로 뒤로 넘어갈 거다."

하태규가 참지 못하는 여러 가지 중 가장 못 참는 것 한 가지.

그게 바로 'out of control'이었다.

마치 어느 마피아 영화에서 툭 튀어나온 듯 CCTV가 삼엄하게 설치된 이탈리아 풍 저택의 철문이 열리자 곧게 뻗은 하얀 길이 드러났다. 쭉 뻗은 그 길을 조금 더 자동차로 달리면 마침내 파르테논 신전처럼 하얀 기둥이 세워져 있는 아름다운 유럽식 건물이 드러난다.

크고 아름다운 정원이 있는 세련된 외국 풍의 저택. 각종 꽃나무와 식물이 가득 들어찬 정원을 둘러보고 있자면 마치 지중해의 어느 아늑한 섬에 온 것 같은 착각마저 든다.

건물 앞에 세워져 있는 벤츠 E300과 아우디 A6 옆에 검은 세단이 한 대 더 서자 차 문이 달칵 열리며 수수한 검은 구두가 쑥 나와 잔디를 꾹 밟았다. 비서 생활 3년 만에 따로 운동을 안 해도 종아리에 달걀만 한 알이 날아와 박힌 그 검은 스타킹의 주인공은 오아리, 통칭 '오 비서'였다.

어젯밤의 광란의 흔적이라곤 한 톨도 찾을 수 없이 평상시의 완벽하고 사무적인 오 비서로 돌아간 아리는 차에서 내리자마자 얼른 보조석으로 달려가 커다란 박스 하나를 꺼냈다. 얼마나 무거운지 혼신의 힘을 다해 끌어내는 것만으로도 10년은 더 늙은 것 같았다. 도저히 들 수가 없어 질질 끌고 가다가 결국 박스를 잔디 바닥에 쿵 내팽개치고 말았다.

"도대체 뭐가 들었는데 이렇게 무거워?"

참다못해 박스 테이프를 뜯고 안의 내용물을 확인한 순간 그녀의 눈이 경악으로 튀어나올 뻔했다.

"이런 썅! 역기면 역기라고 말을 해야지!"

안엔 14kg, 16kg, 20kg, 합쳐서 족히 50kg은 되어 보이는 PVC 조립 덤벨이 종류별로 들어 있었다.

"오늘은 그냥 조용히 넘어가나 했더니!"

이 원수 같은 사장 놈이 그걸 사장실로 배달시켜 놓고, 오는 길에 갖고 오라고 시킨 것이다. 그녀의 고개가 저절로 저택으로 돌아가 그 안 어딘가에 널브러져 있을 사이코 사장 놈을 째려보았다.

"내가 이럴 줄 알았어! 아주 하루라도 엿을 안 먹이면 인간이 아니지. 전생에 엿장수였니? 엿장수였어? 어찌 이리 엿 먹이려고 난리니, 글쎄. 운동을 할 거면 지가 직접 들고 오든가!"

아직 시집도 안 간 처녀 팔뚝에 고구마만 한 알통이 붙어 있는 이유가 다 있었다.

"죽겠구만."

하지만 덤벨이 아니라 100kg짜리 역기라도 갖고 오라면 갖고 가야 했다.

"이럴 줄 알았으면 김 기사 데리고 오는 건데."

뒤늦게 한탄을 했지만 이미 늦어버린 일. 아리는 어쩔 수 없이 걸어서 1분도 안 되는 짧은 거리를 중풍 걸린 환자마냥 덜덜 떨어가며 거의 10분 만에야 겨우 다다랐다.

도심 속의 전원주택처럼 꾸며놓은 이 집은 사장 놈이 몇 년 전부터 구상부터 설계까지 오로지 본인만을 위해 이기적으로 꾸며놓고서 혼자 사는 공간이다. 집 꼬락서니만 봐도 그놈이 얼마나 타인을 왕따 놓고 사는지 여실히 드러난다.

도심 속에 있되 민간인의 시선이 잘 닿지 않는 곳에다가 오로지 자신만의 편의를 위해 화려함과 사치를 죄다 끌어다 붙인, 한마디로 철저히 '그놈의, 그놈에 의한, 그놈을 위해' 설계 건축된 집이다.

안으로 들어서면 일단 파티하우스를 연상하게 하는 엄청난 천장의 높이에 압도당한다. 두 번째는 걷잡을 수 없는 화이트의 향연. 왜 정신병원을 '언덕 위의 하얀 집'이라고 부르는지 이 집에 와 보면 바로 알 수 있다. 벽면이고 인테리어고 오로지 흰색

만 사용해서 소름까지 돋는 그 공간은 집주인의 티끌 하나 묻지 않은 신경쇠약을 그대로 보여주는 것 같다.

탁 트인 넓은 거실의 한쪽엔 2층으로 이어지는 흰색 계단이 기하학적으로 몸을 배배 꼬며 이어져 있었는데, 그 바로 옆에 이 집에서 그나마 색감이 있는 검은색의 그랜드 피아노가 놓여 있다. 그건 마치 하얀 도화지 위에 검은색 잉크를 한 방울 떨어뜨려 놓은 느낌으로 색깔이라고 할 수도 없는 그저 명암 대비였다.

그리고 포인트 중의 포인트, 한쪽 벽에 줄지어 쭉 늘어서 있는 아그리파 석고상까지. 미대 출신도 아닌 것이 대체 왜 저런 짓을 할까? 처음 저 석고상들의 배열을 봤을 때의 기괴함이란…….

그도 그럴 게, 저마다 하얀 낯빛에 완벽하게 굳은 표정으로, 그것도 상반신만 뚝 잘라서 줄지어 놓은 광경은 그야말로 소름 돋았다. 당장에라도 저 석고상들이 파슬파슬 하얀 석고 껍질을 깨고 안에서 뛰쳐나올 것만 같다.

아무튼 이 크기만 한 삭막한 집 구석 어딘가에 자신의 마스터가 숨 쉴 때마다 얼음 조각을 내뱉으며 고요히 앉아 있을 것이다. 사장은 대부분의 시간을 이곳, 혹은 양평 별장에서 번갈아 보낸다.

2층에 있는 당구대나 피트니스룸, 그리고 1층의 와인바, 일각의 수영장이 주 서식지였고, 가끔 별장에 만들어놓은 개인 사우나나 야외 월풀에 틀어박혀 있기도 했다.

"사장님!"

제발 1층에 있어라 간절하게 기도하며 놈을 불러보았지만 너무나 커서 더 텅 빈 것처럼 느껴지는 1층에선 전혀 인기척이 없었다. 최악의 시나리오이지만 역시 2층에 있는 듯했다.

"하여튼 누가 너 아니랄까 봐 사람을 꼭 번거롭게 하지. 야아, 사장아, 사장아……?"

아리는 작은 소리로 하극상을 왕창 때려가며 2층으로 향하는 내부 계단을 밟고 올라갔다. 현관 근처에 아무렇게나 팽개쳐 둔 박스를 의식적으로 외면하는 건 당연했다. 하지만,

"덤벨은 어디 가고 너 혼자만 와? 당장 갖고 올라와!"

2층 피트니스룸에 도착하자마자 그녀를 쭉 훑어본 하태규가 땀에 젖은 잘난 근육을 스포츠 타월로 닦아가며 그렇게 말하는 순간, 아리는 그대로 사표를 던지고 싶었다.

"내가 더러워서 정말……. 갖고 온다, 갖고 와."

결국 총 50kg짜리 덤벨을 죽을 똥을 싸가며 다 옮긴 아리는 탈진해서 바닥에 주저앉았다. 한여름 더위에 지친 강아지마냥 혀를 바닥까지 늘어뜨리고서 헥헥거리고 있는데, 신나게 사이클을 타던 사장 놈이 스포츠 음료를 폼 나게 마시며 비난을 작렬했다.

"그거 좀 날랐다고 그 모양이야? 지금 개기냐? 그따위 체력

으로 무슨 일을 하겠다는 거야? 당장 회원권 끊어서 운동 시작해!"

이젠 저놈 때문에 팔자에도 없는 운동까지 하게 생겼다. 근데 누구 돈으로?

그건 그렇고, 진짜 잔인한 놈이다. 수고했다는 말은 못해줄망정 지금 누가 누구 때문에 이 모양으로 앉아 있는데. 시집도 못 간 처녀 허리가 박살 나게 생겼는데.

오아리 평생 하태규의 손이 닿은 그 어떤 것에도 손대고 싶지 않을 줄 알았는데, 지금은 저 스포츠 음료가 그렇게 탐이 날 수 없다. 사막을 5박 6일 헤맨 실종자가 오아시스를 발견한 듯한 갈망.

한 방울만 줍쇼.

"보고서."

하지만 스포츠 음료를 시크하게 비우고 쓰레기통에 던져 버린 그 인간은 제 할 말만 뇌까렸다.

어차피 남의 사정 알아줄 인간도 아니고, 오 비서는 비틀비틀 일어나 그 빌어먹을 손에 며칠 동안 조사한 보고서를 턱 얹어주었다.

저 인간이 저래 봬도 머릿속으로는 더하기, 빼기, 곱하기, 나누기 엄청 하는 인간이다. 아니, '저래 봬도'가 아니라 '보이는 것처럼' 인가?

아무튼 보고서는 '수진물산'에 대한 것이었고, 지속적인 만남을 이어갈지 말지 수진물산의 재정 상태, 기업 현황을 보고 난 뒤 결정하겠다는 뜻이다. 즉, 자기 결혼을 위해 이 귀중한 인력을 또 개인적으로 마구 써먹었다는 뜻이다.

"그럼 전 토할 것 같아서 이만 가보겠습니다."

"지금 읽고 있는 거 안 보여? 기다리고 있어."

퇴장하려던 아리는 무단퇴실 시 날아올 광분 상태를 피하고자 시키는 대로 조용히 기다렸다. 단언하건대 제대로 조사를 했는지, 보고서의 형식은 잘못되지 않았는지, 폰트 사이즈가 들쑥날쑥하진 않은지 그것을 확인하고 있는 것이다. 그러다가 허점이라도 발견하면 바로 보고서가 공중에서 저 혼자 날아다니며 춤을 추는 기현상을 목격하게 된다.

입사 후 1년 동안 하루도 빼놓지 않고서 목격했던 그 기현상은 다행히 요즘엔 희귀현상이 되었다. 오아리가 어떤 인간인가. 저 제멋대로인 성격을 죽을 똥을 싸며 파악해 완벽하게 대처해왔다는 뜻이다.

사실 아리는 그의 예민한 비위와 비상식적으로 특수한 안목, 그리고 사람을 질리게 하는 완벽주의를 충족시키기 위해 하루 세 시간 이상 자지 않았다. 2년간 단 하루도 빠뜨리지 않고 새벽 네 시에 벌떡 일어나 그가 내던지고 간 과제를 풀고, 시킨 것 조사하고, 다음 하루를 완벽하게 준비했다. 비가 와도, 눈이 와도,

몸살감기에 걸려도, 팔이 부러졌을 때조차 끙끙 앓아가며 일을 했다. 40도를 넘나드는 고열을 견뎌가며 '하태규한테 이 서류를!' 하는 맘으로 바닥을 기어 출근해서 서류를 넘겼다. 그리고 그 결과가 바로 이것이다.

"월급만 축내고 다니는 어떤 인간들보단 0.05배쯤 낫네."

"그럼 이제 가봐도 되겠습니까?"

"가는 건 가는 거고, 거기 있는 거나 열어봐."

아리는 사장이 제멋대로 손가락질한 방향으로 척척 걸어가 종이가방을 열었다. 하나같이 이름만 대도 알 만한 로고가 박힌 명품들의 향연이다. 드레스에 백, 구두에 액세서리……. 수진물산 고명딸한테 갈 선물들인가?

"전해 드리겠습니다. 어느 분께 보내 드리면 되나요?"

"너, '프리티 우먼' 이란 영화 봤냐?"

그 얄미운 입에서 갑자기 튀어나온 오래전 영화 제목에 아리는 고개를 갸웃했다.

"물론 알고는 있습니다만?"

"그 영화를 보면 여자주인공이 남자주인공의 중요한 계약 자리에 동석해서 재미있는 방법으로 계약 성사에 도움을 주지."

"……재방송하는 거 보셨나요? 줄거리 얘기해 주시는 건가요?"

하태규가 확 째려보기에 오 비서는 바로 아그리파의 석고상마냥 표정을 굳혔다.

"요는, 네가 바로 그 여자주인공 역할을 좀 해줘야겠어."

"……누가요? 제가요?"

"여기 너 말고 누가 또 있어?"

"물론 저만 있지요. 혹시 '백봉그룹 창사 25주년 기념파티' 말씀하시는 건가요?"

"넌 다 마음에 안 들지만 그나마 그런 건 좀 봐줄 만해. 여러 번 설명 안 하게 만들거든."

"제가 사장님 스케줄을 관리하니 그런 것일 뿐입니다만."

"아, 그랬나?"

저러고 있다. 그럼 지금까지 네 눈앞에 있는 이 시커먼 옷차림의 여자가 뭘 하고 있다고 생각했냐!

"아무튼 파트너 필요하다니까 그것들 가지고 준비해."

아침에 먹은 떡국이 역류할 뻔했다.

일부 비디오 세대들은 호환마마가 가장 무서운 건 줄 알겠지만, 스물일곱 오아리에겐 하태규의 파트너란 말이 가장 무서운 말이다.

'왜! 지금까지 데이트 한 번 제대로 못해본 숙맥 같은 내가! 어디서 눈먼 놈팡이 하나 안 걸려서 영화관도 혼자 가는 내가 왜! 처음으로 가져 보는 파트너를 너 따위로 해야 하는데? 왜? 왜!'

평소대로라면 '준비하겠습니다' 라고 바로 말씀 올렸겠지만, 오늘의 아리는 심기가 비틀어져 있었다. 50kg짜리 덤벨로 운동을 하고 났더니 의욕이 충만해지나 보다.

"지금껏 수행비서로 보필해 오기만 했는데 갑자기 파트너로 참석해야 한다니 이유를 잘 모르겠습니다."

길게 말했지만 한마디로 요약하자면 이랬다.

'네놈의 파트너 따위, 죽기보다 하기 싫어!'

더 짧게 줄이자면, '너랑 같이 가기 싫어!'

더 줄이자면, '네놈이 싫어!'

"그렇지? 왜 갑자기 그런 지시를 내리는 건지 도통 모르겠지?"

웬일로 순순히 아랫것의 말에 동의해 주는가 했더니,

"그럼 넌 모르는 대로 그냥 따라와. 하라면 할 것이지 뭘 귀찮게 꼬치꼬치 물어? 언제부터 이유를 다 알아야 말 들었어? 대체 언제부터 이유, 원인, 그딴 거 다 따져 가면서 일했냐고. 그렇게 인과, 시비 다 따지시면서 왜 노조는 안 해? 이유 따질 시간에 어떻게 하면 파트너로서의 우아함과 품격을 갖춰서 내 얼굴에 똥칠하지 않을지 건설적인 방향으로는 머리가 안 돌아가?"

또 시작이다. 괜히 건드렸지, 저걸.

내가 미친년이다, 내가.

"아니면 갑자기 네가 여자로라도 보여서 드레스 사 안기고 명품 떠안기고, 섬에 들어가면 꼭 배 끊기듯이 파트너 미끼 써서 집적거리기라도 하는 것처럼 보여? 그래서 지금 밀당하자는 거야?"

듣기 괴로운 말이다. '배가 끊기듯' 이라니, 상상조차 하기 싫은 시뮬레이션이다.

조목조목 사람 기분을 확확 거스르고 있었지만, 다년간의 경험으로 얻은 결론은 이럴 땐 그저 입 다물고 있는 게 상책이라는 것.

너는 떠들어라, 나는 딴생각할 테니.

"내가 하고많은 여자 중에 기껏 비서랑 밀당을 하고 있어야겠어? 너랑 난 이를테면 등가죽이랑 뱃가죽 같은 관계야. 서로 그게 거기에 있단 건 알지만 딱히 궁금하지도 않고 영원히 다른 방향만 보는. 알아들었어?"

하여튼 비유를 해도 꼭.

"네, 뼛속까지 깊이 새기겠습니다."

대답은 매우 심플하되 쿨하게.

오늘따라 하태규의 입에서 나온 말들이 아주 아리의 생각과 딱딱 일치했다.

알겠다, 이 등가죽아. 누가 뭐라니?

뱃가죽이 말을 이었다.

"제가 생각이 짧았습니다. 그렇게 알고 준비하겠습니다."

"알아들었으니 다행이군. 가봐, 그거 다 떠안고."

"그런데 사장님?"

갑자기 부르자 하태규가 보고서로 향하려던 시선을 다시 아리에게로 확 돌렸다. 한 번 가라고 했으면 확 가버리지 왜 남아서 사람을 부르느냐는 눈이다.

"아까 예를 드신 영화 말인데요, 파트너로서의 자세와 임무의 적절한 예를 설명해 주기 위해 사용하신 건 알겠는데, 좀 깊이 들어가 보면 저를 후커로 비유하신 셈이 됩니다. 평범한 가정에서 무리 없이 자라 나름 고등교육을 받은 한 사람의 여자로서 기분이 나빠지는데, 이대로 기분 나빠해도 될까요?"

하태규의 표정이 가관이라는 듯 찌푸려졌다. 생난리 치면 그냥 '데헷!' 웃으며 '제가 잠시 정신이 나갔습니다' 하고 도망가면 되고.

잠시 아리를 장례식장에서 힙합을 추는 미친 여자처럼 쳐다보는가 싶던 하태규가 곧 입을 뗐다.

"걔가 후커였나?"

"네."

"그렇군. 걔가 그러고 보니 후커였지."

"스토리의 매우 핵심적인 설정입니다. 후커가 재벌 2세를 만나 팔자 피는 내용이죠, 아마?"

"내용 요약 참 저질스럽게 한다. 아무튼 남자주인공만 신경 쓰고 봐서 잠깐 잊어버렸어."

"그러셨습니까?"

"근데 너 말이야, 그렇게 들었다면 미안한데……."

"사과해 주시니 감사합니다."

"그렇게 치면 네가 '줄리아 로버츠'에 비유된 건 어떻게 감사할 생각인데?"

마음 놓고 있다가 뒤통수를 후려 맞았다.

젠장! 논점이 그렇게 흐트러질 수도 있었구먼.

이대로 패배할 것인가. 아니, 오늘 오아리는 운동한 여자다!

"사장님도 그다지 리처드 기어는……."

"난 어딜 봐도 '리처드 기어' 판박이지. 딱 날 복사해서 붙여 넣기 한 것 같잖아? 대체 언제 내 조사를 해갔을까?"

어디가? 누가?

하지만 우는 애는 매가 약이고 미친 소리 하는 하태규는 그저 긍정이 약이다.

"그, 그렇죠. 사실 저도 그렇게 생각하던 참입니다."

대충 듣기 좋은 소리 내던지고 언덕 위의 하얀 집을 탈출하면 그때 치를 떨 생각으로 돌아서려는데,

"오 비서!"

"넵!"

팔자에 없는 명품 무더기를 챙겨 나가는 아리를 쭉 훑어보는

가 싶던 하태규가 한마디 했다.

"그 개성이라곤 없는 그 까만 옷을 벗을 순 있는 거지?"

저럴 줄 알았다니까. 역시 옷이랑 오 비서를 한 세트로 생각하고 있잖아!

아리는 바위보다 더 딱딱한 표정으로 짧게 자신의 의견을 피력했다.

"지금 그 말씀, 성희롱으로 고소해도 되겠습니까?"

「비서 백서」에 보면 이런 말이 있다.

첫째, 비서가 하는 일.

웃기.

웃기.

웃기.

그리고 또 웃기.

둘째, 비서가 하는 일.

친절하기.

친절하기.

친절하기.

그리고 또 친절하기.

그 외에 비서가 하는 그다지 중요하지 않은 일로……

1. 회의 준비하기.
2. 손님 응대하기.
3. 전화 응대하기.
4. 출장 준비하기, 혹은 출장 가기.
5. 장소 섭외하기.
6. 행사 기획하기 등등…….

하루 24시간 중 웃는 시간은 약 13시간.
하루 24시간 중 친절한 시간 약 14시간.
일주일 웃는 시간 168시간 중 약 78시간.
한 달 웃는 시간 744시간 중 약 400시간.
할 수 있으면 당신도 해봐.

……라고 「비서백서」는 마무리된다.
오늘도 아리는 '비서의 품격'을 지키기 위해 고군분투하고
있다.

3편
오 비서는 꾸며봐야 오 비서, G맨의 오판!

백봉그룹은 여러모로 인간 하태규와 인연이 깊었다.

백봉그룹 백봉식 회장과 태규의 조부인 하희곤 회장이 오십 년 지기였으며, 자연히 그 자식 대대로 내내 친분이 깊었고, 현재 3대째에 이르러서는 집안끼리의 결합으로 결속을 더욱 단단히 이어갈 계획을 세운 참이다.

그 희생양이 바로 손자 하태규였다.

얼마 전까지만 해도 수진물산 고명딸에게 손자를 팔아버리려는가 싶던 하 회장이 무슨 바람이 불었는지 갑자기 백봉그룹 장남의 차녀 백유진 양과의 결혼을 서둘렀다.

지금껏 유진 양과 태규의 짝짓기 얘기가 단 한 번도 수면에 오르지 않았던 이유는 백봉식 회장이 태규를 별로 안 좋아하고, 하 회장도 유진 양을 별로 안 좋아한다는 상호 대등한 이유 때 문이었다.

백 회장은 태규의 사이코스러운 면을 내내 봐온지라 당연히 그걸 걸려 했고, 하 회장은 유진 양의 관상을 마음에 안 들어 했 다.

일단 코끝에 점이 있어 낭비하기 쉬운 타입이요, 왼쪽 볼에 점이 있어 걸핏하면 핏대 높여 싸우려는 기질이 강하며, 오른쪽 입가에 점이 있어 쓸데없는 말로 실패할 수 있어 항상 입을 조 심해야 할 타입이라…….

그런데 그사이에 유진 양이 뭘 어떻게 했는지 얼굴이 완전히 달라져서 하 회장 앞에 나타난 것이다. 뭘 어떻게 하긴 어떻게 했겠는가. 돈과 과학의 힘을 빌려 싹 뜯어고쳤지. 그래 놓고 은 근슬쩍 하태규와의 결혼 의사를 제멋대로 타진했다는데, 이 할 아버지가 노망이 났는지 유진 양의 그런 적극적인 면을 흡족해 했다나 뭐라나.

관상이 문제라면 뜯어고쳐서라도 주어진 운명을 바꾼다! 타 고난 게 부족하면 적극적으로 노력하는 그 자세. 그것이야말로 큰 집안 살림을 이끌어 나갈 결단력과 배짱이 아니고 무엇이겠 냐고 지조도 없이 떠들어댔다는데.

그런 과정으로 유진 양과의 결혼이 내밀히 추진되고 있다는 사실을 전해 들은 태규는 그야말로 발작을 일으켰다.

"뭐가 어째? 그 주제도 모르는 게 감히 나랑 결혼을 하겠다고?"

그는 유진을 아주 싫어했다.

이유는 할아버지가 애초에 반대하던 이유와 연관이 있었다. 일단 코끝에 점이 있어, 왼쪽 볼에 점이 있어, 오른쪽 입가에 점이 있어……. 그 말은 즉 얼굴에 점이 많단 소리다.

점뿐이랴. 간단하게 말해서 유진은 못생겼다. 태규가 보기에는 더더욱 엄청나게 못생겼다. 아무리 현대 과학의 힘을 빌렸어도 태규의 기억 속에 있는 유진은 그냥 못생겼다. 단순히 못생긴 게 아니라 밉살맞게 못생겼다.

아무튼 못생겼다. 못생겼다. 못생겼다!

그래서 태규는 절대 이 결혼을 찬성할 수 없었다. 할아버지야 마음에 안 차던 관상 문제도 해결됐겠다, 따지고 보면 잃을 것보다 얻을 게 더 많을 테니 솔깃하겠지만 그는 절대 용납할 수 없었다. 왜냐하면 유진은 못생겼으므로.

하지만 아무리 머리를 써봐도 자연스럽게 이 결혼을 거부할 방법이 떠오르지 않았다. 뭐라고 해도 할아버지는 이번 기회에 손자를 '가정'이라는 울타리 속으로 처넣어 버릴 셈인 게다. 그럼 망나니 손자 놈도 정신 차리고 성실한 인간이 되려니 생각하시는 모양인데.

인간 하태규는 절대 정신을 못 차릴 인간이며, 앞으로도 계속 이 꼴로 살 것이며, 어떤 여자도 옆에 붙어 있지 못할 정도로 문제 중의 문제란 걸 보여줘야 했다.

그러기 위해서 다른 여자를 데리고 파티장에 나타나 봐야 하태규의 바람기 정도에 타격을 입을 간이 작은 어르신들도 아니었다.

"가정만 가지면 저런 난봉꾼도 결국 정신 차릴 것이야. 그렇고말고. 허허허."

"그렇지. 남자는 역시 가정을 꾸려야 해. 저것도 다 한때지. 허허허."

남의 속도 모르고 신선놀음하듯 허허허 웃는 걸로 끝날 확률 백 퍼센트였다. 왜냐? 당신들도 젊었을 때 여자 문제깨나 일으키고 다니다가 가정을 가짐으로써 싹 고쳤다. 그러니 한때의 객기 정도로 비쳐져선 될 일도 안 될 터였다.

그래서 내린 결론이 안티─접근법으로 '반듯한 하태규'를 연기하기로 했다. 일단 파트너를 데리고 가선 안 되는 그 자리에 파트너를 동반하긴 한다. 다만 그게 비서라면 그들도 할 말이 없을 것이다. 그때 모두에게 선언한다.

"아직 좀 더 일에 매진하고 싶군요. 비서를 데리고 온 이유도 한시도 손에서 일을 떼어놓고 싶지 않아서입니다. 결혼은 좀 더 후에 생각해 보지요."

라고 일단 바위에 계란을 던져는 보리라.

"그런 의미에서 짧은 기간이라도 유진이와 먼저 개인적으로 만나보면서 서로를 차차 알아가 보겠습니다."

젊은 사람들이 연애부터 해보겠다는데 어떤 비뚤어진 인간이 말리겠는가. 하지만 일단 이 위기만 벗어나면 백유진을 아주 제대로 쫓아내 버릴 생각이다. 특별히 노력할 필요도 없다. 하태규가 작정하고 달려들면 사흘도 길다. 백유진 정도, 제 풀에 지쳐 쌩하니 내빼게 하는 것쯤 일도 아니었다. 그런 고로 지금 그에게 필요한 건 시간이었다.

해서 하태규는 오 비서를 오늘 파티의 주요 배역으로 정했고, 이 모든 계획이 관철되기 위해선 오 비서가 제대로 자기 역할을 해주어야 했다.

즉, 오 비서는 반드시 평상시의 일 잘하는 오 비서여야 한다는 것.

그리고 태규는 그것을 믿어 의심치 않았다.

'이럴 리가 없을 텐데.'

하지만 태규는 현재 충격받은 얼굴로 서 있었다.

뭔가가 잘못되어 가고 있었다.

그날 파티의 격식에 맞게끔 의상과 기타 부속품들을 챙겨주긴 했지만, 드레스를 입든 뭘 입든 오 비서는 어차피 '하태규를 군말 없이 보좌하는 색깔도 냄새도 형체도 없는, 마치 오 비서 생산 공장에서 틀에 찍어 생산한 듯한 오 비서 0호'의 오라를 풍겨야 한다.

그래서 사람들이 '하태규가 실로 저 비서의 표본 같은 비서와 하루 종일, 내일도 모레도 약 몇 년 동안은 진심으로 일에 미쳐서 일만 하겠구나'란 소리를 하게 만드는 것, 그게 오늘 그녀의 역할이었다.

이 완벽한 계획을 위해 오 비서만큼 적합한 인간은 찾을 수 없었다. 아니, 오 비서가 있기에 가능한 계획이라고 표현하는 게 더 정확했다.

그래서 이런 속담이 있지.

'오 비서는 꾸며봐야 오 비서.'

그런데,

'이건…… 뭐지?

오 비서는 꾸며봐야 오 비서여야 하는데. 드레스를 입어도 그 너머에서 반드시 그 검은 정장의 기운이 풍겨야 할 텐데, 뻣뻣한 통나무에 레이스 자루만 덮어씌워 놓은 것 같은 비주얼 충격을 줘야 할 텐데, 그녀는 완전히 다른 모습으로 그의 눈앞에 서 있었다.

그날 오 비서에게 갖고 꺼지라고 한 건 돈은 어마어마하게 들었지만 그저 그런 애플민트 색의 미니드레스였다. 하지만 태규는 자신의 눈을 의심했다.

어깨가 드러나는 홀터넥 탑에 감촉 좋은 시폰이 폭포수처럼 떨어지고, 홀터넥의 길고 찰랑찰랑한 천을 목 뒤로 둘러 묶으면 너무도 여성스럽게 등을 흘러내리는 스타일. 딱 그런 정도였는데 어째서 저렇게 상큼하고 우아해서 돈값을 하고도 남는 것인가!

드레스의 색깔 때문인지 눈앞의 여자는 마치 사과 요정처럼 풋풋한 아름다움을 발하고 있었다. 마치 사탕을 깨문 것처럼 그의 온몸에 상큼함이 확 퍼졌다.

적당히 웨이브를 주어 한쪽으로 다소곳이 모아둔 헤어스타일, 드러난 하얀 어깨와 가슴선, 평소엔 알 박힌 통나무 같다고 생각했던 다리 모양도 뭘 어떻게 한 건지 미끈해 보였다. 다리 모양을 잡아주는 값비싼 실크스타킹의 도움을 받았다고 하더라도 오늘의 그녀는 도저히 '오 비서' 같지가 않았다.

그야말로 33년 만에 접한 상식의 파괴이자 대혼란의 상황에서 결국 태규가 내지른 첫마디는 이것이었다.

"그 꼴로 택시 타고 왔냐?"

"이 꼴로 택시 타고 와서 죄송합니다. 감히 파트너님께 에스코트까지 바랄 처지가 아니지만 눈치껏 리무진을 빌려 이동하지 못한 점 깊이 반성하겠습니다."

말하는 거 보면 오 비서가 맞는데.

아니, 오늘은 좀 더 '개김 지수'가 올라간 것 같기도 하고. 하지만 저 정도의 하극상은 늘 저지르는 간 큰 오 비서이다. 다른 비서들처럼 무조건 기죽어서 저자세로 나오지 않는다는 게 '오 비서 0호'의 유니크한 면이기도 했다.

"신경 쓴다고 썼는데, 사장님의 임시 파트너로서의 권위와 품격을 떨어뜨리지 않게끔 잘 꾸몄는지 모르겠습니다."

겸손한 척 말하고 있지만 객관적인 평가를 내려달라는 듯 눈이 초롱초롱 빛나고 있다. 늘 그랬듯 이번에도 임무를 마치고 상사의 체크를 기다리겠다는 뜻이다.

단지 그런 이유였는데 태규는 왜 갑자기 자신의 얼굴이 빨개졌는지 모르겠다.

이게 실로 오 비서를 앞에 두고 가당키나 한 반응인가!

파티장의 조명 때문인지 드레스의 순결한 색 때문인지 오늘따라 눈동자가 무척 투명해 보인다. 여자가 원래 요물인지 오 비서가 요물인지 모르겠다.

착각하지 말자. 저것은 그냥 드레스 두른 오 비서일 뿐이다.

태규는 보통 때의 자신을 잊게 만들고 있는 오 비서를 확 노려보았다.

"야, 너, 얼른 눈 깔아라. 응?"

당연히 오 비서가 당황한 얼굴로 눈을 깜빡거렸다. 그 바람에 자신이 친 대사가 얼마나 잘못된 선택이었는지 태규는 땅을 치며 깨달았다. '초롱초롱' 에 이어 '깜빡깜빡' 이라니. 이건 뭐 다를 게 없잖아!

"어머! 제가 또 저도 모르게 사장님을 비웃고 있었나요? 아닌데. 전 오늘은 사장님의 파트너로서 우아한 생각만 하고 있었는데."

"됐고. 넌 저만치 떨어져 있다가 내가 샴페인잔 들면 그때나 내 옆으로 달려와."

"알겠습니다. 항시 대기하고 있겠습니다."

깍듯하게 대답을 하는데도 태규는 괜스레 속에서 뭔가가 확 치받는 것 같다.

"너 뭐야? 파트너로서 여기 따라온 자기 본분을 인식은 하고 있어? 내가 저만치 떨어져 있으라고 명령을 내렸어도 상식선에서 벗어나면 왜 파트너가 떨어져 있어야 하는 건지 궁금해해야 할 것 아냐! 그딴 식으로 안이하게 일할래? 의문도 없고 자기 상황에 대한 자각도 없으면서 여긴 뭐 하러 왔어? 샴페인이나 축내러 왔어?"

아직 샴페인잔에 입도 안 댄 오 비서에게 또 광견병에 걸린 듯 으르렁거렸다. 그런데 기분이 이상했다. 평소 늘 하던 짓인데도 오늘은 조금, 아주 조금 죄책감 같은 게 일었다. 대체 왜 자신이 남을 비난하고 있단 걸 자각하고 있는 거지?

자신의 지랄은 절대 자기반성을 불러일으켜선 안 되었다.

그건 아마도 저 드레스 장착 버전의 오 비서가 아주 짧은 순간 보인 미묘한 미소 자락 때문인 듯.

바로 '나도 너랑 붙어 있고 싶지 않았는데 진짜 잘됐구나. 난 또 내내 붙어 있으라고 할 줄 알고 오면서도 엄청 걱정했었다'는 뜻이 잔뜩 담겨 있는 음흉한 미소였다.

'오 비서 부리기' 3년이면 생각까지도 다 읽을 수 있다. 오 비서는 자신의 그림자였으며, 생각도, 행동도, 감정까지도 자신이 정한 방향으로 움직이는 맞춤형 비서였다. 그 반면, 자신이 모시는 상사를 질색팔색 욕하며 아주 싫어한단 것도 아주 잘 알고 있었다. 왜냐하면 인간 하태규는 그만큼 완벽하게 오 비서를 컨트롤하고 있기 때문에. 오 비서가 자신 몰래 욕하고 싫어하는 게 아니었다. 자신이 오 비서가 욕하고 싫어하도록 눈감아주는 거였지.

그랬는데 오늘은 왜 이 여자의 태도에 열이 받지?

얘가 오늘따라 오 비서답지 않게 예뻐서?

가능성 있다. 자신은 예쁜 여자를 좋아하니까.

다만 오 비서는 그 범주에 들어선 안 되었다.

그러니 괜히 상황 이상하게 돌아가기 전에 더 버럭버럭 화내자.

"생각이 있어, 없어? 생각은 내 머리로 하고 너는 그냥 내 말만 아무 의문, 의심 없이 듣기만 하면 되는 거야? 그럴 거면 아예 내 머릴 달고 다니지 왜 무겁게 네 머리는 얹고 다녀? 왜, 내 머리 가져다가 파마도 하고 염색도 하고 그러지?”

“……제가 생각이 짧았습니다. 그럼 파트너로서 사장님의 옆에 딱 붙어 있겠습니다.”

“또 생각 짧은 소리 하고 있네. 네가 내 애인이야? 뭘 딱 붙어 있어?”

“그럼 저는 뭘 어떻게 하면 될까요? 지금 제 머릿속에 이유 있는 혼란이 오고 있습니다만.”

“딱 일 미터만 떨어져 있어. 알았어? 딱 일 미터야.”

“네에, 일 미터. 알겠습니다.”

“일 미터 유지하려면 내가 움직이면 너도 그만큼 따라와야 되는 거야. 마치 철가루가 자석에 이끌리듯이. 새끼 오리가 엄마 오리 따라다니듯.”

“네에, 비유가 좀 난해하긴 합니다만 최선을 다해보겠습니다.”

“좋아.”

“근데 장내가 좀 복잡하고 사람이 많아서 잘 될지…….”

“뭐야?”

“잘 될 것 같습니다.”

“진작 그럴 것이지.”

적당한 결론이라고 만족하는 차에 창립기념파티의 서막을 올리는 사회자의 멘트가 들려 태규는 휙 돌아섰다. 그런데 그때 저쪽 어딘가에서 어떤 놈 하나가 하태규 전용 '드레스 장착 버전 오 비서'를 쳐다보고 있는 게 명백하게 감지된 순간 그의 걸음이 우뚝 멈췄다. 그건 분명 추파였고, 그놈은 태규가 MBA 과정을 밟던 'UC버클리 하스 경영대학원' 동기인 아인그룹 망나니 차남이었다. 미친놈의 농도를 재는 기계가 있다면 자신과 막상막하의 ph가 나올 인간인데…….

그 추파의 목적지인 오 비서를 돌아보니 그녀는 벌써부터 딴데 정신이 팔려서 샴페인잔에 막 입술을 대고 있었다.

'저걸 확!'

투명한 글라스에 보드라워 보이는 입술이 닿는 걸 보고 있자니 아무래도 한마디 하고 떠야 할 것 같아 왔던 걸음을 되돌아갔다.

"오 비서."

"네? 아, 저 계속 사장님 보고 있었거든요? 아니, 실은 이것만 마시고 바로 사장님만 계속 눈알이 빠져라 볼 생각이었습니다. 정말로."

"파티장에 눈알 빠져서 데굴데굴 굴러다니면 참 재미있겠다."

"아하하하! 하……. 흠, 죄송합니다. 그런데 무슨 일로?"

"내가 미처 말 못한 게 있는데, 알다시피 여긴 온갖 경제인이 모이는 자리야. 지금 네 머릿속엔 회사의 일급 기밀이 모조리 들어 있고. 그러니 오늘은 절대 나 외의 그 어떤 인간이랑도 말 섞지 마. 만약 내 지시를 어길 시엔 산업스파이로 간주할 테니 명심해.”

그렇게 자신의 충성스런 부하 오 비서를 망나니로부터 지켜 낸 태규는 홀가분한 마음으로 자리를 떠났다.

'가만, 아주 평범한 대답도 안 된다는 말도 추가할 걸 그랬 나?'

'일급 기밀?' 이라고?

그런 게 자신의 머릿속에 있던가, 없던가?

'G맨'의 비서 생활 3년 하면서 머릿속에 든 온갖 잡동사니 같은 정보 중 가장 중요한 건 저 인간이 오늘은 양평에서 늘어 져 있으려나, 자기 집에서 뒹굴려나 그 정도이건만.

아무튼 이유가 있으니 대화 금지령을 내린 것이겠지. 분명히 오 비서가 말실수라도 해서 자기 명예에 금이 갈까 봐 사전 단 속한 거다. 자기 위에 사람 없고 자기 밑이 다 사람이라고 생각 하는 인간이니.

“아무튼 오늘은 조심하자.”

안 그래도 사람을 삐딱하게 보는 인간이 오늘따라 더 삐딱하 게 쳐다보던 꼴을 보라. 분명 감히 자기가 베푼 드레스를 망쳐

났다 이거겠지. 그렇다고 모처럼 꾸미고 나타나서 팔랑팔랑 기분 좋은 사람한테 '눈 깔아라'가 뭐냐. 아무튼 저 인간의 미친 정신세계는 도저히 자신 같은 하등 종족이 이해할 수 있는 수준이 아니었다.

창립기념파티는 예상했던 대로 한없이 공식적이며 자화자찬적으로 자연히 지루하게 흘러갔다. 그 재미없는 시간을 아리는 눈에 힘을 빡 주고서 사장 놈만 쳐다보는 것으로 보냈다. 배도 고프고 구두 때문에 발이 아프기도 했지만 딴짓을 할 여유가 없었다. 혹시 한순간이라도 놓쳤다간 생난리가 날 테니.

그마나 다행인 건 아직 그 손에 샴페인잔이 들리지 않았다는 것. 차라리 이게 낫지, 저 인간과 지척에서 나란히 서는 건 진짜 싫다. 그런데 저 인간, 부르지도 않으면서 이게 지시대로 제대로 하고 있나 확인 작업은 꽤 했다. 틈만 나면 눈을 희번덕거리며 이쪽을 확 노려보는 바람에 피곤해 죽겠다.

"눈에서 레이저 나오겠다, 이놈아."

유치한 인간 같으니라고. 사람을 극한 상황에 몰아넣고 지켜보며 즐기는 거 되게 좋아한다.

"네가 내 입장 돼봐라. 널 보고 있는 게 좋겠니?"

안 그래도 꼴 보기 싫은 인간을 계속 쳐다보고 있자니 이보다 더한 고역이 없다. 저렇게 잘생겼는데도 이렇게 마음이 안 갈 수 있다니 저것도 재주다. 남의 마음에 금이 가게 만드는 게 특기요, 자기랑 남 사이에 금 긋는 게 취미인 인간이다.

꼬르륵!

배에서 요동이 치는 가운데 시간은 계속 흘러가고, 그놈은 여전히 이쪽을 감시하다가 눈이 마주치면 피식! 하고 진짜 재수 없게 비웃었다.

그리고 그때 드디어 아리는 첫 번째 시험에 들었다.

"계속 혼자 있던데, 역시 이런 파티 재미없죠?"

갑자기 친한 척 말을 걸어온 사내가 있었다. 돌아보니 웬 잘 차려입은 남자가 비릿한 미소를 풍기며 샴페인잔을 들고 서 있었다.

눈에 익은 얼굴. 3초 만에 스캔을 끝낸 아리는 그가 아인그룹 망나니 둘째 아들이란 걸 단번에 파악했다. 표정을 보아하니 저쪽은 이쪽을 못 알아보는 것 같다. 아마도 위장술 때문인 듯. 게다가 기분 탓인지 왠지 요사스럽게 웃어대는 게, 얘 지금 분명히 나한테 수작 걸려는 거다.

'하태규랑 같이 들어온 거 보고 하태규 약점이라도 잡으려는 건가? 내가 오 비서란 걸 알면 감히 그런 잔머리 따위 쓰지도 못했을 것이!'

과연 자신은 지금 이 순간 야비한 기업 생리의 한가운데 놓인 운명의 여자가 된 것인가.

아리는 사장에게 치도곤을 당하기 전에 얼른 고개를 원위치 시키고 안 들리는 사람처럼 딴청을 피웠다. 그런데도 아인그룹의 차남은 약이라도 먹었는지 더욱 은근하게 다가와 속삭였다.

"어쩐지 도도할 것 같긴 했지만, 이런 식의 무시는 처음이라 또 신선하네? 이 비천한 인간이 그대의 귀한 시간을 좀 나눠 가질 수는 없을까?"

닭살 돋을 뻔했다. 어디서 저런 재미도 없고 감동도 없는 대사를 읊어대는 걸까? 하지만 이래서야 곤란해서 아리는 더욱 반대쪽으로 몸을 틀었다. 그럴수록 저쪽은 픽픽 웃으면서 아리가 도는 방향으로 같이 돌고 있다.

하긴 하태규 지인인데 이 인간이라고 정상일까. 사람이 싫다는 의사 표현을 했으면 물러나든가, 아니면 적어도 기분 나쁘단 표현을 하든가, 아주 기다렸다는 듯 실실거리며 더 달라붙어 오니 역시 사이코 집합체의 일원답다. 안 그래도 빙그르르 원을 그리며 피하는 와중에 사장이랑 눈 마주쳤다. 얼마나 죽일 듯 째려보는지 간이 다 떨어지는 줄 알았다.

'오해는 금물입니다? 아무 말도 안 하려고 제가 이렇고 있습니다만?'

하지만 윤곽 뚜렷한 입술선이 재수 없게 비틀리는 걸 보니 그냥 제 편한 대로 결론 내렸나 보다.

"하 사장이 경영전략본부장이었을 땐 정말 대단했지."

"그 자리에 상규가 내정돼 있다고 들었는데, 이제 곧 귀국하는 건가?"

"들어오면 바로 신사업 발굴과 해외 진출 강화 방안을 맡길 예정입니다."

"이 사람 참. 너그러운 거야, 일부러 모르는 척하는 거야? 그런 중책을 맡기면 경영 구도에 영향을 끼칠 텐데. 호사가들 입에 오르내리기 딱 좋은 화제잖아."

"그건 다 태규가 생각이 있어서 직접 지시 내린 거야. 이 녀석이 이래 봬도 동생 위하는 마음이 끔찍하거든. 형만 한 아우 없다고, 상규가 아무리 날뛰어도 제 형 못 따라가."

"그, 그럼요. 회장님 말씀이 옳으십니다."

"제 아비 죽고 형제 둘이 의지하면서 살았는데 형이 하나밖에 없는 동생 밀어주는 게 무슨 문제야?"

태규는 그냥 무표정으로 일관했다. 어렸을 적 그의 부친이 교통사고로 누구도 생각지 못한 젊은 나이에 요절한 후 어머니도 잇따라 돌아가셨다. 그전에도 동생 일이라면 끔찍했지만 부모가 그렇게 한꺼번에 가버리자 태규는 더욱 상규를 신경 썼다. 인간미라곤 없는 자신에게도 핏줄에 대한, 동생에 대한 애정은 있는 모양이다.

상규는 몇 년 전까지 PI 본부에서 경영 혁신 업무를 배우다가 태규가 사장으로 취임한 후 전략기획팀으로 자리를 옮겨 기획

실무를 보조했다. 그러던 중 런던 비즈니스 스쿨로 유학을 떠나 MBA를 마치고 이제 귀국을 앞두고 있었다. 그런 그에게 다른 사람도 아닌 하태규가 중책을 맡기다 보니 혹시 후계 구도에 변동이 있는 건 아니냐는 말이 나오는 것이다.

하태규가 자신이 아닌 하상규를 후계자로 세우고 일선에서 빠지기 위한 의도가 아니냐, 아니면 회장이 후계자를 갈아치우기 위해 물밑 작업을 하는 게 아니냐 등등, 상규가 혹시라도 나쁜 마음만 먹는다면 충분히 일파만파 커질 수 있는 상황이었다.

하지만 태규는 상규가 그만한 재목이 되기에 밀어주는 것뿐이다. 또한 상규는 그런 야심을 가질 성격도 아니었다. 하지만 사람 일이란 건 또 모르니 설사 몇 년 사이에 상규에게 변화가 있어서 한 번쯤 형을 뛰어넘어 보고 싶다면 기꺼이 응해줄 생각이다. 물론 나가떨어질 쪽은 동생이겠지만. 그땐 몇 대 패고 다시 보듬어주면 된다.

지금은 그게 문제가 아니라 슬슬 백 회장과 하 회장이 연합전선을 펼치고자 준비체조 중이라는 것이다. 지금은 유진 양이 자기 어머니, 자매들과 돌면서 인사를 나누느라 바쁘지만, 로테이션이 끝나면 마지막엔 반드시 이 자리로 올 것이다. 그때를 준비하며 비릿하게 비웃고 있어야 하는데.

지금 태규의 신경은 온통 저쪽 어딘가로 쏠려 있었다. 예상했던 대로 아인그룹 둘째 망나니가 오 비서의 주변을 배회하고 있었다. 다행히 오 비서는 지시한 대로 똑똑하게 대처하고 있는 듯했다. 그래서 내심 안심했다가 자기가 안심하고 있었단 사실에 화들짝 놀라고 있는데, 저 하이에나 같은 놈이 포기를 안 하고 오 비서의 궤적을 같이 밟고 있는 게 아닌가.

"저 자식을."

튀어나가려는 순간 백봉식 회장이 부르는 바람에 다리에 장착했던 용수철을 잠시 철회했다. 눈만 거기에 둔 채로 대충 대답을 하며 고개를 돌린 순간, 태규의 눈썹이 송충이처럼 꿈틀거렸다.

거기 있어야 할 것이 거기에 없었다.

용수철이 다시 장착된 건 순식간이었다. 태규는 조부가 부르건 말건 그대로 홀을 가로질러 빠른 걸음으로 파티장을 빠져나갔다. 그와 동시에 유진 양이 모든 인사를 마치고 이쪽으로 오고 있다는 건 태규에게 관심 밖의 일이었다.

그는 입구를 나오자마자 정신없이 '말 안 듣는' 오 비서만 찾았다.

"감히 내 명령을 어겨? 내 드레스를 입고서 그 미친놈을 따라나가? 걸리기만 해라. 넌 바로 해고야!"

제 분에 못 이겨 소리치며 뛰어다니는 태규를 지나가던 사람들이 쳐다보았지만 그는 원래 남들 시선을 신경 쓰는 인간이 아니었다. 그저 눈을 희번덕거리며 오늘 목을 자를 한 여자만을 찾는데, 그때 저쪽에서 애플민트 색의 미니드레스를 입은 그 여자가 손수건으로 손을 닦으며 이쪽으로 걸어오고 있었다.

순간 태규의 눈썹이 확 끌려 올라갔다. 기가 막히게도 태평하게 자기 손의 습기 제거에만 신경 쓰고 있는 저 여자가 그렇게 무심해 보일 수가 없었다.

감히 내 말을 어기고서 그놈이랑 사라진 걸로도 모자라 둘이서 뭘 했길래 손을 닦고 있는 거야? 됐고, 그까짓 거 자신이 신경 쓸 바 아니다. 그저 넌 해고야!

아무래도 안 되겠어. 잘라 버려야겠어. 내 말을 안 듣는 비서 따위, 필요 없어!

이미 눈이 뒤집힌 태규는 한 번 뒤집힌 눈을 제자리로 돌려놓을 생각도 없이 그대로 성큼성큼 걸어 오 비서의 앞을 딱 가로막고 섰다.

귀찮아 죽는 줄 알았다.

'너랑 한마디도 하지 않겠다' 는 뜻을 아무리 피력해도 아인그룹 망나니는 그걸 도도하게 튕기는 걸로 해석했나 보다. 계속 주접을 떨어대자 귀찮아진 아리는 이러고 있다가 자칫 사장 놈 레이더에라도 걸릴까 봐 차라리 그 자리를 벗어나기로 했다.

"아, 따로 둘만 얘길 하자는 뜻?"

그런데 그 사이코 진드기가 그딴 소리를 지껄이며 따라 나오는 게 아닌가. 저 부류 인간들은 착각도 스토리텔러 수준이다. 망나니 바이러스에 휘말리기 전에 아리는 걸음을 빨리해 여자 화장실로 쏙 들어가 버렸다. 다행히 다시 나왔을 땐 제풀에 지쳤는지 사라지고 없었다.

"명령 완료. 임무 복귀."

아리는 자신의 기지에 감탄하며 다시 하태규의 사이코 짓에 장단을 맞추기 위해 파티장으로 걸음을 옮겼다. 그런데 갑자기 전봇대만 한 그림자가 갑자기 앞을 가로막기에 갸웃하며 쳐다보았더니, 아까 그 진드기보다 더하면 더했지 덜하진 않은 또 다른 사이코가 서 있었다.

그런데 이상한 게, 평소에도 예민한 인간이긴 했지만 오늘따라 더 분노에 차 있는 것 같다. 도대체 무엇이 얘를 이렇게나 화나게 했는가!

"감히 내 명령을 멋대로 어겨?"

나네, 나. 내가 얘를 화나게 했나 보네.

아리는 엿가락처럼 흘러나오려는 한숨을 겨우 참고서 또박또박 반론을 재기하려고 했다.

그러니까…….

'저는 사장님 지시를 지키려고 최선을 다했는데 웬 진드기 같은 놈이 계속 따라붙는 바람에 어쩔 수 없이 화장실로 잠시 피

신하고 온 것입니다.'

"넌 해고야!"

하지만 입을 떼기도 전에 최후통첩이 날아오는 바람에 아리는 어안이 벙벙해지고 말았다.

"지금 뭐라고 하셨어요? 다시 한 번만 말씀해 주시겠어요?"

기껏 그런 일로 평상시보다 더 미친놈처럼 날뛰는 이 인간한테도 어이가 없었지만, 짧은 순간 정말 이대로 잘려 버리고 내 인생 되찾을까 하는 욕망이 우박처럼 쏟아졌다. 하지만 이렇게 잘리는 건 자신의 명예에도 좋지 않고 노동법상 공평하지도 않다.

"해고라고! 꼭 두 번 말해야 알아들어? 드레스 입으랬지 보청기 빼랬어?"

"보청기는 원래 하지도 않았습니다만, 한 번만 더 묻겠습니다. 해고입니까?"

"그래. 세 번 정도 더 말해줄까? 해고! 해고! 해고! 내가 분명히 일 미터 안에 있으라고 했지! 나만 보고 있으라고 했지! 딴 놈이랑 말 섞지 말라고 했지!"

와, 누가 들으면 엄청난 애정 고백인 줄 알겠다.

안 그래도 지나다니던 사람들이 사랑싸움 한다고 숙덕거리고 있었다. 살다 살다 저렇게 기분 나쁜 소린 처음 들어봤다. 어디다 대고 사랑싸움이야?

"일 미터가 이렇게 길었어? 너 수학 못해? 대체 언제부터 네 멋대로 일 미터를 늘였다 줄였다 할 수 있게 됐어?"

애가 할아버지한테 혼났나? 그래도 그렇지 어디서 뺨 맞고 어디서 화풀이 하는지 모르겠다. 그래도 인간은 미쳤으되 상식은 있는 줄 알았더니. 여기서 말하는 상식이란, 제 성질이 못돼 먹어서 그냥 습관처럼 하는 지랄이지, 딴 데서 열받았다고 아랫것들 잡지는 않는다는 그 상식이다. 이쯤 되니 이쪽도 화가 나서 아리는 매우 차분하게 수류탄을 같이 투척했다.

"그럼 사표는 내일 제출하면 되는 건가요? 아니면 사표 없이 그냥 해직 처리하실 건가요?"

다 포기하고 나니 사람이 이렇게 차분하고 고요해질 수가 없다. 솔직히 당장 잘리면 여러 가지 금전적인 문제가 닥치긴 하겠지만, 막노동을 하더라도 이것보단 편하겠다. 그래서 세게 나갔더니 자기가 계획하던 시나리오를 벗어났는지 하태규가 일순 움찔했다. 아주 미세한 움직임이었지만 확실히 봤다.

'이럴 줄 알았으면 진작 지를걸. 자르면 바짓가랑이라도 붙들고 늘어질 것처럼 굴었더니 그렇게 사람을 개무시하고 말이야.'

다 끝난 마당에 지금에야 유레카를 발견한 기분이다. 그것은 엄청난 허무감을 동반해 왔다.

"지금, 해고를 받아들이겠다고?"

"원하시는 게 그거 아닌가요?"

UFC 옥타곤에라도 오른 기분이다. 뭔가 약간 당황하는 것 같은 저 하태규의 얼굴을 보고 있자니 앓던 이가 쑥 빠지는 기분이다.

'이 정도 명령 좀 어겼다고 사람을 잘라? 너 같은 건 한번 비서 없이 죽을 똥 싸며 고생해 봐야 돼. 이제부터 스케줄도 네가 관리하고, 일도 혼자 하고, 여자한테 선물도 네가 보내고, 역기도 네가 들어!'

"왜요? 말씀하시고 나니 조금 아쉬우신가요? 하긴 저만큼 노예처럼 구는 수족을 또 어디서 찾겠어요?"

"너 아주 사람 열받게 하는 재주가 있구나?"

"그만두는 마당이니 솔직하게 말씀드리겠습니다만, 어디 사장님만 하려구요? 사장님 발치에도 못 미칠 수준입니다, 전. 그리고 덧붙여 말하자면 저는 '너'나 '야!'가 아니라 '오 비서'입니다, 오.비.서!"

맹렬하게 서로를 쏘아보고 있는 그때였다.

"태규 오빠아!"

저쪽에서 처음 보는 여자가 드레스 자락을 나풀거리며 이쪽으로 생기발랄하게 뛰어오고 있었다. 그런데 가만히 보니 본 적 있는 여자다. 흘긋 봤을 땐 잘 몰랐는데 가까워지자 얼굴 골격이나 미세한 분위기 같은 게 눈에 익었다. 저 미모의 여성은 백봉그룹 백봉식 회장의 둘째 손녀 백유진 양이다.

'오, 점순아, 너 수술 잘됐구나?'

그야말로 순데렐라에서 신데렐라로 변한 그 얼굴이 신기해서 계속 보고 있는데도 하태규는 계속 이쪽만 보고 있는 것 같다. 정작 점순이가 부른 건 저 남자가 아니던가? 도대체 왜 저러는 건지 도통 의아해서 그를 돌아보는 순간이었다.

"태규 오빠, 왜 여기 있어요? 할아버지께서 부르세요."

점순이, 아니, 유진 양이 태규의 한쪽 팔에 쏙 팔짱을 끼며 달라붙는데 그걸 1초도 안 돼 확 털어버린 하태규가 갑자기 아리의 팔을 확 낚아챘다. 그 바람에 작용 반작용의 법칙으로 무게 중심이 확 쏠린 아리의 허리를 받쳐 든 그가 그대로 아리의 허리를 꺾고서 거칠게 입술을 덮쳤다.

뭔가 차가운 살갗이 확 덮쳐 오는 감각에 정신줄을 놓쳐 버린 1인, 그건 바로 키스를 당하는 아리였고, 또 하나의 1인은 그 광경을 눈앞에서 목격한 유진 양이었다. 두 여자가 정신을 놓아버린 사이에 하태규는 제 할 거 다 했고, 어느새 혀까지 사용해 남의 입안을 제멋대로 헤집고 다니고 있었다. 순간 아리의 정신이 확 돌아왔다.

"지금…… 뭐 하는 짓이에요!"

엄청난 짝! 소리와 함께 하태규의 얼굴이 옆으로 홱 돌아갔다. 얼마나 세게 쳤는지 아리는 손까지 다 아팠고, 맞은쪽은 그

대로 목이 돌아간 줄 알았다. 그가 한 손으로 천천히 뺨을 만지
며 물끄러미 그녀를 돌아보았다.

아리는 부들부들 떨었다. 방금 저 인간이 아플 정도로 빨아대
는 바람에 감각이 없어진 입술을 짓이기듯 꼭 깨물고서 한참을
사시나무처럼 떨던 아리는 곧 도망치듯 그곳을 벗어났다.

4편

'지랄맨' 이라 쓰고 '하태규' 라 읽는다

"what the fuck!"

믿을 수 없는 일이 벌어졌다.

키스라니.

키스라니!

키스 kiss [발음:키쓰]

파생어:키스하다

1. 성애의 표현으로 상대의 입에 자기 입을 맞춤. [비슷한 말] 입맞춤.

2. 서양 예절에서 인사할 때나 우애·존경을 표시할 때에 상대의 손 등이나 뺨에 입을 맞추는 일. [비슷한 말] 입맞춤.

키스를 사전적으로 찾아보면 저렇게 나온다. 1번 경우는 절대 생각하고 싶지 않으니 어떻게든 2번 쪽으로 치우치고 싶은데, 하태규가 오 비서에게 '우애·존경' 같은 걸 가질 리가 없다. 또한 손등이나 뺨이 아니라 진짜 입에다가 했다. 그것도 혀까지 써서.

아직도 하태규의 타액이 남아 있는 것 같아 아리는 욕실로 달려가 웩웩! 토해내고 양치질을 한 번 더 했다. 이것으로 오늘 양치질만 서른 번째다.

공포.

세면대를 붙잡고서 아리는 부르르 떨었다. 키스란 건 당연히 기분 좋은 건 줄 알았다. 설레고 따뜻하고 행복한 건 줄 알았다. 이렇게 불행하고 무서운 건 줄은 정말 몰랐다.

느낌? 그딴 거 하나도 없었다.

다만 한 가지 기억하는 건, 처음 닿는 순간 너무도 차가웠던 입술의 온도.

사람의 피부가 그렇게나 차가울 수 있다는 게 놀라웠다. 인정머리 없는 인간이라 입술마저 차가운가 보다. 물론 그 이후에 이어진 무지막지한 마찰로 인해서 다소 온도가 올라갔다고는 해도 여전히 아리의 기억에 남아 있는 건 차가운 입술, 두려움, 공포, 돋아나는 닭살, 쥐구멍에라도 비집고 들어가고 싶은 낯

뜨거움, 절망 등등이었다.

"가만……."

그런데 정신을 차려보니 행위 자체보다 더 끔찍한, 엄청나게 무서운 가설 하나가 떠올랐다.

shit the…….

"설마 이 자식이 나 좋아하나!"

입 밖으로 내기도 싫은 그 말을 해버린 순간 아리는 이불장을 열어 이불을 모조리 끌어내 그 안에 파묻혀 달달 떨었다. 겨울도 아닌데 오한이 돌았다. 방 안 온도가 순식간에 뚝 떨어진 기분.

"에이, 설마."

아리는 고개를 저으며 허허 웃어 보았다. 하지만 아무리 가볍게 웃어젖히려고 해도 300볼트 전압에 감전이라도 된 듯 솜털이 바짝 곤두서는 이 예감에서 도저히 벗어날 수 없었다.

아니라면 왜 그런 짓을 했겠는가.

가능성? 이유? 그딴 거 따질 필요 없다.

왜냐하면 그건 미친놈이니까!

이불에서 빠져나온 아리는 정신 나간 사람처럼 방 안을 서성거리며 손톱을 불안하게 물어뜯었다.

"그럼 어떻게 하지? 정말 그런 거면 나 어떡하지? 진짜 싫은데 어떡하지?"

덜덜 떨면서 아리는 어쩌면 자신의 외모가 미친놈들의 이상형일지도 모른다는 궁극의 펀치를 맞고 말았다. 아인그룹 둘째 망나니도 그렇고 하태규도 그렇고…….

하지만 아무리 그래도.

"하태규라니!"

마치 연쇄살인범에게 사랑받는 기분과 필적하는 공포다. 렉터 박사가 지금 집 주변 어딘가에서 와인잔을 들고 씨익 웃고 있을 것 같은 기분. 온몸에 소름이 오소소 돋아서 아리는 다시 이불 안으로 슬라이딩했다.

싫고 좋고, 그 남자가 어떻고 저떻고 자세하게 따지고 짚어볼 게 아니다. 만약 하태규를 남자로 본다면? 그런 생각도 해본 적 없고 해보고 싶지도 않다. 단지 그냥 하태규니까! 하태규니까 그래선 안 되는 거고, 하태규니까 무서운 거다.

생각해 보라. 하루가 24시간이면 25시간을 욕하고 누가 그 인간 안 죽여주나 바라던 그 상대가 날 좋아하고 있다니! 그것보다 더한 사이코 스릴러가 어디 있단 말인가.

싫다. 정말 싫다.

"하태규의 이상형 따위, 정말이지 되고 싶지 않아!"

어떻게 누워서 언제 잠이 들었는지는 모르겠지만 아무튼 잠은 잤다. 드레스는 옷장 손잡이에 곱게 걸려 있다.

아리는 화장대에 앉아 비비크림만 간단하게 바르는 걸로 모든 화장을 끝냈다. 립글로스라도 살짝 바를까 싶었지만 식겁해 놀라 그만두었다. 혹시 그 인간이 나의 반짝이는 입술에 또 맛이 가서 그 얼음덩이 같은 입술을 들이대면 이번에야말로 심장이 멈출지도 모르겠다.

벌떡 일어난 아리는 걸어둔 드레스와 구두 등등, 받았던 걸 그대로 다시 종이가방에 차곡차곡 챙겨 들고 방문을 나섰다. 물론 오 비서 전용 검은색 정장 차림으로 돌아간 건 당연했다.

일단은 회사에 가야 했다. 드레스도 돌려주어야 했고, 정말 잘린 거라면 인수인계도 해야 한다. 그리고 미친 사장 하태규가 괜히 어제 일을 들먹이면서 고백이라도 하면 단호하게 거절하고 당당하게 회사를 떠나자! 그게 바로 3년 동안 한 번도 인격체로서 대우받지 못했으나 홀로 당당했던 오 비서의 품격이다.

전투 의지를 장착하고 거실로 나오는데 엄마가 아침부터 누군가와 통화하는 뒷모습이 눈에 탁 걸렸다. 그 축 처진 어깨로 봐선 상대가 누군지 안 물어봐도 알겠다. 우리 집 문제아 오빠가 아니고 누구겠는가.

뭔가 나쁜 예감이 들어 아리는 모르는 척 후다닥 속도를 냈다. 하지만 수화기를 내려놓은 엄마가 딸을 급하게 부르는 바람에 딱 붙들리고 말았다.

“아리야.”

“왜 또?”

“그게…… 오빠가 아무래도 급한가 보다. 어떡하겠니. 기왕 시작한 사업인데 저대로 망하게 둘 순 없잖아.”

아니나 다를까, 지치지도 않고 사고를 터뜨리는 외아들이 또 엄마를 붙들고 아침 댓바람부터 돈 얘기를 했나 보다. 아들 하나, 딸 하나, 슬하에 두 명의 자식을 아버지 없이 홀로 키운 엄마는 자식 사랑이 극진했다. 그것도 한쪽으로만 일방적으로.

벌써 몇 번이나 남에게 돈을 빌리고 갚지 않거나, 주변 사람들에게 대단한 사업 아이템인 양 속여서 돈을 빼내는 등 금전 사기를 치고 다녀 콩밥 먹을 뻔한 아들을 엄마는 어떻게든 또 돈으로 무마해 빼냈다. 적금을 깨든, 보험을 해지하든, 사채를 끌어 쓰든 수단 방법을 가리지 않았다. 그렇게 억척을 떠는 바람에 하나밖에 없는 아들의 간은 점점 비대해지고 딸의 빚은 점점 늘어나고 있단 걸 엄마는 정말 모르는 걸까?

“그냥 눈 딱 감고 한 번만 놔둬봐. 그냥 망하게 두라고. 그럼 자기도 정신 차리고 다신 사업한다는 소리 안 할 거 아냐. 엄마가 자꾸만 도와주니까 오빠가 엄마 믿고 저러는 거잖아.”

“너 또 그런 소리 할래? 기왕 시작한 거잖아. 어떻게 하고 있는 사업을 망하게 해. 오빠가 남이니? 정말 망해서 저대로 폐인

되는 거 보고 싶어 그래?”

“다 자기가 저지른 일이잖아! 오빠가 무슨 재벌 아들이야? 우리도 먹고살기 힘든데 왜 그렇게 해달라는 대로 다 펑펑 해줘? 그리고 그 돈은 다 누구 돈인데? 내가 진짜 엄마랑 오빠 때문에 3년 동안 무슨 취급당하면서 회사 다닌 줄이나 알아?”

“그래도 네 능력이 되니까…….”

“되긴 뭐가 돼? 나도 남들처럼 치사하고 더럽고 짜증 나면 똑같이 일 안 하고 싶은 사람이야. 그래도 남들은 다 때려치워도 난 어떻게든 참았다구. 그놈의 잘난 오빠 때문에. 엄마 기억 안 나? 오빠 대학교 때도 자기 손으로 용돈 한 번 안 벌었어. 그런데도 차 끌고 다니고 무조건 브랜드 옷에 무슨무슨 여행이다, 어학연수다, 스펙 키운다 하면서 얼마나 돈 퍼부었어?”

“그거야 다 필요한 거 했지, 걔가 일부러 그랬니? 돈도 없고 백도 없는데 스펙이라도 쌓아놔야 취직이라도 될 거 아냐.”

“그럼 난? 난 어땠게. 장학금 놓칠까 봐 코피 터지도록 공부하면서도 단 하루도 못 쉬고 알바 두 탕, 세 탕 뛰고. 그나마 그 돈도 다 오빠한테 뺏기고, 집세 낸다고 보태고, 생활비 부족하다고 메우고. 그때 엄마가 뭐라고 했어? 나중에 다 오빠가 갚아줄 거다. 근데 졸업하고 나서 어땠어? 지금까지 내가 오빠 사고 친 거 막고 다니고 있잖아!”

"그래, 알아. 엄마가 너 고생한 거 왜 모르겠니. 그래도 오빠가 이번이 마지막이라니까, 정말 마지막이래. 딱 이번 한 번만 도와주면……."

"그놈의 마지막, 지겹지도 않아? 딱 이번 한 번만이 도대체 몇 번째냐구. 아, 몰라! 내가 무슨 성냥팔이 소녀야? 언제까지 오빠 때문에 손 덜덜 떨면서 성냥 팔아서 오빠 뒷바라지해야 해? 싫어. 나 이제 더 이상 안 할 거야. 그리고 어차피 이젠 하지도 못해. 회사 잘렸단 말이야!"

아리는 그대로 소리를 빽 질러 버리곤 집을 뛰쳐나왔다.

해도 해도 너무한다. 아들 바보 엄마도 보기 싫고, 정신 못 차리고 아직도 사고치고 다니는 서른다섯 사고뭉치 오빠도 보기 싫다. 그리고 하태규도 보기 싫고.

그나마 오늘로서 셋 중에 하나는 해결될 줄 알았다. 하태규는 이제부터 안 보면 되니까. 하지만 잘난 오빠 탓에 그것조차 여의치 않게 생겼다.

회사에 도착한 아리는 자신의 책상에 멍하니 앉아 있었다. 평소대로라면 이 인간이 오늘도 양평에서 처자고 있는지 제집에서 뒹굴고 있는지 그것부터 확인하고, 확인이 되면 사장실 정리하고, 스케줄 뽑아내고, 어차피 하나도 안 할 테니 그 일정 조절하는 걸로 오전 시간을 보냈겠지만, 지금은 뭘 어디서부터 건드려야 할지 모르겠다.

엄마와 밉상 오빠 때문에 마음먹은 대로 박차고 나가지도 못하겠고, 그렇다고 하태규 얼굴 보는 것도 두렵고. 하태규가 정말 날 좋아하는 거면 어쩌지? 그건 더 무섭고. 이런 거 저런 거 싫으니 확 도망가고 싶은데 그랬다간 정말 잘릴 테고, 잘렸다간 또 엄마와 밉상 오빠가 자신을 괴롭힐 테고.

"먹이사슬이다. 완벽한 먹이사슬이야. 도대체 나더러 어쩌라는 거야? 난 자유의지가 없어? 난 사람 아냐? 내가 자유의지 좀 가지면 세계가 멸망하기라도 해? 지구가 폭발해? 도대체 나한테 다들 왜 이러냐고!"

성질내다 보니 자기가 점점 누군가를 닮아가고 있단 걸 깨닫곤 기겁해서 자신의 입을 때렸다.

달칵!

그런데 그때 사장실 문이 벌컥 열리는 바람에 아리는 앉은 자리에서 팝콘처럼 튀어 올랐다. 지옥문이 열리는 게 이런 기분이리라. 하지만 안에서 나온 건 하태규가 아니라 김 기사였다.

"어? 오늘 늦으셨지 말입니다. 아깐 없던데. 어디 들렀다 오셨어요? 그럼 절 부르시지 말입니다."

김 기사가 아무것도 모르고서 해맑게 웃으며 아리를 반겼다.

"쉿!"

아리는 자신보다 두 살 아래인 김 기사를 가까이 오라고 손짓

해서 소리 죽여 물었다.

"얘 안에 있니?"

"네, 벌써 출근하셨지 말입니다."

"아, 왜? 오늘은 집에 있을 날이잖아."

"그러게요. 아침부터 출근하신다고 호출하기에 저도 놀랐지 말입니다."

"……혹시 내 얘기 같은 건 안 하던?"

"방금 전에 한 번 하셨지 말입니다. 오 비서 아직 출근 안 했냐고."

"헉!"

"왜요? 사장이 비서를 찾는 건 당연하지 말입니다?"

"그, 그니까. 아무것도 아냐."

아리는 시치미를 뚝 떼고 고개를 돌렸다.

출근 안 했냐고 물었다는 건 아직 안 잘랐다는 얘긴가? 정말이지 쿨하고 세련되게 한 방 먹이고 사무실을 떠날 수 없는 이 구질구질한 처지가 원망스럽구나. 어떻게든 한 대 때리고 그만둬야 되는데……. 아참, 어제 때리긴 때렸지. 하는데 그 순간 인터폰이 불길하게 삑! 울렸다. 아리는 심호흡을 크게 하고 수화기를 들었다.

"네."

〈들어와.〉

뚜—!

하여튼 이 모양이다.

고민과 두려움 어느 쪽이 더 큰지 가늠도 안 됐다. 아리는 옷매무새를 바로 하고 차분하게 사장실로 들어갔다.

"부르셨습니까."

하지만 들어선 순간 아리는 고개를 갸웃해야 했다.

사장 놈이 일을 하고 있었다.

반듯하게 자기 자리에 앉아서 산처럼 쌓인 서류들을 하나하나 검토하고 있는 그 모습이 정말 하태규가 맞나 싶다. 시간은 오전 열 시 십 분. 결코 하태규가 서류라고 불리는 종이 쪼가리들을 넘겨보고 있을 시간이 아니었다.

"조 상무 이 개새끼! 이거 또 턱도 없는 예산을 갖다 붙여놨네. 이딴 서류에 사인을 하라고? 조 상무 어디 갔어? 보나마나 골프장에 있을 테니까 당장 잡아와! 회사 돈이 지 쌈짓돈이야? 어디서 세뱃돈 주듯 기분대로 막 퍼주고 있어? 이런 건 아주 잡아 앉혀다가 강제로 세배를 시켜야 정신을 차리지."

한숨을 내쉬는데, 조 상무 욕에 정신이 팔려 있던 하태규가 흘긋 눈을 들었다. 그제야 아리와 시선이 마주친 그가 이렇게 성질을 냈다.

"거기서 뭐 하고 섰어? 조 상무 잡아오란 소리 못 들었어? 왜? 너도 나한테 강제 세배 한번 당해보고 싶어?"

참, 유구무언이다.

이로써 어제 밤새도록 그녀를 괴롭혔던 너무도 무시무시한 예측 하나가 깡그리 지워지는 중이다.

[키스, 그것을 한 이유는 하태규가 오아리를 좋아해서이다.]

삐익! X!

안도의 한숨이 찐득찐득하게 올라와 전신을 노곤하게 했다. 얼마나 다행인지 그 자리에서 만세삼창이라도 부르고 싶었다.

당연하지. 좋아한다면 저딴 식으로 행동할 리가 없지. 아무리 하태규라도 저 눈은, 저 태도는 절대 좋아하는 여자를 향한 게 아니다. 잡아먹을 듯 이글거리긴 했지만, 그건 오로지 조 상무를 잡아 족치고 싶다는 열망에서 기인한 불꽃일 뿐.

'그런데 내가 지금 해고된 상태던가, 아니던가?'

일단 그거부터 알아야 조 상무를 잡으러 가든 말든 판단이 설 텐데, 물어보기도 전에 하태규가 다시 서류를 보는 바람에 입도 뻥긋 못했다. 어쩌지? 저럴 때의 하태규는 그냥 가만 놔두는 게 상책인데.

평소에 그렇게 열심히 좀 일하지!

"거기서 뭘 고민하고 섰어? 그만두고 싶으면 그만둬."

그런데 순간 하태규가 먼저 치고 들어오는 바람에 아리는 흠칫했다.

어…….

안 되는데. 이런 식의 흐름이면 곤란한데. 그럼 이쪽이 저자세의 파도를 타게 될 확률이 큰데.

그만두고 싶으면 그만두라는 사람한테는 '안 그래도 그만둘 거거든요?' 같은 대답은 안 나온다. 그보다는 '저기, 잠깐만……. 제가 그만두고 싶단 게 아니라……' 같은 망설임이 반사적으로 튀어나가게 돼 있다.

"그런 일까지 당하면서 너도 여기 붙어 있고 싶지 않을 거 아냐. 어제 보니까 아주 자기가 무슨 비운의 여주인공이라도 되는 양 달려 나가시던데? 엄청난 불쾌감과 분노를 동반하고서 말이야. 주제 파악을 못해도 유분수지."

아리의 눈썹이 가운데로 모여 좁혀졌다.

"제가…… 굉장히 불쾌했으리란 것은…… 아세요?"

"뭐?"

"그게 그렇잖아요. 아신다는 건 자기반성을 했다는 뜻인데, 사장님은 그런 걸 하실 인간, 분이 아니잖아요?"

"자기반성 같은 소리 한다. 누가 반성을 했다는 거야? 싫은 인간한테 그런 짓 당하면 나도 싫었을 테니 하는 소리 아냐."

참 사람 할 말 없게 만들고 있다.

"어차피 이 인간, 저 인간 날 싫어하는 인간들뿐인데 '오 비서 너마저도!' 같은 생각 따윈 안 해. 날 좋아하면 내가 아주 그걸 작살내 줄 테니까."

와, 우리 미친 사장이 비록 천만가지 안 좋은 점을 갖고 있지만 유일하게 딱 하나 장점이 있다면 바로 자기 자신을 너무 정확하게 파악하고 있다는 것이다.

'네가 뭔데 날 안 좋아해?' 같은 소린 안 한다. 자기가 딴 사람들을 쥐 잡듯 잡으니 딴 인간들도 자길 싫어하는 걸 쿨하게 인정한다는 거다. 하긴, 어떨 때 보면 욕 얻어먹고 싶어서 더 지랄 떠는 것 같기도 하니까. 만인의 증오를 모아서 에너지로 삼아 살아가는 듯한 인간. 만인의 사랑을 받는 존재가 될 바에야 저 인간은 그냥 자기 목숨 끊을 거다.

솔직히 키스 후에 벌레 보듯 하진 않았나 싶어서 보복당하면 어쩌나 걱정스러웠는데 그건 해결된 것 같고.

"후임자 걱정은 말고, 갈 거면 이 자리에서 인사하고 가."

하태규는 싸늘했다.

그 와중에도 자기한테 인사는 하고 가란다.

"나가다가 김 기사한테 조 상무 잡아오라고 전하고. 10분 내로!"

게다가 조 상무를 잡아 족칠 기대로 엑스터시라도 한 방 맞은 듯 사악하게 반들거리고 있는 그 눈엔 오 비서를 보내는 것에 대한 어떤 사적인 감정도 없어 보였다. 이쯤 되니 망설이는 건 오아리 쪽이 되었다.

오아리를 안 좋아하는 건 확실한 것 같고, 게다가 착실하게 출근해서 안 하던 일까지 하고 있다. 자신은 아침에 엄마한테 퍼부은 일 때문에 속이 쓰리고, 어차피 소리소리 질러봐야 엄마가 한숨 쉬며 괴로워하는 걸 보면 또 돈을 해주고 싶어질 테고, 그럼 돈벌이가 절실해질 테고, 직장 그만둔 걸 후회할 테고……

일련의 예측들이 파노라마처럼 펼쳐지자, 초조함에 입술만 바짝바짝 말라갔다.

"왜 안 가고 있어? 아, 뭔가 하나 빠졌지?"

뭐지? 퇴직금인가? 그걸 저 인간이 신경 쓸 리가 없는데.

"사과받고 싶어? 그런데 내가 웬만하면 사과를 안 하는 삶을 살아온지라 입 밖으로 잘 안 나와. 정 받고 싶으면 메일로 처리하든가."

아리는 기가 막혔다. 사과 같지도 않은 사과 드립을 쳐서 그런 게 아니라, 저 인간이 자기 입으로 사과 소리를 하고 있다는 게 놀라워서다. 방법은 여전히 재수 없었지만 저 정도면 아주 많이 사과한 거다.

"사과보다 먼저 왜 그런 일이 있었는지 이유부터 듣고 싶은데요."

"어, 그건 내가 필요해서 그랬어."

그 너무도 명료하고도 뻔뻔한 대답에 아리의 눈이 휘둥그레졌다.

이 무슨 편의적인 소리인가. 오아리가 네 편의점이더냐?

"뭐가 필요했단 말씀이신데요?"

"집안끼리 백유진이랑 결혼 얘기가 오가고 있었어. 그런데 난 걔가 싫어. 왜냐? 못생겨서."

딸꾹. 그래, 너의 인성이 당연히 그러시겠죠.

"그래서 어떻게든 백유진을 떼어버려야 하는데, 네가 눈앞에 있기에 아주 좋은 묘수가 떠오르더라고. 남의 회사 창립기념파티에서 비서한테 수작 부리는 인간에게 누가 자기 딸 주고 싶겠어? 그래서 이용 좀 했지."

하, 말하는 본새 좀 봐라.

이용?

아리의 얼굴이 서서히 굳었다. 열받으라고 하는 소리에 열 안 받는 인간 있음 나와 보라 그래라. 어쩜 저렇게 못돼 처먹었을까? 설사 그렇다 하더라도 좀 돌려 말하면 어디가 덧나냐?

"왜? 기분 나빠? 나 원래 그런 인간인지 몰랐냐?"

아니, 알고 있었다. 너무 잘 알고 있어서 주리를 틀어주고 싶을 정도였지만, 일단 현재 기분은 기분 나쁜 것 45%, 나머지는 '오! 그런 뒷사정이 있었구나?' 하는 안도감이었다.

다른 것도 아니고 점순이 떼어내려고 그런 거였다니 납득은 갔다. 더불어 이쪽은 안심. 하필이면 그때 앞에 서 있어서 똥물을 뒤집어쓴 건 천추의 한이었지만.

그때 눈을 가늘게 뜨고서 자신을 쳐다보고 있는 사장과 눈이 딱 마주쳤다.

"왜, 왜 그렇게 보세요?"

"너야말로 왜 그러는데? 오늘 내 말에 대답 안 하기로 작정했어? 왜 입도 뻥긋 안 하고 그러고 있어?"

안 그래도 이제부터 말할 거다.

"그럼 그 키스엔 아주 작은 불순한 의도도 없었단 말씀이시죠?"

제발 그래야 돼, 너!

하태규의 한쪽 눈썹이 꼴 보기 싫게 위로 휙 끌려 올라갔다.

"불순이고 뭐고, 근데 가만히 듣고 있으니까 너 왜 이렇게 불손해? 아무려면 내가 기껏 너한테 그런 걸 막 섞어대겠어? 불손에 오만방자에 아주 갈 데까지 가는구나. 내가 눈이 그렇게 낮은 줄 알아!"

그 눈에 대해선 일절 관심 없지만, 앞으로도 계속 낮아주길 바라는 바이다.

"내가 뭐라고 했어? 넌 등가죽, 난 뱃가죽! 내가 뱃가죽이면 넌 등가죽! 우린 그런 하등 만날 일 없는 사이라고! 너 학교 다닐 때 국어 안 배웠어? 도통 주제 파악이 안 돼? 선생 이름 뭐야? 어느 학교 나왔어?"

"펄쩍펄쩍 뛰시는 걸 보니 저만큼 사장님도 불쾌하셨단 뜻으로 받아들이고 서로 없었던 일로 치겠습니다. 처음이자 마지막이었다고 믿고 넘어가겠다는 뜻입니다.”

“하! 너 지금 뭐 하냐?”

“성추행으로 고소할 수도 있는 사안이지만 사장님의 인격과 높은 눈을 믿겠다는 뜻입니다. 다만 후에 백유진 양에게서 비공식적으로 생명의 위협이라거나 비슷한 게 온다면 그때 사장님께 공식적으로 건의드려도 되겠습니까?”

진심으로 진지하게 묻자 하태규가 한숨을 흘렸다.

“아, 그래그래! 네 마음대로 해! 나한테 직접 건의하든가 회사 고충처리위원회에 때리든가. 아, 머리 아파. 이제 다 귀찮으니까 오 비서 네 맘대로, 아니, 이제 해고됐으니까 오 비서도 아니네? 오씨? 이것도 이상하고. 그나저나 너, 이름은 뭐냐?”

그 해괴한 질문에 아리는 실로 기가 막혔다. 3년 동안 자신은 저 인간의 본명, 별명, 취미, 습관, 여자 취향에 속옷 사이즈까지 알고 있는데 저 인간은 비서의 이름 하나 모르고 있다니!

“오아리입니다.”

“뭐? 옹아리?”

“오아리요. 오.아.리.”

“오아리? 이름이 뭐가 그래? 도통 부를 일이 있었어야지.”

진심인 것 같다. 진짜로 진심인 것 같다.

“오 비서한테도 이름이 있었을 줄이야. 오경직, 오밀리터리 이런 건 줄 알았더니."

뭐라는 거야? 너야말로 하지랄, 하또라이, 하미친놈, 하수구 뭐 이딴 걸로 부르고 싶었다.

"아무튼 너, 이제 그만 가."

기껏 사람 이름 물어놓고 또 '너'란다. 그럴 거면 왜 물었는데?

하지만 아리는 쉽사리 나가지 못하고 있었다.

"……사장님."

"뭐? 또 왜?"

"제가 처음이자 마지막으로 부탁이 하나 있는데 말씀드려도 될까요?"

"하지 마."

"네……. 그럼 이만."

나가려는 아리의 뒤통수로 하태규의 말이 휙 날아왔다.

"뭔데, 처음이자 마지막 부탁이란 건?"

"……이번 한 번만 저에게 자유의지를 주시면 안 될까요?"

"자유의지? 그 희한한 건 또 뭐야?"

"그만두고 싶으면 그만둬라, 사장님은 분명 그렇게 말씀하셨습니다. 그 말은 그만두고 싶지 않으면 그만두지 않아도 된다는 뜻으로 해석할 수도 있습니다만."

"그래서 네가 선택하시겠다? 자유의지로?"

"네, 그만둘지 어떨지 제가 스스로 결정하도록 한 번만 기회를 주셨으면 합니다."

어차피 통하지 않을 거라고 생각했다. 당연히 헛소리하지 말고 꺼지라고 할 줄 알았는데 하태규는 의외로 진지한 표정으로 이렇게 대답했다.

"야, 그냥 나가."

역시 안 통했나 보다.

"나가서 당장 조 상무 잡아와."

힘없이 돌아서려던 아리의 걸음이 우뚝 했다.

설마 하태규한테 내 말이 통한 건가? 그래서 한 번 접어준 거?

아니다. 해고는 철회해 주겠지만 자유의지는 결코 줄 수 없단 소리다, 저거. 스스로 선택은 무슨 선택이냐. 하태규가 어떤 인간인데, 고작 비서한테 'out of control'을 하사하겠느냔 말이다.

"감사합니다."

어쨌든 앞으로도 계속 월급은 받을 수 있으니 절반의 승리라고 치고 아리는 산뜻하게 인사했다. 애초에 사태를 이렇게 만든 건 저 인간인데, 롤러코스터를 탄 건 이쪽이 돼버렸으니 이게 바로 자본주의의 폐단인 거다.

"감사고 뭐고, 오늘은 스케줄대로 처리할 거니까 시간 겹치지 않게 스케줄 잘 잡고, 일곱 시쯤 맞춰서 레스토랑 하나 예약해 놔."

아리는 얼른 스케줄 수첩을 꺼내 시간을 메모했다.

"개인적인 약속이세요?"

"세 시쯤 할머니 쪽 사람한테서 전화 올 거야. 예약한 시간이랑 레스토랑 위치 알려줘."

"네, 알겠습니다."

대답하고 고개를 들었다가 간장이라도 삼킨 양 잔뜩 찌푸리고서 자신을 노려보고 있는 그와 눈이 마주쳐서 고개를 갸웃했다.

"더 시키실 일 없으면 그만 나가봐도 될까요?"

"아니? 퇴근하면 집에 들러서 청소해 놔."

"처, 청소 말씀이십니까?"

"아주머니가 5박 6일로 유럽 여행 갔대. 자식이 보내줬다니 얼마나 행복하겠어. 그런데 그쪽이 행복하면 할수록 집은 아주 지저분해. 제대로 해라, 구석구석 깨끗이."

5편

비서의 품격(品格)

"이런 미친놈! 이렇게 큰 집을 청소기도 없이 어떻게 청소하란 거야!"

그날 저녁, 끝이 없을 것 같은 마루를 걸레질하다가 결국 늑대의 포효를 내지르고 만 인간은 물론 아리였다. 1층, 2층 다 합쳐서 200평은 가뿐하게 넘을 것 같은 넓어빠진 집을 쓸고 닦고, 먼지 없애고 광내고 있으려니 사흘 동안 먹은 음식이 한꺼번에 역류할 지경이었다.

"아, 토 쏠려."

그렇다고 대충 청소해 놓으면 이 포악한 인간이 그걸 또 귀신같이 알아내고 사람을 족칠 테니 설렁설렁 할 수도 없었다. 그 얄미운 뒤통수를 벽에 확 누르고 문댈 수 있다면 얼마나 좋을까.

"도대체 전생에 무슨 원수를 져서 나한테 이러는 거야!"

게다가 이 집엔 청소기도 없다.

"아니, 대한민국 어느 가정에나 하나씩 있는 그 흔한 청소기가 이런 대궐 같은 집구석에 없다는 게 말이 돼?"

말은 된다. 이 집 주인의 미친 성격을 떠올리면 되고도 남는다.

"돈 주고 일 시키는데 청소기 같은 걸로 편하게 청소하는 꼴을 내가 두고 볼 것 같아?"

그렇게 지껄이며 멀쩡히 있는 청소기를 갖다 버린 것이다. 도대체가 남 편한 꼴을 못 보니 그게 사람인지 사람의 탈을 쓴 악마의 씨앗인지 분간을 못하겠다.

청소기만 없느냐? 당연히 세탁기도 없다. 그래서야 어떤 일하는 아주머니가 이 집에서 버텨내겠는가. 결국 이 사람 저 사람 전부 다 손 내젓고 떠났는데, 한 아주머니만이 놀랍게도 2년째 남아 집안일을 해오고 있었다.

그 아주머니가 무던해서? 아니, 오히려 영악해서다. 그 아주머니는 출근할 때 아예 청소기를 자신의 경차에 싣고서 출근하는 센스를 발휘했다. 세탁물은 집으로 가져가 빨아서 건조까지 시켜오는 방법을 터득했고. 정말이지 잔머리의 대가가 아닐 수 없었다. 그리고 그렇게 버텨낸 대가가 바로 다른 집의 배는 되는 수당이었다.

한마디로 그녀도 오아리와 같은 이유로 이 미친 인간의 집구석에 붙어 있다는 뜻인데. 돈! 돈! 그놈의 돈 때문에!

"바로 그 현명한 아주머니가 현재 즐겁게 유럽 관광 중이신 관계로 오아리가 죽어나게 생긴 거고."

"생긴 건 영화배우처럼 잘생겨서 하는 짓은 왜 그렇게 하나같이 덜떨어졌나 몰라."

언젠가 아주머니가 하태규에 대해 표현한 말이다. 격하게 동의하는 바이다.

흔히 '한숨이 나올 만큼 잘생겼다' 는 표현이 있다. 아리가 하태규를 처음 보고 든 생각이 그것이다. 인간이 얼마나 잘생겼는지 서 있는 것 자체로도 광채가 나고 스타일은 주변을 압도했다. 천장 높은 줄 모르고 시원하게 뻗은 기럭지는 안구를 정화시키는 느낌이고, 잠깐 걷는 것뿐인데도 사람 눈길을 딴 데로 돌리게 두질 않았다. 어릴 때부터 좋은 거, 비싼 거 두루두루 먹고 두르고 발라서 그런지 피부도 엄청 탱탱, 팽팽하고 귀하게 자란 인간 특유의 귀티가 몸 전체에 배어 있어 기품 잘잘 흐르고.

그래서 아리는 자신도 모르게 한숨을 쉬어버렸다. 하지만 감탄의 한숨이 푸념의 한숨으로, 경멸의 한숨으로 바뀌는 데는 오랜 시간이 걸리지 않았다.

"하아……."

그리고 지금 이렇게 또 원망의 한숨을 내뱉고 있다. 얼추 죽음의 청소가 끝나갈 때쯤 미친 사장 하태규가 귀가한 것이다.

"뭐야? 왜 사람을 보고 한숨을 쉬어?"

왜 한숨을 쉬겠냐? 네가 잘생겨서겠냐?

"청소 마쳤습니다."

걸레 든 손을 중풍 걸린 사람마냥 달달 떨면서 아리가 대답했다.

"피아노는?"

매의 눈으로 집 구석구석을 뒤지며 그놈이 물었다.

"닦았습니다."

"2층 운동 기구들은?"

"빡빡 문질러 닦았습니다."

"화단은?"

"물 주고 잡초 뽑았습니다."

"싱크대 기름때는?"

"팔 빠지게 깨끗하게 지웠습니다. 아직까지 팔이 붙어 있어 죄송합니다."

"소파 밑은."

"……지금 닦겠습니다."

아무튼 쌍시옷 들어가는 욕은 다 퍼부으면서 아리는 소파로 가서 낑낑거리며 그 큰 놈을 겨우 옮겨놓고 걸레질을 하기 시작했다. 그 꼴을 뒤에서 잠시 감시하는가 싶던 하태규는 다행히 2층으로 사라져 주었다.

다행이다. 가끔 사람 엄청나게 고생시켜 놓고 저는 TV 틀어 놓고 개그 프로그램 같은 걸 보며 피식피식 웃는 기함할 꼴을 보이곤 했기 때문이다. 그럴 때면 얼마나 얄미운지 딱 리모컨으로 뒤통수를 때려주고 싶었다. 특이하게도 저 웃긴 인간이 개그 프로그램 같은 걸 의외로 좋아했다. 아무튼 신기한 인간이다.

주인 성격처럼 배배 꼬인 나선형 계단을 밟아 하태규가 완전히 사라지자 아리는 곧장 거실 바닥에 드러누웠다.

"1초만, 5초만, 10초만 누워 있자. 아아…….."

어머니들이 어찌하여 허리 지지는 걸 그토록 좋아하시는지 아리는 지금 이 순간 온몸으로 깨닫고 있었다. 여긴 찜질방도 아니고 아랫목도 아닌데 그저 평평한 무언가가 허리 아래에 있다는 것만으로도 온몸이 노곤해지고 발끝부터 전기가 오는 것 같은 쾌감마저 일었다. 이런 게 바로 오르가즘? 자신도 모르게 앓는 소리가 터졌다.

"아아아아아…… . 으음…… . 하아…… ."

이건 뭐 「해리가 샐리를 만났을 때」의 맥라이언이 아니라 「오비서가 바닥을 만났을 때」의 오아리 버전이다. 이렇게 뇌쇄적인 소리가 자신의 입에서 기분 좋게 흘러나올 줄은 상상도 못했다.

비서의 품격.

오로지 완벽한 비서가 되기만을 갈망하며, 언제 어디서고 모시는 분의 수족이 되리라 다짐하면서 걸어온 외길 인생. 그 긴 시간 내내 그녀가 꿈꿔온 비서의 품격은 항상 고매하고 단아한 모습으로 저기 어딘가에 걸려 있었다.

하지만 꿈꾸던 비서의 품격은 날아간 지 오래이고, 지금은 이렇게 한 손엔 걸레를, 다른 한 손엔 놈의 머리채를 상상으로 움켜쥔 채 입을 헤 벌리고 퍼질러져 있다. 그리고 어느 순간 꼴깍 기절하듯 잠들어 버린 것 같다.

여긴 어디고 난 누구지?

과연 비서의 품격이란 무엇인가.

"……잘한다, 잘해."

옷을 갈아입고 내려온 태규는 사장 집 거실 한복판에서 팔자 좋게 널브러져 자고 있는 비서란 여자를 내려다보며 혀를 끌끌 찼다. 소파 밑 닦으랬더니 누가 업어가도 모를 정도로 퍼질러 자고 있다.

"내가 미쳤지."

역시나 어제의 애플민트 요정은 환각에 불과했다는 걸 이 여자는 몸소 보여주고 있었다. '오 비서 0호'로의 복귀. 어제는 그렇게 달콤해 마지않던 얼굴도 다시 보니 그냥 그런 호박덩어리였고, 과즙이 함빡 묻은 것처럼 촉촉하던 입술도, 종잇장처럼 가벼워 보이던 하늘하늘하던 몸매도 다 사라져 있었다.

실로 다행이다.

이제야 오 비서가 오 비서로 다시 보인다.

아무래도 어제는 머리가 어떻게 됐던 게 틀림없다.

애초에 목적은 논리적으로 점유진을 떼어내는 것이었다. 하지만 중간에 말도 안 되는 감정 폭발로 인해 공들여 준비해 놓은 모든 작전이 틀어지고 말았다.

사실 작전이고 뭐고 어젠 아무것도 보이지 않았다. 그따위 작전을 내린 자신의 뇌 따위, 해고다! 또한 해고라고 소리쳤다고 기다렸다는 듯 '그럼 해고당할게요'라고 담백하게 받아들인 저 괘씸한 여자에게는 절대 해고의 단비를 내리지 않으리라! 오기의 다짐으로 불타올랐다.

그 불꽃이 문제였다. 어느 순간 활활 타오르는 불길로 변하더니 결국 이성을 끊어놓았다. 정신을 차려보니 자신이 오 비서라고 부른 여자의 입술을 열정적으로 찾고 있었다.

그때의 자신은 단지 미쳤었다. 무조건 이 여자에게 자신을 새겨둬야겠다는 욕심이 앞선 본능적인 독선만이 자신을 지배했다. 짚불처럼 순식간에 머릿속이 타올라 재가 되었다. 다른 여자한테 키스함으로써 백유진을 떼어내겠다는 생각 따위를 할 마음의 여유도 없었다.

그래서 더 화가 났다.

하지만 신데렐라에게만 12시의 마법이 있는 게 아니었다. 다행히 하루가 지나니 오 비서는 본모습으로 정확하게 돌아왔다. 마법은 풀렸다. 이제 걱정할 건 없다. 질투라고 보기에도 뜬금없고, 무엇보다 상식적으로 말도 안 되는 감정의 폭발이었다. 뭔가에 홀려서 제정신이 아니었다고 하면 그나마 좀 말은 된다.

어제 그 일이 있고 점유진은 바로 쪼르르 양쪽 할아버지에게 달려가 하태규가 저지른 만행을 낱낱이 고했다. 우아하게 비밀을 지켜주는 것 따위 그녀에게는 없었다.

비보를 전해 들은 할아버지는 펄쩍펄쩍 뛰었다.

"그 비서가 오 비서야? 그 오 비서가 맞아? 오 비서를 좋아한 게야? 좋아하는 게 맞는 게야!"

사람을 들들 볶아댔다. 잘못하면 자신이 자르기 전에 할아버지가 먼저 '오 비서 0호'를 자를 판이었다. 해서 태규는 재빨리 머리를 썼다.

"결혼하기 싫어서 좀 써먹은 것뿐이에요. 좋아하긴 누가 좋아해요? 그딴 여자를."

내 걸 내가 자르면 잘랐지 다른 사람이 간섭하는 꼴은 절대 두고 볼 수 없었다. 그래도 이 여우 같은 할아버지의 표정에 의심이 사라지지 않기에 내키지 않았지만 다른 조건을 내걸었다.

"알았어요. 내일부터 맞선 봐서 6개월 안에 결혼 상대 찾으면 될 거 아니에요."

"유진이는?"

"백유진은 아니에요. 손자가 칼 물고 옥상에서 뛰어내리는 거 보고 싶으시면 계속 밀어붙이시든가."

팽팽한 접전 끝에 결국 조건은 대폭 수정되어 횟수는 서른 번으로, 6개월은 3개월로 확 좁혀진 채 결론이 났다. 그제야 할아버지는 노기를 살짝 풀었다.

사악한 '오 비서 0호'의 부적절한 변신이 자신을 이 지경까지 몰아넣은 것이다. 일곱 시 레스토랑 예약은 바로 그 이유 때문이었는데도 그 여자는 남의 사정도 모르고 알겠노라고 간단하게 대답했다.

그래서 자신은 그에 합당한 벌을 내려주었다.

하지만 벌을 받아야 할 당사자는 지금 이렇게 사지를 늘어뜨리고 자고 있다.

"이게 빠져선. 오 비서. 오아리. 야!"

자신이 아닌 다른 생명체가 자신의 집에서 자고 있다니, 있을 수도 없고 있어서도 안 되는 일이다. 그래서 여러 호칭으로 부르며 벌떡 일어나기를 기다렸지만 이 여자가 반송장이라도 되는 양 꿈쩍도 하지 않았다.

여기서 '내가 너무했나?' 라고 자기반성이 되는 인간이었다면 현재 '씹어 죽이고 싶은 남자 1위' 라는 타이틀은 거머쥐지 못했을 것이다.

이 여자에게는 자신을 '3개월 안에 결혼' 이라는 지옥에 들이민 초특급 죄가 있다. 오 비서면 오 비서답게, 오 비서스럽게 나타나면 되었을 걸 왜 남의 눈에 환각을 보이게 해 혼란스럽게 만들었느냔 말이다.

"그것이 너의 죄이니라."

그런 고로 너의 죄를 죽어도 사하지 않겠노라.

태규는 끈질기게 깨지 않는 오 비서의 옆에 무릎을 꺾은 자세로 덜렁 앉았다. 가만히 내려다보고 있자니 잘 때는 또 오 비서답지 않게 보드라운 얼굴이 나오는 것도 같다. 어쩌면 사람은 잠들었을 때 가장 인간 본연의 순수한 얼굴이 나오는 게 아닐까? 남의 집에서 퍼질러 자고 있는 오 비서의 얼굴이 어쩐지 그래 보였다. 하얗고 말갛고…….

"또냐?"

이래서 이 여자가 요물인 거다. 또다시 시각을 속이는 사기를 치기 시작했다. 고질병도 아니고 이게 무슨 증상인지. 하지만 첫 환각을 끝장나게 겪은 그에게 두 번째, 세 번째 환각은 점점 더 수월해지고 있단 걸 그는 모르고 있었다.

더 이상의 시각 습격은 없을 거라 안심하고 있다가 받은 어택이라 더 곤란했다.

정말이지 짜증 났다. 오 비서 주제에 감히 자유의지니 뭐니 운운할 때 그냥 그대로 잘라 버려야 했다. 그래야 자신의 정신 건강에 좋은 거였는데.

오늘 맞선은 결국 실패했다.

사실 약속 장소로 가기 전 그의 마음은 적당한 여자면 대충 결정해 버리자는 쪽이었다. 귀찮게 서른 번이나 만나봐야 어떤 여자든 다르지 않을 테니 귀찮게 시간 낭비할 이유가 없었다. 어차피 해야 하는 결혼이라면 조건 맞을 테고 제대로 교육 받았을 테니 거스르지 않게 예의와 성격도 갖고 있을 테고, 얼굴만 점유진처럼 심술궂게 생기지 않았으면 적당히 결정할 생각이었다.

그나마 상대방 여자도 나쁘지 않았다. 고무적이었다. 외모도 잔잔하니 여성스럽고, 그 이상 까다롭게 이것저것 따지는 것도 귀찮고 해서 대충 적당하다 싶었는데 문제는 하태규 자신에게 있었다. 아니, 자신에게 있다는 걸 중간에 알아챘다.

맞선이고 뭐고 오 비서만 열 번쯤 부르다가 끝난 것 같다.

커피를 다 마셨길래 자신도 모르게 습관적으로,

"오 비서!"

귀찮은 여자한테 전화가 오길래,

"오 비서!"

내일은 별장이나 가야겠단 생각이 갑자기 들기에,

"오 비서!"

계산하려는데 차에 지갑을 두고 온 것이 생각나,

"오 비서!"

오 비서! 오 비서! 오 비서!

정신 차려보니 그놈의 '오 비서!'만 열 번쯤 부르고 있었다. 결국 상대방 여자에게 '오 비서'란 도대체 누구인가 하는 의문만 잔뜩 심어준 채 거친 숨을 몰아쉬며 그 자리를 떴다.

생각해 보니 오 비서가 입사하고 3년 동안 별의별 일을 다 시키며 내내 옆에 붙여두었던 것 같다. 왜냐고? 편하니까. 다른 인간들처럼 많은 설명을 하지 않아도 됐고, 눈치도 빨라 시키기 전에 먼저 알아서 처리하고, 적당히 흘리면 아가사 크리스티 뺨치게 추론 들어가고, 손도 빨라 두 번 부르기 전에 결과물을 눈앞에 갖다 놓았다.

물론 오 비서 입장에선 하태규의 더러운 성질이랑 부딪치고 싶지 않아서 최대한 빠릿빠릿하게 움직인 거였겠지만, 이유야 어찌 되었든 자신에겐 더할 수 없이 편한 수족이었던 것이다.

특히 자신의 비뚤어진 욕망이나 못된 성질이 불러일으킨 악마의 장난 같은 건 더더욱 귀신같이 알아채서 재깍재깍 자리를 깔아주었다. 그리고 저는 뒤에서 욕하고 비웃는 걸로 보상받는 것 같았고.

'그래, 너는 더 못돼먹어지렴. 나는 그런 너를 계속 욕할 테니.'

이를테면 그런 느낌?

아무튼 자신은 성질을 쏟아낼 대상이 필요했고, 오 비서는 그가 성질을 쏟을 판을 대령해 주었다. 그게 두 사람이 3년 동안 맞춰온 궁합 같은 것이다.

그렇다고 그게 다른 여자를 앞에 두고 '오 비서!' 만 주야장천 부른 이유가 되나? 어떤 이유에서건 그렇게나 그녀를 떠올린 자신이 용납되지 않았다.

그래서 독한 위스키라도 털어 넣을 양으로 자주 들르던 바에 갔었는데, 거기서 재수 없게도 아인 미친놈과 딱 부딪쳤다. 이 미친놈이나 저 미친놈이나 매한가지라서 그놈과 자신은 안 붙어 있는 게 좋았는데, 그놈이 보자마자 대뜸 한다는 말이 이랬다.

"그때 에스코트해 온 여자 누구냐? 느낌이 뭐랄까, 좀 달라. 어차피 잠깐 데리고 노는 거라면 나한테 넘겨."

거기에서 하태규의 정상적인 대응은 이래야 했다.

'미친 새끼. 그건 그냥 비서야. 그것도 오 비서. 너 내 비서랑 놀아나고 싶냐?'

하지만 그런 정상적인 말을 수두룩하게 두고도 하태규는 이렇게 말했다.

퍽!

가끔 말보다 주먹이 더 효과적일 때도 있다.

해서 입이 아닌 주먹으로 잘 설명해 주고 태규는 그곳도 소득 없이 떠났다. 아, 소득이 없진 않았나? 이제 내일부터 아인그룹 망나니가 진단서 끊어 들고 하이에나처럼 으르렁거리며 하태규를 찾아다닐 것이다.

바로 그 모든 일련의 일들이 바로 마룻바닥이랑 딱 붙어서 자고 있는 이 가련한 여자 때문이라니.

오 비서.

넌 뭐랄까, 참……

"신기하다고 해야 하나, 짜증 난다고 해야 하나. 언제나 보고 있었는데도 왜 갑자기 오늘 처음 본 것처럼 새로운 거지? 너 대체 뭐냐?"

그런데 그 순간, 빳빳한 흰색 블라우스의 열려진 틈 너머로 하얀 속살이 들여다보이자 태규는 자신도 모르게 흠칫해서 사춘기 이후 처음으로 '흡!' 하고 숨을 삼키는 신기한 경험을 했다. 뿐만 아니라 움찔 몸이 동하는 초유의 사태까지. 당황해서 시선을 옮긴다는 게 하필이면 오 비서의 입술로 직진했다. 천 길 낭떠러지로 떨어지는 아찔함과 함께 심장이 쿵쿵 울리기 시작했다. 멋대로 눈썹이 꿈틀거리고 더운 숨이 토해져 나오다가 결국 실에라도 매달린 것처럼 손이 위로 확 들려졌다.

조종당하는 마리오네트처럼 태규의 손이 그녀의 셔츠 안으로 확 들어가려는 걸 겨우 다른 손이 때려서 뜯어말렸다.

"이런 미친놈!"

절대 자기가 시킨 게 아니라는 양 바득바득 우기며 태규는 벌떡 일어나 섰다.

하지만 1초도 안 돼 다시 쑥 앉아서 그녀의 손목을 턱 잡았다. 그대로 꽉 누르며 잠든 그녀의 입술을 향해 수직 낙하했다. 하지만 그 입술조차 자기 뜻은 아니었다는 듯 다른 손으로 자기 입을 턱 막은 태규가 그대로 그녀의 몸을 벗어났다. 신경질이 확 난 그는 거칠게 오 비서의 팔뚝을 잡아 강제로 일으켰다.

"야, 일어나! 빨리 안 일어나!"

잘못하면 눈이 뒤집힐 지경인데, 잠으로 눅눅해진 그녀의 몸은 도통 만족할 만한 높이로 딸려 오질 않았다.

"안 일어나? 집에 가서 자, 이 인간아!"

소리치며 오 비서의 양어깨를 잡고 포악스럽게 흔들어도 그녀는 그냥 흔들릴 뿐 정신을 차리질 못했다. 고개를 이리 휘청, 저리 휘청 도통 가누지 못하는 꼴로 봐선 약이라도 한 것 같다. 약이 아니라 졸음에 취한 눈을 드디어 반쯤 뜬 그녀가 잠에 담뿍 젖은 홍채로 이렇게 중얼거렸다.

"아, 더 자고 싶어."

마치 내일 지구가 멸망하더라도 오늘 난 한 시간의 꿀잠을 자겠다는 듯.

"자고 싶으면 집에 가서 자라고. 너 여기가 어딘 줄 아는 거야? 내가 누군 것 같아? 나 하태규야! 일어나서 당장 안 꺼질래!"

"졸려 죽겠어요."

하지만 돌아오는 건 그런 무기력한 대답뿐. 장사도 눈꺼풀은 못 당한다더니, 오 비서가 하태규를 안 무서워하고 있다.

"그러니까 졸려 죽겠으면 여기서 나 죽이려 들지 말고 네 집에서……!"

말 안 들으면 목을 짤짤 흔들어서라도 깨우려고 했던 태규는 그 순간 자신도 모르게 놀라서 오 비서를 놓치고 말았다.

"잘래요…… 사장님."

문제의 그 말을 뱉으며 오 비서라는 여자가 촉촉하게 젖은 눈으로 애원하듯 태규에게 툭 기대온 것이다.

헉!

애 정말 졸린가 보다.

예상치 못한 공격이었다. 그리고 자신은 거기에 이렇게 쉽게 당황하고 있었다. 이런 한심한 반응이라니, 생각조차 해본 적 없다.

깨우지도 그렇다고 만지지도 못하겠고, 맘 편하게 쳐다보고 있지도 못하겠고. 이러지도 저러지도 못하고 애꿎은 거실만 왔다 갔다 하던 그는 결국 근처에 깔려 있는 카펫을 손수 끌어와 아리 위에 휙 덮어주었다. 그런데 급하게 덮는 바람에 애 숨 못 쉬겠다.

머리까지 아예 안 보이는 게 꼴만 봐서는 딱 조선시대에 맞아 죽은 시체 위에 멍석 덮어놓은 꼴이다.

"이, 일부러 그런 거 아니다?"

화들짝 놀라 변명하며 얼른 카펫을 끌어 내렸다. 얼굴이 보이자 그나마 조선시대 멍석 분위기는 벗어났다.

"그래, 좋다. 여기서 자라. 편하게 축 처져서 자고 또 자다가 내일 아침에 한번 눈 떠봐. 어떤 지옥이 기다리고 있을지 뭐든 상상 이상일 테니까."

과연 내일 아침 받을 충격과 고통의 강도가 얼마만큼일지 알 수 있는 사람은 직접 경험할 너밖에 없을 테니.

「세빌랴의 이발사 서곡」

「로시니」

샤워를 마친 태규는 가운 차림으로 침대에 기대앉아 책을 읽으며 음악을 들었다. 티끌 하나 안 묻은 하얀 침대 시트와 청결한 가운, 번지는 시트러스 향, 금방 감아서 촉촉한 머리카락, 적당히 쾌적하고 산뜻한 기분. 이대로 잠시 음악에 젖어 있다가 잠이 든다. 그게 하태규의 일상적인 하루의 마무리였는데…….

결국 태규는 책을 탁 덮고 말았다. 드러난 미간에 내 천(川) 자가 그려졌다. 마그마처럼 안에서 부글부글 끓어오른 뭔가가 자꾸만 머리 뚜껑을 열리게 해서 편안하고 여유로운 하루의 마무리 따위를 할 수가 없었다.

"너, 내일 보자."

결국 그는 쿵쿵거리며 계단을 밟아 내려가 여전히 카펫 아래서 세상모르고 자고 있는 원수 같은 여자를 휙 들쳐 안아 2층 침대에 옮겨놓고서야 겨우 잠들 수 있었다.

"꺄아아악!"

아리는 미친 듯 소리를 지르고 있었다. 단지 소리만 지르는 게 아니라 뱀 같은 파충류라도 기어올라온 듯 몸서리를 치며 엉덩이로 뒷걸음질치다가 결국 홀랑 뒤집혀 침대 아래로 쿵 떨어졌다.

단단한 대리석 바닥에 뒤통수부터 부딪쳤는데도 아직 안 죽었다. 좀 핑 했지만 하태규와 같은 침대에서 일어났다는 충격이 너무 큰지라 물리적으로 부딪친 것 따위는 신경 쓰이지도 않았다. 대뇌는 참 똑똑하다.

사람이 맞아 죽는 경우와 말라 죽는 경우 중 뭐가 더 흔할까? 자신은 오늘 이후 아마도 말라 죽을 것 같다, 정신이.

"쇼한다."

머리 위에서 바로 그런 소리가 날아왔다.

"윽!"

꿈일지도 모른다고 생각했는데, 꿈이길 바랐는데 생생하게 전해져 오는 싸가지 없음의 농도로 봐선 절대 꿈이 아니었다. 아리는 심장을 움켜쥐었다.

자신은 사장 집 침대에서 잠을 잤고, 깼더니 바로 옆에 사장이 가운 차림으로 기대앉아 신문을 보고 있으며, 자신은 게슴츠레 뜬 눈으로 그걸 목격하자마자 광분 상태가 되어 이렇게 대리석 바닥으로 추락해 있었다.

'어떻게 된 거지? 어디서부터 잘못된 거지? 차라리 죽고 싶다. 왜? 어째서!'

하지만 도무지 기억이 없었다. 자신도 모르게 술을 퍼마신 건가? 그래서 이 모양 이 꼴이 됐나? 언제부터 틀어놓은 건지 잔잔한 클래식 선율이 집 안을 떠다니고 있었지만, 그 아름다운 선율이 아리에게는 레퀴엠으로만 들렸다.

이렇게 내 인생이 끝나는구나. 아, 정말 짧은 인생이었지.

"죽었으면 말해, 시체 치우게. 놔두면 냄새나니까."

역시 하태규가 맞다. 아니라면 저렇게 모골이 송연한 말만 골라 할 수 없다. 저 정도로 재수 없기는 정말 쉽지 않으니까.

아리는 창백해진 손을 뻗어 후들후들 침대를 잡고 겨우 일어나 섰다.

'아직 포기하지 마. 꿈일 수도 있어. 가끔 이렇게 선명한 꿈을 꾸기도 하잖아?'

하지만 다시 봐도 하태규의 침대에서 가운 차림의 하태규가 신문을 읽고 있는 기현상은 변하지 않았다. 볼을 확 잡아 늘려 보았다. 여전히 놈은 거기 있다. 손등을 꼬집어보았다. 여전히 놈은 거기에……. 오른발로 왼 다리를 걷어차 보았다. 여전히 놈은 있다.

"사, 사, 사, 사……."

도대체 이 사태를 어떻게 처리해야 할지 몰라 랩을 하고 있는데 놈이 휙 노려보았다.

"뭐 해?"

"네?"

"커피!"

지금 커피가 문제가 아니잖아. 지금 이런 상황에서 모닝커피를 마시고 싶니? 내가 그걸 만들고 싶겠어? 댁도 이게 이상할 거 아냐. 아니, 네 성격에 이걸 그냥 넘길 리가 없잖아.

"무척, 황당하게, 들릴지도, 모르겠지만, 제가, 기억이, 전혀, 안 납니다."

"뭐라는 거야? 왜 말을 톡톡 끊어서 해, 정신 사납게?"

모르겠다, 자신도.

그냥 단어와 단어 사이의 여백이 그나마 자신을 이승에 붙여 두는 것 같았다.

"사장님, 제가 왜 여기서 자고 있나요?"

드디어 제대로 묻자 놈이 입술 한쪽을 사악 끌어 올리며 진짜 사악하게 웃는 게 아닌가.

"엄청 충격받았지?"

"네에."

"두렵지? 죽고 싶을 정도로 괴롭지?"

"네, 그렇습니다."

"그럼 됐어."

대체 뭐가 됐는데?

저승사자가 남의 목숨줄 붙들고 짓는 표정이 바로 저런 것일 지니. 무서워 죽겠다, 정말.

"아, 아무 일 없었겠죠?"

절망적으로 묻는 순간 하태규는 얼굴이 정지했다. 그래서 아리의 얼굴도 같이 정지했다.

서, 설마……?

"그걸 말이라고 해? 생각이 있어, 없어? 역 앞에 버려져 있는 노숙자 구해놨더니 뭐가 어쩌고 어째? 내가 정신이 얼마나 나가면 그딴 짓을 하겠어? 너 머리 없어? 내가 아무거나 주워 먹을 그런 인간으로 보여?"

펄쩍펄쩍 뛰는 꼴을 보니 절대 안심해도 될 것 같다. 확실히 아무 일 없었다. 옷도 어제 입은 그대로였고. 좀 오버했나 보다.

"억울하신 점은 이해했습니다. 하지만 여성을 음식으로 비유하다니 너무 심한 처사시네요. 성희롱으로 고소해도 되겠습니까?"

"고소해! 명예훼손으로 맞고소해 줄 테니까!"

그가 정말 불쾌하다는 듯 신문을 무섭게 팍팍 넘겼다. 저러다 찢어지겠다.

"그렇지만, 그렇잖아요. 제가 스스로 사장님 침대에서 잤을 리는 없을 텐데요."

"그럼 내가 널 내 침대로 멋대로 옮기기라도 했단 소리야?"

"물론 그럴 일은 지구가 두 쪽 나도 없을 테지만…… 가만히 생각해 보니 제가 어제 거실에서 잠이 든 것 같아서 말이죠. 그런데 왜 깨어나니 이 침대 위일까요?"

"한 가지 분명한 건 잠든 건 오 비서 너란 거야!"

잘은 모르겠지만 놈이 당황하고 있다. 어딘가 궁지에 몰린 분위기다. 괜히 성질내는 건 놈의 특기지만, 어쩐지 눈을 잘 맞추지 못하고 있는 게…….

진짜 이상한 인간이다. 옮겨줬으면 옮겨줬다고 하면 되지 그게 그렇게 인정하기 싫나? 하긴, 우리가 서로를 옮겨주고 그럴 만큼 돈독한 사인 또 아니지.

"그래서 옮겨주셨나요?"

놈이 깜짝 놀랐다.

옮겼네, 옮겼어.

쉽사리 인정하지 못하는 놈을 보며 아리의 마음이 우중충해졌다. 결국 이런 사태까지 벌어지고 말았다. 앞으로 하태규와 자신은 원수가 되든가 정말 끈끈한 동료애가 피어나든가 둘 중 하나일 거다. 이런 경험은 자신도 자신이지만 하태규에게도 결코 일어날 수 없는 일이다. 이렇게 점점 볼 꼴 못 볼 꼴 다 보다가 가족보다 더 가까워지는 건 아닌지 모르겠다. 정말 무서운 상상이다.

거기서 잠든 자신이 문제였다. 죄는 자신에게 있었다.

"옮겨주셔서 감사합니다."

"뭐, 어쩌다 그렇게 됐으나 죽도록 감사해해. 2대, 3대를 이어서 대대로 몸 둘 바를 모를 정도로 감사하고 또 죄스러워해."

"네, 그렇게 유서를 써두겠습니다."

"나 참, 얼마나 무책임하고 둔하면 그런 데서 잠들 수 있어?

적어도 한 달 이상은 금식하면서 반성하고 끝나면 사유서 제출
해.”

“네……. 그런데 배려를 베푸시는 김에 기왕이면 다른 침대로
던져 주셨으면 피차 만족스러운 결과를 이끌어내지 않았을까
하는 아쉬움이 있는데요.”

“이 집에 침대는 하난 거 몰라?”

그러니까 왜 이 넓은 집 구석에 침대가 하나냐고!

“아니면, 내가 내 집에 누굴 재우겠어?”

하긴 그렇다. 그게 사장이 이 넓은 집구석에 침대를 달랑 하
나만 둔 이유였다. 정말이지 ‘놈만의, 놈만에 의한, 놈만을 위한
집’이라는 게 또 판명 나는 순간이다.

“아무튼 번거롭게 해드려 죄송합니다.”

“그래, 넌 이제 아주 죽었어.”

헉!

어떻게 죽이실까? 적어도 지금까지의 하태규는 예고편에 불
과하다는 걸 알려주는 표정이다. 굳어서 움직이지 못하는데, 하
태규가 신문을 옆에 탁 놓곤 난데없이 물었다.

“너, 아니, 오 비서. 나한테 없는 게 뭐냐?”

“……글쎄요, 뭘까요? 자비…… 일까요?”

“그딴 정석 같은 대답 말고, 네가 생각하고 있는 날것 그대
로.”

없는 거, 없는 거라…….

"싸가지요?"

좋아하고 있다. 저 봐, 미친 거 맞지.

"그럼 나한테 넘쳐 나는 건?"

"……돈이요?"

"날것!"

넘쳐 나는 것, 넘쳐 나는 건……

"싹퉁바가지요?"

놈이 씩 웃었다. 아리는? 유도심문에 넘어가 또 제 땅굴을 자기 삽으로 파고 괴로워했다. 눈동자를 이리저리 굴리며 뻔뻔하게 피하기를 계속하는데 하태규가 말을 이었다.

"좋아, 네 말대로 앞으로 부디 기대해. 싸가지와 싹퉁바가지의 진수를 보여줄 테니까."

내가 저럴 줄 알았지.

"뭐 해, 커피 안 내려오고!"

간단하게 세수를 했는데도 한번 몽롱해진 정신은 나아지지 않았다. 아리는 '고통 없이 죽는 법 21가지'를 머릿속으로 떠올리고 있었다.

쪼르르 떨어지는 커피 줄기를 바라보고 있다가 기계가 다 됐다고 가져가라기에 커피잔을 꺼내 멍청하게 돌아서는데, 생각해 보니 쟁반을 잊었다. 그래서 찾으려고 돌아서는 순간 뭔가 확 부딪치는 동시에 커피잔이 쨍그랑 떨어지며 산산조각이 났다. 덕분에 커피는 엎질러지고 아리의 얼굴은 새하얗게 질렸다. 사이렌이 머릿속에서 시끄럽게 울려대기 시작했다.

"내가 미쳐. 안 들렸겠지? 제발 못 들었어라."

간절하게 기도하며 얼른 쭈그리고 앉아 깨진 커피잔의 잔해를 챙기고 있는데, '야!' 하는 소리가 바로 머리 위에서 떨어져 내렸다.

"흡!"

얼마나 놀랐는지 시체처럼 숨을 삼키며 동작이 딱 멎었다. 미치겠다. 하여튼 귀도 밝지. 아리는 천천히 눈을 감았다가 떴다. 그런데 이 인간, 아침부터 러닝머신이라도 뛰고 있었나? 왜 저렇게 숨을 헉헉거리지? 금방 소리 지른 게 언젠데 이렇게 총알처럼 튀어 내려온 거냔 말이다.

"죄송합니다. 제가 그만 실수를……."

"실수? 실수면 다 해결돼? 그렇게 실수가 자랑이면 고려청자도 실수라고 깨지 그래? 꼴도 보기 싫으니까 당장 저리 비켜!"

"죄송합니다. 변상하겠습니다."

이럴 때 비키란다고 그냥 비키면 또 '언제부터 그렇게 말을 잘 들었냐? 네가 깬 건 네가 치워야지 어디서 책임감 없이 빠져 나가려고 하느냐. 손이 잘려 나가더라도 네가 저지른 건 네가 끝까지 다 주워라’ 어쩌고저쩌고 난리가 난다. 그래서 더 혼나기 전에 조각을 주우려는데 놈이 그 팔을 확 잡더니 일 미터쯤 뒤로 던져 버리는 게 아닌가.

“언제부터 그렇게 말을 안 들었어? 꼴 보기 싫으니까 저리 꺼지라면 꺼지지 왜 이렇게 미련을 떨어? 손이라도 베어서 남의 집 주방에 수수께끼 같은 핏방울이라도 떨어뜨려야 만족할래? 어디서 아침부터 남의 집에서 미드 찍으려고 난리야? 짜증 나니까 얼른 눈앞에서 사라져!”

청소기도 없는데 하태규가 엄청 열받긴 했나 보다. 저걸 치우지도 말고 사라지라고 하는 걸 보니.

아리는 상황이 심상치 않다는 걸 느끼곤 슬슬 뒷걸음질치며 말했다.

“정말 죄송합니다. 사장님께서 특히 아끼시는 커피잔인데…….”

커피잔이 차고 넘치는데도 늘 저것만 썼다. 그러니 더 성질이 난 거겠지.

가만, 설마 돌아가신 어머님이 아끼시던 거라던가 그러면 작살인데…….

성질난 하태규는 마른 행주를 갖고 와 그 위에 조각을 하나하나 조심스럽게 올려놓고 있었다. 큰일 났다. 저거 그대로 주워서 본드로 붙여선 잘 보이는 곳에 올려놓고 생각날 때마다 ‘어머니 유품이었지' 같은 드립 날리면 죽음인데.

아리가 새파랗게 질려가건 말건 파편을 얼추 소중하게 다 주운 하태규가 마른 행주를 확 말아서 일어났다. 그리고,

"당연히 아끼던 거지. 이게 얼마나 비싼 건데. 너 팔아도 못 사."

저딴 소리를 지껄여 가며 휴지통에 확 처넣었다.

……그냥 비싼 거였나 보다. 소중하게 주운 건 제 손가락 다칠까 봐 몸 사린 거였고.

비서의 품격이란 어떤 경우에든 그림자처럼 상사를 완벽하게 보좌하는 것. 차가 고장 나면 그분을 업어서라도 목적지까지 편하게 모셔다 드리는 것. 그런 면에서 자신은 대단한 비서였다. 사장이 비서를 업어다 옮기게 만들었으니.

"이보다 더 품격 돋는 비서 있으면 나와 보라고 해!"

6편
지랄맨에게 붙잡힌 아리아

놈이 무슨 생각인지 어제부터 착실히 일하는 걸 보니 오늘은 회의에 참석할 확률이 높았다. 그래서 아리는 출근하자마자 회의 준비에 바빴다.

기왕 하는 것, 이제부터라도 비서로서의 능력을 보여줄 때인가 싶어 아리는 오전 내내 회의 준비에 매달렸다. 디테일한 상황까지 다 정리해서 파일링하는 것으로 완성. 휴우, 이마에 흐른 땀을 닦고 보니 이제야말로 제대로 사는 것 같다.

"그래, 비서란 모름지기 이래야지."

혹시 몰라 사장의 코멘트까지 정리해 둘까 오지랖을 떨고 있는데 하태규가 나왔다.

아리는 얼른 서류를 챙겨 들어 비서답게 의연하게 걸어갔다.

"바로 가시겠습니까?"

"그러지, 뭐."

역시 하태규가 정신 차렸구나!

아리가 공손하게 파일을 진상하자 그가 흘끗 쳐다보았다.

"뭐야?"

"회의 자료입니다. 간략하게 정리해 놓았으니 참고하시면 도움이 될 듯합니다."

"그걸 내가 왜 참고하는데?"

"네? 그야 곧 임원회의가 시작되니까……."

불길한 예감이 솔솔 피어오르기 시작했다.

"그러니까 그게 나랑 무슨 상관인데?"

이 자식이!

"회의 참석하셔야죠?"

"내가 회의 참석하는 거 봤어?"

"모, 못 봤죠. 그래서 오늘쯤은 볼 수 있지 않을까 하는 희망적인 기대를 품었습니다만?"

"너 말 안 듣는 일진 학교 보내고 싶어 안달 난 선생이냐? 왜 이렇게 선도적이야?"

"사장님, 오늘 회의는 반드시 참석하시어 자리를 빛내주셔야 합니다."

"들어봐야 늘 똑같은 말만 오가는 난장판을 왜 일부러 자리 빛내주면서까지 들어가야 되는데? 무슨 말 할지 내가 한번 맞혀 봐? 그룹 차원에서 전략적으로 추진해야 한다느니, 혁신이 필요하다느니, 기업의 사활을 걸었다느니, 이득을 창출할 수 있는 방안을 강화해야 한다느니, 이게 대체 어느 학교 바른생활 시간이야? 넌 알아듣겠어?"

"저 따위가…… 뭘 알겠습니까."

"임원씩이나 되는 인간들이 어떻게 초등학생도 알 만한 얘기를 대단한 발견이라도 되는 양 늘 똑같은 톤으로 떠들어대? 회의실을 없애 버리라고 하든지 해야지, 원. 전기세 아깝게. 그런 것들이 또 째깍째깍 시간 맞춰서 모이긴 더럽게 잘 모여요. 모이면 상 준다고 전체 메일이라도 돌았는지 한번 확인해 봐!"

아리의 얼굴이 하얗게 질려갔다.

"사장님…… 사장님?"

제발 정신 좀 차려라, 응?

그럼 어디 가길래 그렇게 보무도 당당하게 문을 활짝 열고서 기어 나온 건데?

"따라와."

"어디 가시는데요? 이 시간엔 회의 말고 다른 스케줄은 없으신데요."

"내 시간이야. 내 스케줄 좀 관리한다고 네가 나를 다 파악할 수 있을 것 같아?”

저건 또 어디서 튀어나온 헛소리냐.

“하지만 이미 참석하신다고 통보드렸고…….”

“말이 많아. 언제부터 오 비서가 내 앞길을 주도했어? 넌 그냥 내 등만 따라오면 돼.”

웃기고 있다고 소리쳐야 하는데 이놈이 이젠 아예 사람 팔을 잡아서 끌고 가고 있다. 이건 비서를 동반하는 게 아니라 어디 팔아먹으러 갈 기세다.

“안 됩니다, 사장님. 모두들 분명 눈 빠지게 기다리실…….”

아무리 목이 터져라 소리쳐도 사람 말을 들을 인간이 아니다.

돌아가신 사모님, 도대체 놈을 갖고 뭘 드셨나요? 뭘 드셨기에 애가 이렇게 산만한가요? 제발 좀 알려주세요. 전 나중에 절대 그거 안 먹게요.

거하게 회의를 땡땡이친 사장 놈이 김 기사에게 원격 운전을 시켜 도착한 곳은 전통적인 한옥 건물이 아름다운 한정식 집이었다.

‘여긴 왜 온 건가? 나는 누군가?’

식당 주인이 무슨 조선왕조 궁중음식 명예 보유자라고 하는데, 나오는 요리마다 미각을 번쩍 뜨이게 하는 맛과 빛깔, 품격, 그리고 그만큼 비싼 가격으로 유명한 식당이었다.

아, 저 기와랑 단청 좀 봐. 정말이지 아름답구나 하고 감탄하고 있을 때가 아니었다.

결국 그 중요한 회의를 제쳐 놓고 우리의 하태규는 여기 밥 먹으러 온 거다.

밥!

아리는 절로 한숨이 나왔다. 그룹 차원의 회의까지 제치고 밥이라니, 또 무슨 눈먼 여자라도 만나시는 모양인지.

"그럼 저희는 밖에서 대기하고 있겠습니다."

실상은 그 뒤통수를 한 대 딱 때려주었으면 소원이 없겠지만, 한두 번 있던 일이랴 싶어 아리는 입구에서 김 기사와 나란히 목례를 했다.

"대기 같은 소리 한다. 따라와."

그런데 사장 놈이 그렇게 지껄이곤 안으로 쑥 들어가는 게 아닌가. 아리와 김 비서는 동시에 서로를 쳐다보며 갸웃했다.

"지금 쟤가 우리 따라오라는 거니?"

"그러신 것 같지 말입니다. 보통 밖에서 기다리라고 하시는데."

"그랬지. 놈의 뱃속이 차갈 동안 우리는 뼛속까지 얼어갔었지."

"아, 또 뭘 걸고넘어지려고 저러시죠? 차라리 성질을 내시지. 전 사장님이 잘해주실 때가 더 무섭지 말입니다."

“그러게. 안에서 밥그릇으로 때리려고 그러나?”

“예? 정말로요?”

“아, 아냐. 아무튼 또 난리 치기 전에 얼른 들어가자.”

아리와 김 기사는 겨울도 아닌데 소름이 돋는 걸 느끼며 안으로 튀어 들어갔다. 하지만 들어가서도 내내 의아함은 풀리질 않았다.

잠시 후, 둘은 ‘무형문화재 궁중 음식 38호’로 지정된 요리를 눈앞에 두고 앉아 있었다. 미리 예약된 방에 들어가 앉자마자 코스 요리가 속속 나오기 시작해서 정신을 못 차릴 지경이었다.

이건 또 대체 무슨 엿 먹이기인가 싶어 하태규를 쳐다보자, 간단하게 한마디 했다.

“먹어.”

누가?

“감사하면서.”

누구한테?

“생각해 보니까 배가 꽤 고팠을 거야, 청소하시면서. 안 그래?”

놈이 오아리를 겨냥한 게 분명한 이죽거림을 내던졌다. 아리는 어이가 없어 휙 쏘아봤다가 사장과 눈이 마주치자 아무 일 없었다는 듯 히죽 웃었다.

“배고프긴요. 전 일하면서 굶주림 따위 전혀 생각하지 않습니다. 그건 프로로서의 자세가 아니라고 생각합니다.”

“그럼 프로는 다 굶어 죽어야겠군. 그런데 넌 아주 건강하게 잘 살아 있는 거 보니까 프로가 아니야.”

정말 얄밉다.

“알다시피 내가 싸.가.지.랑 싹.퉁.바.가.지.가 쌍으로 없어. 그런데도 이렇게 비서와 기사를 위해 밥을 사는 사람이지.”

헉! 아리와 김 기사가 또 서로를 마주 보았다. 순식간에 엄청난 속도로 텔레파시가 오갔다.

‘이건 우리 죽이겠다는 소리네요. 오 비서 누나가 결국 질렀죠? 싸가지 없단 말은 속으로만 생각하는 거지 말입니다.’

‘아니야. 정말 억울해. 저 인간이 유도심문을 했다니까.’

‘근데 왜 저까지 같이 놋그릇으로 때려죽일 얼굴로 저러고 있냔 말입니다. 저랑 같이 욕했다고 꼰지르신 거 확실하지 말입니다.’

‘나도 모르겠다니까. 저 인간이랑 내가 대화가 많다고 생각하지 말아줘, 제발.’

‘다 안 먹으면 죽일 기세인데요?’

‘그럼 죽어. 그전에 먹어. 먹고 죽은 귀신이 때깔도 좋대.’

‘전 똥밭에서 굴러도 이승이 좋지 말입니다.’

미친 듯 속사포를 주고받고 있는 둘의 얼굴 사이로 젓가락이 쑥 들어왔다. 당연히 하태규였다.

"어이, 서민들, 어디서 둘이서만 속닥거리고 있어? 그래서 넌, 반성하지?"

난데없이 하태규가 다짜고짜 아리를 겨냥해 왔다. 아리는 딸꾹질을 겨우 참으며 일단 고개를 끄덕였다. 옆에서 김 기사가 '역시 오 비서 누나 때문이었어' 하는 눈으로 째려봤다.

"그럼 벌받아."

"네."

"궁중요리가 뭔지 한번 배 터지게 먹어봐."

"네?"

그건 아리와 김 기사가 동시에 내지른 반문이다. 아침에 저 인간이 두고 보자고 이를 간 일은 있었지만, 고작 벌이 배 터지게 밥 먹는 거라니……. 사람을 무시해도 너무 무시한다. 하지만 하태규는 정말 그렇게 생각하나 보다. 신랄하게 웃고 있다.

나 참.

그래서 아리와 김 기사는 먹었다.

차가운 흑임자죽, 고추장불고기, 구절판, 밀전병, 유자 소스를 곁들인 해파리냉채, 영조가 야식으로 먹었다던 탕평채, 월가잡채, 장어약찜, 맥적구이, 대하찜, 솔잎을 곁들인 자연산 송이버섯, 너비아니, 조기매운탕, 그리고 후식으로 오미자차까지.

올챙이배가 되어 만족스럽게 찻잔을 탁 내려놓자 모든 코스 요리가 끝났다. 유치하게도 놈이 6인분을 시키는 바람에 확실히 배

터질 양이긴 했다. 하지만 아리와 김 기사에게는 가뿐한 양이었다.

'이게 복수라고? 사람을 너무 띄엄띄엄 봤다. 지금쯤 깜짝 놀라 후회하고 있을걸? 하긴, 허겁지겁 먹는 식사예절을 배우지 못한 저 인간에겐 이런 게 벌일 수도 있겠네. 어디 그 계산 착오에 실망한 얼굴이나 좀 봐줄까?'

아리는 볼록 나온 배를 만족스럽게 쓰다듬으며 하태규를 쳐다봐 주었다. 하지만 정작 하태규는 분한 것 같지도, 자신의 계산 착오에 당황해하는 것 같지도 않은, 전혀 새로운 타입의 얼굴을 하고 있었다.

까다로운 성격답게 얼마 집어 먹지도 않는 걸로 식사를 끝내고서 입가심으로 오미자차만 우아하게 마시고 있었는데, 찻잔 너머로 놈의 입술 끝이 '부드러운 것처럼' 말려 올라가 있었던 것이다. 시선이 마주친 순간 유리 찻잔 너머 미소는 바로 싹 지워졌지만.

뭐지? 왜 웃고 있었던 거지? 분명 웃고 있었던 것 같은데?

"뭘 봐? 이래서 난 여자랑 뷔페를 안 가. 이유는 바로 지금 네가 보인 그 게걸스러움 때문이지. 생겨나던 정도 떨어질 지경이다. 뭔가 마치 아주 더운 날 여학교의 교실을 엿본 기분이야. 여름에 니들 다리 쩍 벌리고 교복 치마 안에 부채질한다며?"

"그건 좀 명예훼손 같은데요? 직접 보셨어요?"

저렇지. 하태규가 저래야 정상이지. 미소는 무슨 미소냐. 저러고 싶어서 그 돈을 들여서 판을 짠 거다. 한마디로 돼지처럼 게걸스럽게 먹어대는 널 보고 더욱 정이 떨어졌다는 말을 돌려서 한 것 같은데. 너님 생각 같은 건 관심 없거든요?

"봤어야 알아?"

"다음부터는 직접 보고 말씀해 주시죠. 자칫 비서의 상식 형성에 혼란이 올 수 있습니다."

"헛소리 말고 감사 인사나 해."

"잘 먹었습니다. 덧붙여, 감히 제가 소감을 좀 말씀드려도 될까요?"

"얼마든지."

"입사 이후 처음으로 유익한 시간이었던 것 같습니다. 3년 만에 처음으로요."

*

오아리한테 밥을 먹이고 그대로 회사를 퇴근했어야 했다. 괜히 들어와서 할아버지 전화를 받아버린 게 화근이다. 도대체 어떤 놈이 일러준 건지, 회의 안 들어가고 땡땡이 쳤다고 그야말로 노발대발이었다. 그대로 휴대폰을 뚫고 지팡이를 휘두르며 날아들 기세였다.

어떤 놈인지 잡히기만 해봐라. 조 상무. 그래, 그놈이 분명하다. 어제 골프장에 있는 걸 잡아다가 족친 걸로 원한을 품은 게

다. 조 상무 넌 소집이야.

〈맞선 결과는 왜 또 이래? 어떤 집안 여식인데 인사도 없이 휙 뛰쳐나가 버려? 네놈이 비행청소년이야? 열여덟에도 안 하던 짓을 왜 서른 넘어서 하고 있어?〉

"제가 열여덟에 맞선 보고 다녔어요?"

〈이놈이! 아인 쪽 둘째 손자 건드렸단 건 또 무슨 소리야? 지금 명 회장이 전화해서 아주 노발대발 난리가 났어. 휴대폰을 뚫고 나올 기세야!〉

이 영감들은 화만 나면 왜들 그렇게 휴대폰을 뚫으려고 난린지 모르겠다.

"이유가 있었어요."

〈핑계 없는 무덤 없어, 이놈아! 아무튼 지금 유진이 거기로 보냈으니까 잘 달래서 집에 들여보내.〉

"네에?"

〈나는 맞선 서른 번에 홀랑 넘어갔지만 저쪽은 갑자기 당한 일 아니야! 네가 내 손자지 백 회장 손자냐? 그쪽은 당연히 제 손녀 편들어! 애가 지금 곡기를 끊고 울고불고 난리가 나서 그거 달래주느라고 백 회장이 출근도 못하고 있다잖아! 유진이가 백 회장한테 어떤 손녀냐?〉

"못생긴 손녀겠지요."

〈그래도 이놈이! 딸 귀한 그 집에서 며느리한테 갖은 보약 지

어 먹여서 겨우 얻은 귀한 손녀야!〉

아무래도 그 보약이 불량이었던가 봅니다.

〈아무 소리 말고, 결혼하란 소리 안 할 테니까 그냥 잘만 해 줘. 몇 시간만 좀 자상하게 놀아주면 되는데 그게 뭐가 어려워!〉

"어려워요! 나 참, 왜 제가 걔랑 놀아줘야 해요? 전 도망갑니다. 저 없는 거예요?"

〈야, 이놈아!〉

소리를 지르건 말건 얼른 전화를 끊어버리고 그대로 튈 생각으로 일어났다. 하지만 한발 늦었다. 벌써 문이 활짝 열리더니 유진이 팔랑거리며 안으로 들어서고 있었다.

"오빠, 전화 받으셨어요? 오빠네 할아버지가 자꾸만 오빠한테 놀러 가보라고 하시잖아요. 아, 진짜 귀찮은데. 어쩔 수 없이 왔어요."

유진이 웃으면 웃을수록 태규의 얼굴은 청산가리를 먹은 양 파랗게 썩어갔다.

"오 비서, 밖에서 뭐 하는 거야! 아무나 들이지 말라고 했지!"

버럭 소리치자 문기둥 옆에 딱 붙어 서 있던 검은 그림자가 슬그머니 나타나더니 머리를 조아렸다.

"죄송합니다. 약속이 되어 있다고 하시기에."

"네가 모르는 내 약속이 있었어? 비서가 그딴 식으로 넋 놓고 있을래?"

“어머, 오빠두 참. 오 비서님한테 뭐라고 하지 마세요. 제가 멋대로 들어온 거니까.”

무슨 바람인지 오 비서의 편을 든 백유진이 생글 웃으며 오 비서를 쳐다보았다.

“오 비서님, 저 차 한 잔만. 페퍼민트로.”

“네에? 에…… 알겠습니다.”

오 비서도 놀랐는지 듣도 보도 못한 억양으로 그렇게 대답하곤 차를 준비하러 갔다. 태규는 어쩔 수 없이 소파로 가서 털썩 앉았다.

“기왕 온 거니까 아무 데나 앉아.”

“고마워요, 오빠.”

팔랑거리며 백유진이 날아와 옆자리에 달랑 앉으려 하기에 태규는 곧장 그 머리를 꾹 눌러 앞자리로 날려 보냈다.

“저쪽에 앉아, 좋은 말로 할 때.”

“알았어요. 오빠두 참.”

연신 생글거리며 백유진이 앞자리로 잘도 옮겨 앉았다. 아무튼 활력 하나는 대단한 아이다.

“오늘쯤이면 오빠랑 약혼식 준비하고 있을 줄 알았는데 너무 아쉬워요.”

태규의 눈썹이 수직 상승했다. 그렇게 바로 본론으로?

“내가 시장에 내놓은 떨이 물건이야? 헐값으로 그렇게 즉각

팔리게?"

"저한테 팔리는 건 그렇게 헐값이 아닐 텐데 오빠두 참 재미있으세요. 호호호."

무슨 말을 해도 제 식대로 해석하는 건 백 회장이 너무 오냐오냐 키운 탓이리라.

"이렇게 돼서 너무 서운하지만, 오빠나 저나 결혼 문제가 그렇게 간단한 사람들이 아니니까 여유를 갖고 생각할게요. 저 의외로 생각 깊죠?"

"내가 뭐라고 대답할 것 같냐?"

"원래 소중할수록 더 손에 넣기 힘든 거잖아요. 오빠랑 저한텐 붉은 실이 이어져 있다고 믿어요."

"혼자 듣기 가관이다."

"오빠네 할아버지한테 다 들었어요. 그날 일은 오빠가 일부러 그런 거라면서요? 하긴, 오빠 성격이면 정략결혼이 답답하기도 할 거예요. 그게 절 싫어하고 좋아하는 거랑은 다른 문제라고 하셨어요. 못 들었으면 오해할 뻔했지 뭐예요."

태규는 고개를 설레설레 저었다. 애가 너무나 낙천적이다 보니 그냥 그 세상에서 해실해실 웃으면서 살게 두는 것도 좋을 것 같다. 나서서 해명할 만큼의 애정도 없었고.

"그래도 오 비서님한텐 너무했다. 저한테 미리 말했다면 잘 파악해서 경솔하지 않게 결정 내렸을 텐데, 오 비서님이 얼마나 놀랐겠어요?"

아, 그래서 아까 오 비서한테 그렇게 친절하셨구먼? 철저하게 이용당한 오 비서의 아픔을 같은 여자로서 이해하셨다?

"넌 그런데 언제 봤다고 오 비서님, 오 비서님이야?"

"언제 보긴요. 자주 봤죠. 오빠 옆엔 늘 오 비서님이 있었잖아요."

"늘은 무슨 늘이야? 그렇게 말하니까 엄청 붙어 다닌 것 같잖아! 근데 그렇게 붙어 다녔나?"

"그럼요. 오빠 수족이잖아요. 그렇더라도 그런 행동을 한 건 꼭 사과하셔야 해요. 아니면 제가 너무 미안해지잖아요."

"언제부터 그렇게 타인에게 관대하셨나? 기세만 봐선 혼자 세상도 구할 기셀세."

"그치만 오 비서님도 오해할 수 있으니까요. 오빠가 절 얼마나 싫어했으면 비서까지 끌어들여서 그런 일을 했을까? 그렇게 오해받는 거 저 싫거든요."

백유진이 거기까지 헛소리를 풀고 있을 때 노크 소리와 함께 오 비서가 안으로 들어섰다. 페퍼민트 차를 유진의 앞에, 그의 앞엔 커피를 놓아주는 그녀를 태규가 흘끗 쳐다보았다.

"오 비서."

"네?"

"차 놓는 순서가 틀렸잖아! 이 사무실에선 누가 뭐라고 해도 사장이, 내가 최고야. 그럼 누구 앞에 먼저 잔을 놔야 할 것 같아?"

별걸 갖고 트집 잡는다는 눈으로 오 비서가 쳐다보건 말건 태규는 자기 성질낼 것만 냈다.

"할아버지가 오건, 설령 대통령이 오더라도 이 안에선 내가 왕이야. 내 커피가 우선이라고. 알아들었어?"

"무척 유치한 지적 같긴 하지만, 앞으론 조심하겠습니다."

"뭐야?"

오 비서의 덤덤함을 가장한 폐부를 찌르는 공격에 백유진이 까르르 웃음을 터뜨렸다.

"오 비서님은 정말 늘 그대로시다. 예전에도 그랬잖아요. 오빠가 무슨 말 하면 옆에서 진짜 진지하고 충성스러운 태도로 디스하는 거."

오 비서가 백유진을 휙 쳐다보았다. 그 표정에는 딱 이렇게 쓰여 있었다.

'너 알고 있었니?'

태규의 얼굴도 찌푸려졌다.

'오라? 정말 디스한 거였어?'

약간 평정을 잃은 것 같던 오 비서가 다시 침착한 표정으로 돌아갔다.

"그럼 두 분, 대화 나누세요. 이만 나가보겠습니다."

"잠깐만요. 나 오 비서님한테 할 말 있어요. 사실은 막 그 얘기 중이기도 했구요. 오빠가 그날 오 비서님한테 실례를 했죠? 저랑 결혼하기 싫어서 그랬던 거래요. 들었어요?"

"시끄러워. 뭐 해, 할 일 끝났으면 나가."

"잠시만요. 네, 들었습니다만?"

"그래서 말인데요, 그게 오빠가 절 싫어해서가 아니라 결혼 자체를 싫어해서라는 건 알고 계세요?"

태규는 어이가 없었다. 자신도 신기한 인간이지만 백유진도 만만치 않았다. 정신세계가 영……. 결혼이 중지된 건 정말 하늘이 도운 게 아닐까 싶다.

"너 오다가 약 먹었어? 입 안 다물면 당장 쫓아내는 수가 있어."

"아유 참. 알았어요. 그냥 오 비서님 앞에서 제 입장이 무척 창피해서 그런 거니까 오빠가 이해 좀 해주세요."

"내가 딱 세 가지 못하는 게 있는데, 그게 뭔지 알아? 이해! 이해! 이해야!"

침묵하고 있던 오 비서가 쿡 웃음을 흘렸다. 분석 안 해봐도 비웃는 것이다. 째려보자 언제 그랬냐는 듯 시치미를 뚝 떼며 눈을 스윽 돌렸다.

"그럼 제 입장 이해해 주시겠네요? 앞으로도 오빠 옆에서 가장 가깝게 일해주실 분인데 그런 오해받는 거 저 창피하거든요.

그래서 꼭 해명하고 싶었어요.”

“아, 네에…….”

뭐라고 대답해야 할지 난감하다는 표정으로 오 비서가 말을 흐렸다.

“그래서 말인데, 오빠한테 사과는 받았죠?”

“그만 안 할래!”

태규가 벌떡 일어나 소리치자 백유진은 그나마 좀 움찔하고, 오 비서는 이렇게 대답했다.

“사과고 뭐고 그날 일은 이미 잊었습니다. 그러니 두 분 시간 보내시는 데 제 얘긴 일절 넣지 마시고 두 분 얘기로만 함박꽃을 피우시길. 그럼 이만.”

그렇게 심플하게 정리하고 사무실을 나갔다.

백유진이 눈을 동그랗게 뜨고 있다가 피식 웃었다.

“와, 진짜 오빠를 안 좋아하는 사람도 있네요? 어떻게 저럴 수 있지? 그런 엄청난 일이 있었는데도 일절 상관없다는 투인데요?”

속이 부글부글 끓어 대꾸하기도 싫었다. 이 조그만 점박이가 사람 꼴을 더 우습게 만들었다. 이게 무슨 개쪽이냐! 왜 기껏 덮어둔 흙을 파헤쳐서 안의 수치스러운 내용물을 보게 하느냔 말이다.

오 비서는 단지 ‘오 비서 0호’로서 매우 침착하고 사무적으로 자신의 입장을 또 한 번 입 밖으로 피력했을 뿐이다.

‘재랑 난 아무 관계도 아니랍니다. 난 재를 사장 그 외의 의미로는 절대 안 봐요’라고. 실로 아무렇지도 않게 말하는 그녀를 보고 있자니 속이 뒤집힐 것 같았다. 뭐지? 이 끊어질 듯 끊어질 듯 끊어지지 않는 ‘오 비서 0호’를 향한 집착은?

백유진이 훗 웃었다.

“역시 오 비서님, 뭔가 특이한 것 같아요.”

“너 여기 온 목적이 뭐야? 창문으로 던져 줄까, 제 발로 나갈래?”

“오빠랑 같이 나갈래요. 오빠랑 함께라면 창문으로 던져져도 좋아요.”

“하, 유구무언이다.”

“솔직히 오 비서님 좀 떠본 거기도 해요. 사실 그런 일이 있으면 오빠한테 언감생심 욕심을 품을 수도 있는 거잖아요? 그래서 제가 이유를 확실하게 알려준 거예요. 오빠는 이유가 있어서 그랬을 뿐 전혀 다른 마음을 먹어선 안 된다구요. 오 비서님이 괜히 오빠한테 사심 같은 걸 가지면 곤란하잖아요? 근데 뭐, 보니까 굳이 그럴 필요도 없었네요.”

태규의 표정이 점점 굳어갔다.

“왜요, 오빠? 사심 갖길 바라세요?”

“시끄러워. 어디다 누굴 끼워 맞추는 거야?”

“어머, 오빠 엄청 불쾌해하신다. 그러니까요. 저 진짜 잘했
죠?”

이게 점을 뺄 때 정신줄도 같이 뺐나.

“오 비서님을 위해서도 좋은 일이잖아요. 만약 그런 마음을
조금이라도 먹었으면, 어차피 자기만 상처받을 테니까.”

“너야말로 나한테 아직 상처 덜 받았지?”

“저요? 전 괜찮아요. 오빠가 주시는 거라면 상처마저 달게 받
을 수 있어요.”

애가 환해도 너무 환하다. 죽여 버리고 싶을 정도로.

“잘 들어. 오 비서가 사심을 갖든 오심을 갖든 그건 너랑 일절
관계가 없어. 왜냐, 내가 오 비서한테 키스를 했든 다른 사람한
테 했든, 어쨌든 결론은 너랑은 하고 싶지는 않다는 뜻이니까.”

“그거야 아직 시간 많으니까 신경 쓰지 않을래요. 오빠 동생
으로 지냈는데 어떻게 갑자기 남녀관계가 되겠느냐고 아빠가
그랬거든요.”

주변 것들이 문제구만. 애를 너무 긍정적으로 만들어놨어.

“솔직히 저 좀 질투했어요. 작전이었다고 해도 오 비서님한테
그런 키스를 하다니. 그래서 못난 여자 마음에 오 비서님한테
상처 주고 싶었나 봐요. 제가 뭐 잘못됐어요?”

“잘못됐어, 아주 많이.”

“뭐가요? 좋아서 그러는 건데.”

"네 의도에는 일절 관심 없지만, 오 비서는 네가 뭐라고 해도 상처 안 받아."

"……네?"

백유진이 갸웃했다. 태규는 피식 웃었다.

뭐가 이렇게 거지 같은 기분이야?

"네 말처럼 오 비서는 날 싫어해. 바득바득 이를 갈고 기회가 있으면 독약이라도 풀어 내밀 정도로. 무인도에 나랑 둘만 떨어진대도 숲 속의 원숭이랑 살면 살았지 절대 나한텐 안 끌릴 여자야. 왜냐? 저 여잔 그냥 정상적인 여자거든."

백유진이 물끄러미 그를 쳐다보고 있었다. 하지만 그 시선도 알아차리지 못한 채 그는 혼잣말하듯 말을 이었다.

"너랑 나랑 달리 그냥 평범한 여자라고. 착실하고 성심 좋고 성격 곧고 가지런한 남자를, 평생 자기 여자를 최고로 아껴줄 수 있는 그런 남자를 최고의 결혼 배우자로 삼는 그런 보통 여자라고."

자신이 얼마나 진지한 얼굴을 하고 있는지 그는 전혀 알아차리지 못했다. 백유진의 눈이 그런 그를 예리하게 주시하고 있다는 것도.

"난 그런 여자는 싫어. 너무 평범하거든."

"오빠랑 밥 먹는 거 진짜 오랜만이에요. 역시 좋아하는 사람이랑 먹으니까 훨씬 더 맛있는 것 같아요.”

가장 가까운 호텔의 레스토랑에 들어와 아무 음식이나 던져 주고서 태규는 내내 딴짓을 하고 있었지만, 백유진은 자기 기분에 취해 내내 행복해했다.

할아버지가 모처럼 통 치자고 내놓은 제안인데다 몇 시간 놀아주는 걸로 몇 가지 욕먹을 거리에서 도망갈 수 있다면야 이쪽을 선택하는 게 현명했다.

“갈 거면 빨리 일어나. 빨리감기 한 것처럼 움직일 거야. 놓치고 울지 말고 재빠르게 보폭 맞춰!”

어차피 감내해야 할 시간이라면 되도록 적게 얼굴 마주치고 최소한의 대화만 하게끔 정신없이 휘몰아쳐서 정신을 쏙 빼버리고 내쫓아 버릴 생각이다. 그래서 재빨리 명령하고 사무실을 나가 자기 책상에 앉아 있는 오아리에게도 버럭 소리쳤다.

“따라와!”

“네? 저, 저도요?”

“맞아요, 오빠. 데이트하는데 왜 비서랑 동행해요?”

다른 이유로 사람을 열받게 하는 두 여자가 동시에 말대답을 했다.

“데이트가 아니라 공적인 자리야!”

먼저 백유진 입을 다물게 하고.

“난 공적인 자리엔 비서 달고 다녀. 따라와!”

‘오 비서 0호’도 간단하게 제압시키고 휙 돌아섰다.

그렇게 태규는 현재 백유진과 명목상 데이트 중이다.

그의 앞엔 노트북이 있었다. 회사 안에서도 잘 안 하던 일을 회사 밖에서 하고 있으니 할아버지가 보면 개안할 일이다. 백유진이 옆에서 뭐라고 떠들건 말건 태규는 한쪽 귀를 막고서 현재 진행되고 있는 가장 큰 프로젝트를 점검했다. 이렇게 집중이 잘 되는 날도 드물었다. 물론 모든 준비는 오 비서가 했다.

그리고 그 오 비서는 현재 뒤쪽 테이블에서 조 상무 포함 임원진을 소집하는 전화를 돌리고 있을 터였다. 왜냐, 그러라고 지시를 내려놓았으니까.

“결혼식장을 꽃으로 장식하는 건 어때요? 단순히 띄엄띄엄 장식하는 게 아니라 아예 꽃으로 둘러싸인 결혼식을 하고 싶거든요. 걱정 마세요. 제가 최고로 유명한 플로리스트들을 알아놨거든요.”

그래, 계속해라. 네 멋대로 해. 네 인생인데 누가 말리겠냐.

“오빠도 꽃 좋아하시죠?”

“내 생각엔 그런 건 네 남편 될 사람한테 물어봐.”

“그러니까 지금 물어보고 있잖아요, 오빠한테.”

“미쳤냐? 내가 내 발로 거길 걸어 들어가게? 너랑 결혼할 바에야 아예 다리를 확 부러뜨릴 거니까 네가 흠모해 마지않는 남자가 절름발이가 되는 거 보고 싶지 않으면 입 다물어.”

"오빠두 참. 그땐 제가 오빠의 다리가 되어드리면 되죠. 호호
호호."

노트북 위에서 태규의 손가락이 삐끗했다. 이런 식으로 대답
하는 건 전 세계에서 백유진이 유일할 것이다.

그렇게까지 신랄하게 면박을 줬으면 보통 '그 정도로 제가 싫
으세요? 너무해요!', 아니면 '어떻게 그렇게 끔찍한 비유를 해
요. 너무해요!', 아무튼 '너무해요!'로 끝나는 원망의 말과 함께
눈물 몇 방울 아롱거리며 당장 뛰쳐나가야 정상인데, 다리가 되
어줄 거란다.

"너 미저리냐?"

"순애보죠."

태규는 이마를 짚었다. 뜨거운 게 열이 날 것 같다.

"오빠도 좀 드세요."

"오빠는 입맛이 없으니까 너나 많이 먹고 빨리 들어가라."

"에이, 그래도 오빠가 드셔야 제가 더 맛있게 먹죠. 자,
아."

백유진이 감히 자기가 먹던 포크에 자기가 먹던 고기를 찍어
서 그의 입 앞으로 내밀었다. 물론 이 상황에서 하태규다운 짓
을 한다면 이렇다. 포크 쥔 손을 확 쳐서 고기가 날아가 바닥에
툭 떨어진다. 그럼 민망한 백유진은 우는 듯한 웃는 얼굴로 청
승을 떨어가며, '그렇게 싫어하실 줄은 몰랐어요. 미안해요' 이

러면서 무릎에 얹은 냅킨을 한없이 만지작거리다가 결국 눈물이 아롱져서 자리를 박차고 뛰어나간다.

그렇게 되면 좋으련만, 두 명의 노인네를 등에 업고 있는 백유진은 현재로선 꽤나 큰 적이었다. 약간의 수위 조절이 필요했다. 그래서 성질을 내리누르며 포크를 쥔 유진 양의 손을 잡아서 제 입에 고기를 처넣게 했다.

"너나 먹어. 너 먹는 것만으로도 이 오빠는 배부르다."

"오빠……."

속뜻은 신경도 안 쓰고 말 그대로만 이해하고 애가 감동하고 있다.

"고마워요. 오빠가 그런 말을 해주다니, 정말 기대하지도 않았는데."

저러고 있으니 태규의 속은 점점 더 터지고, 동시에 뒷자리에서 킥 하는 억누른 웃음소리가 터졌다. 누구겠는가.

숨어서 비웃고 있다, 저 여자가.

하긴, 지구상에 남자가 하나뿐이더라도 하태규는 절대 좋아하지 않을 것 같은 저런 여자 때문에 열받는 것보다, 지구상에 수백 명의 남자가 있더라도 오로지 하태규만 선택할 게 분명한 점유진이 현실적으로는 자신에게 맞을 수도 있다. 여러 가지 괴기스러운 면은 있었지만 그래도 백유진은 하태규를 최우선으로 생각하고 그에게 사랑받으려고 노력한다.

그런데도 백유진은 그에게 아무런 변화도 주지 못했다. 백유진 포함 이 세상 어떤 여자도 특별하게 생각되어지지 않았다. 생각한다고 가슴 뛰거나 설레지도 않았다. 그 여자들은 재미없다. 지루하다. 다만 단 한 사람만은 그렇지 않다. 자꾸만 특별하게 생각되어지고, 그럴 때마다 가슴이 이상한 방식으로 뛴다. 하지만 그쪽은 이쪽을 전혀 그렇게 생각하지 않을 테다. 그런 생각을 하면 문득 가슴이 아파지는 여자는 있다.

그게 누군지 일부러 떠올리기도 싫고, 왜 가슴이 아픈지 그 이유도 아직 정확히 분석해 보지 않았지만.

"역시 남자는 일할 때가 가장 멋진가 봐요. 더 반할 것 같아요."

"그만 반해."

"어머, 이미 반했는걸요?"

돌아버리겠다. 애가 머리가 없는 건지 사상이 없는 건지 개떡같이 말해도 찰떡같이 알아듣는다. 태규는 속 터지고 뒷자리에서 오 비서는 킬킬거리고.

"오 비서!"

순간 뒤도 돌아보지 않고 버럭 소리를 지르자, 뒷자리에서 커피잔이 덜그럭덜그럭, 스푼이 챙그랑, 의자가 우당탕, 쿵쾅 온갖 소리를 내더니 문제의 오 비서가 눈앞으로 쌩하니 달려와 섰다.

"네, 사장님."

저 봐라, 저 봐. 얼마나 킬킬거렸는지 아직도 입꼬리가 헤실헤실 풀려 있다.

"거기서 성질 건드리지 말고 딴 데 나가 있어라. 응?"

"그럼 근처에서 대기하고 있겠습니다."

"어머, 오 비서님, 거기 계셨어요?"

백유진이 전혀 몰랐다는 듯 딴청을 피웠다.

"괜히 남의 데이트에 따라와선, 혼자 심심하시겠어요."

"아니요. 의도치 않게 두 분 대화가 들려서 심심한 줄 모르고 시간만 잘 갔……."

눈이 확 마주치자 히뜩 놀란 그녀가 휙 인사를 하고 돌아서서 우두두 도망가기 시작했다. 아니꼬운 표정으로 잠시 그 뒷모습을 보던 태규는 곧 백유진을 돌아보았다.

"얼추 두 시간 정도 지난 것 같으니까 이제 그만 가."

"두 시간이라니, 아직 삼십 분도 안 지난 것 같은데."

"난 이십 년은 보낸 것 같아. 자, 얼른얼른 일어나, 얼른!"

부산스럽게 애 가방 챙기고 이것저것 손에 들려서 무턱대고 떠밀자 백유진이 아쉬움 철철 넘치는 눈으로 애교를 부렸다.

"아잉, 좀 더 있고 싶은데. 한 시간만 더 같이 있음 안 돼요?"

"어, 안 돼. 넌 상식도 없냐? 이렇게 오래 앉아 있으면 주인이 욕해."

"오빠두 참. 알았어요. 오늘은 깔끔하게 물러설게요."

"안 물러서면 어쩔 건데? 가!"

"어머, 바래다주지도 않아요?"

"내가 김 기사를 왜 돈 주고 데리고 있을 것 같아? 설마 내가 누굴 바래다줄 정도로 제대로 된 인간 같아 보이는 건 아니지?"

"아참, 그랬지. 오빠의 그런 시크한 면을 좋아하고선 나도 참."

태규는 고개를 설레설레 저었다.

"그치만 역시 한자리에서만 두 시간이라니 너무해요. 제가 아직 오빠 마음의 문을 못 열어서 그런 거겠죠? 이해할게요. 다음엔 이곳저곳 같이 다녀요."

"들어가. 그리고 마지막으로 말하는데, 다신 찾아오지 마. 김 기사!"

그렇게 백유진을 보내 버렸다.

안 가겠다는 걸 겨우 강제로 차에 실어 떠나보냈을 땐 십 년 묵은 체증이 다 내려가는 것 같았다. 호텔 지하주차장에서 태규는 피곤이 덕지덕지 묻은 한숨을 흘렸다. 그리고 겨우 제정신이 돌아왔을 때,

"오 비서!"

버럭 소리치자 기둥 어딘가에 숨어 있던 당사자가 슬그머니 밖으로 기어 나왔다. 안 그래도 방금까지 미친 듯이 비웃고 있었는지 안면 근육을 스스로 통제하지 못하고 있었다. 벌컥 열이

올랐다.

"넌 대체 뭐 하는 인간이야!"

*

아, 정말 백유진 때문에 배꼽이 빠지는 줄 알았다.

웬만하면 누구도 하태규를 거스르지 못하고, 하태규도 웬만하면 말로 안 밀리는데 백유진은 두 가지 모두에서 선기를 잡았다. 아무튼 백유진의 상상을 불허하는 화법 때문에 미친 듯 웃어대다가 잘못하면 하태규한테 조인트 까일 뻔했다. 무서운 놈. 비웃는 건 또 어떻게 알고 그걸 딱 알아채서 불러내다니. 하여튼 뒤통수에도 눈이 달린 놈.

쫓겨나서 계속 김 기사와 지하주차장에서 대기하는데 같이 비웃음 삼매경에 빠져 있던 김 기사가 말했다.

"저러다 미운 정 드는 거 아닌지 말입니다."

"김 군, 어이, 김 기사 양반! 넌 아직도 그렇게 사장을 모르니? 어디 쟤가 여자한테 정 같은 걸 줄 성격이야? 애초에 정이란 건 사람한테 있는 거야. 초코파이나."

"그래도 사람 일은 모르지 말입니다. 사장님도 언젠가는 결혼도 할 테고, 원래 저런 스타일이 여자한테 한 번 빠지면 사정없이 숙맥이 되지 말입니다. 우리 사장님, 엄청 단순하잖아요. 단순할수록 사랑에 빠지면 걷잡을 수 없지 말입니다.”

“걱정 마. 그런 일은 내가 로또에 열두 번 당첨될 확률보다 적으니까. 내가 사장을 한두 해 봤나? 절대 여자를 여자로 보는 인간이 아니라니까. 백유진이 아무리 들이대 봐라, 꿈쩍이라도 하나.”

“하긴 그건 그렇지 말입니다. 여자한테 관심을 갖느니 자기 손톱을 한 번 더 볼 분이지 말입니다.”

“그러니까. 저분이 그런 인물이라니까. 백유진이 강적이긴 하지만 백 명을 들이밀어 봐라. 사장한텐 안 될 일이지. 애초에 그래서 사장 옆에 백유진이 있건 누가 있건 전혀 신경이 안 쓰이는……”

말하던 아리는 순간 우뚝 멈췄다. 지금 내가 무슨 소릴 한 거지? 신경? 자신이 언제 사장한테 신경이란 걸 썼나?

“물론 신경이 안 쓰이지. 전혀 안 쓰이지.”

“언젠 뭐 신경 쓴 사람처럼 그러시지 말입니다. 혹시 여자한테 대박 차이면 그때나 돼서 좀 신경을 쓰실까? 그것도 비웃느라고 말입니다.”

김 기사가 킬킬 웃어댔지만, 아리는 딴생각에 빠져 있었다.

내가 그렇게 사장한테 못돼먹은 마음을 갖고 있었나? 어, 당근 갖고 있었다. 오로지 사장의 불행은 나의 행복이라는 모토로 살아왔다. 그건 세상 살아가는 데 있어 참 나쁜 마음인데, 어쩜 그렇게 안 좋은 감정을 행복의 발로라 여기고 살아오게 만든 걸까, 그 나쁜 사장 놈은. 이게 다 하태규 탓이다. 무릇 인간으로 태어나 남한테 나쁜 마음 먹지 말고 해코지하지 말고 살자고 마음먹었거늘. 하태규가 사람을 이 지경으로 만들어놓고야 말았다.

그러니까 결론은 하태규 나쁜 놈!

아무튼 그러고 있다가 눈물 없인 볼 수 없는 두 사람의 이별 장면까지 봐버렸다. 그게 또 보통 웃긴 게 아니라 숨어서 키득거리고 있는데, 놈이 부르는 바람에 아리는 얼른 정색을 하고 기둥에서 슬그머니 나와 섰다.

"네, 사장님……. 풋! 부르셨…… 습니끼익."

안 웃으려고 온몸에 힘을 주다 보니 처참한 소리까지 흘러나왔다. 화들짝 놀라 입을 막았지만 이미 늦었다. 당연히 하태규가 눈이 찢어져라 노려보고 있다.

큰일 났다. 정말 화난 것 같다.

두 시간 동안 백유진한테 시달렸으니 시한폭탄이 달렸대도 과언이 아니다. 오 비서로서의 정신줄이 돌아온 건 당연했다. 허리를 똑바로 펴고 부동자세로 서자 하태규가 눈을 희번덕거리며 버럭 소리를 쳤다.

"넌 대체 뭐 하는 인간이야!"

역시 너무 기어올랐나 보다.

"죄송합니다."

"됐고. 화내봐야 뭐 하겠냐. 내가 한심하지. 노트북이나 챙겨와!"

"이미 챙겨두었습니다."

간단한 대답에 하태규가 그녀를 더 째려보았다. 일 잘해도 노려보는 건 왜일까, 대체?

"왜 그렇게 보십니까?"

그래도 대답 없이 노려보기만 하네?

"그 긴 침묵은 칭찬의 뜻으로 알아듣겠습니다?"

"주 상무한테 연락은 했어?"

헉! 그걸 잊었다.

"아…… 그게 구경하느라 그만……. 헙!"

자신도 모르게 하지 말아야 할 말을 지껄인 아리가 자신의 입을 확 틀어막았다. 그런 아리를 한겨울 서리를 품은 눈으로 쏘아보던 태규가 말을 이었다.

"지금 당장 소집해. 그리고 그 줄 맨 끝에 너도 서 있어. 오늘 하루 신나게 즐긴 거 다 토해내게 해줄 테니까."

아리의 낯빛이 하얗게 질렸다. 이럴 줄 알았다. 상사를 존경하기만 해도 모자랄 판에 마음껏 비웃음의 쾌락까지 즐겼으니 결과가 이 지경인 건 당연했다.

"왜? 겁나?"

"그야…… 네."

"그러게 왜 겁날 짓을 해? 넌 왜 그렇게 갈수록 내 머리꼭대기에 못 올라가서 안달이야?"

"서, 설마요. 등산도 싫어하는 제가 뭐 하러 사장님 머리꼭대기를……. 아무튼 오해십니다."

"아니, 넌 그랬어! 이미 내 머리꼭대기에 있어."

"그렇다면 바로 내려오겠습니다."

하태규가 어이없다는 듯 고개를 설레설레 저었다. 먼저 휙 걸어가자 아리가 곧장 따라붙었다.

"회사로 들어가시겠습니까? 김 비서가 곧 도착할 테니 잠시 기다리셔야 할 것 같은데요."

"오 비서가 당장 내 집에 가서 차 갖고 오면 간단하게 해결될 일이지."

누가 그걸 몰라서 그러냐? 귀찮아서 그러지.

"알겠습니다."

말해 무엇 하랴. 남 고생시켜야 희열을 느끼는 종족인데. 어쩔 수 없이 돌아서려는데 하태규가 그녀를 불렀다.

"됐어."

"네?"

"여기서 기다리겠다고."

아리의 얼굴이 아무리 막으려 해도 확 퍼졌다. 하태규, 정신 좀 차렸구나! 진작 이렇게 착한 아이였으면 자신도 3년 동안 덜

고생했을 텐데.

"오늘 검토한 상반기 프로젝트."

"네!"

"거기에 내 이름 끼워놔."

"일도 하시려구요?"

"뭐?"

"아, 아니, 일을 하시려구요?"

하태규가 째려보는 그대로 말을 이었다.

"아무튼 그냥 끼워만 놔."

"아……! 알겠습니다. 혹시 백유진 양 피하시려고?"

수작을 부리는 거구나, 너!

"넌 정말이지, 가끔 놀라워. 나를 너무 잘 파악하고 있어."

그렇지. 사장의 일이라면 눈만 깜빡해도 알 수 있게 단련이 되어버렸지.

"심장이 무쇠로 돼 있는 나도 깜짝깜짝 놀라 일순간 철렁할 정도로 눈치가 빨라. 특히 안 좋은 의도가 숨어 있는 일엔 더 레이더가 초속으로 돌아가지. 그러니까 바쁘다 그러고 백유진 못 오게 막아."

휴우, 어쩐지 자진해서 일한다 싶었더니.

"알겠어? 네가 백유진 대비 수문장이니까 제대로 막아."

"하지만 아시다시피 백유진 양이 그런다고 막아질 분도 아니고, 제 선에서 막는 건 좀 역부족이지 않을까 싶은데요."

"그래서 못하겠다고?"

째려보는 폼이 보통 스트레스 받는 게 아닌 모양이다. 쟤가 웬만해선 뭘 피하려 일한다고 할 애가 아닌데. 하긴 여자관계뿐 아니라 인간관계 자체를 싫어하는 접촉기피증 환자니까.

"모, 못하겠다는 게 아니라…… 그렇게까지 싫어하실 필요가 있을까요?"

자신도 모르게 입 밖으로 말했다가 너무나 멀쩡하게 관여를 한 게 아닐까 싶어 덜컥했지만 이미 나온 말을 어찌하겠는가.

"뭐?"

'조심해, 오아리. 여기서 그만해. 그냥 말이 헛나갔다고 사과 해.'

"오늘 지켜보니 백유진 양도 생각했던 것만큼 나쁘지 않은 것 같고, 오히려 괜찮은 사람 같았습니다. 저보다 더 사장님을 잘 알고, 실은 오늘 백유진 양 보고 좀 놀랐습니다. 차가 나와도 사 장님 앞에 먼저 놓아주고, 컵받침이 좀 멀다고 동선에 맞춰 옮 겨주고, 사장님이 노트북 꺼내놓고 일만 하셔도 듣기 싫은 소리 하나 안 하고 기다려 주고……."

그건 사실이다. 부잣집 딸로 태어나 손가락 하나 까딱하지 않 을 줄 알았는데도 그의 모든 신경은 하태규에게 쏠려 있었다. 무선 인터넷이 자꾸 끊겨서 사장이 화를 내자 아리가 나서기도 전에 종업원을 불러 문의했다.

그녀가 할 걸 백유진이 다 했다.

조금 놀랍기도 했고, 같은 여자로서 대단하단 생각도 들고, 또한 경험상 여자 문제를 막는 데에는 한계가 있었다. 백유진은 그중에서도 특별한 케이스였고. 그러니 이런 일은 제발 그만 맡겨주었으면 싶은 마음에 자신도 모르게 백유진의 편을 들고 말았는데.

아무래도 제정신이 아니었나 보다.

아리는 당황스러워서 횡설수설하며 말을 이었다.

"그, 그러니까 제 말은 무조건 밀어내지만 마시고 한번 진지하게 생각해 보는 게 어떠실까……."

하지만 그 이상의 말은 잇지 못했다. 갑자기 아리의 팔꿈치가 확 붙들렸다. 아리는 덜컥 놀라서 자신을 붙잡고 있는 그를 쳐다보았다. 사장의 눈빛이 무서울 정도로 가라앉아 있다. 아리의 심장이 쿵 떨어졌다. 한 대 날아오더라도 이상하지 않을 분위기다. 너무나 매서운 눈이라 어떻게 반응해야 할지도 모르겠고, 아무 말도 하지 않아서 더욱 갈피를 잡지 못하겠다. 그 짙은 눈빛이 무섭기도 하고 뭔가 사람을 찌르는 듯도 해서 아리는 얼른 사과를 했다.

"죄송합니다, 함부로 아는 척해서. 감히 제가 간섭할 부분이 아니었습니다."

"그래, 그거야. 죄송한 줄 알면 거기서 한마디도 더 하지 마. 이제 알겠어. 넌 내가…… 가슴 아파할 상대가 아니야. 그러니까 그만 시끄럽게 떠들고 가."

그렇게 말한 그가 아리의 팔을 확 놓았다. 그리고 자신이 성큼성큼 걸어가 그대로 사라져 버렸다.

아리는 그에게 잡혔던 팔을 문지르며 그 자리에 멍하니 서 있었다. 뭔지 모르겠지만 기묘한 말을 들은 기분이다.

'뭐지? 지금 무슨 말을 들은 거지?'

7편

G맨의 진심?

아리는 며칠째 출근을 하지 못했다. 왜냐하면 그날 난데없이 이상한 표정으로 이상한 소리를 해서 사람을 뒤숭숭하게 만들어놓은 그가 갑자기 자기 집 정원 공사를 대대적으로 시작하는 바람에 출근할 장소가 바뀐 탓이다.

이건 뭐, 팔자에도 없는 가드너까지 하게 생겼다. 어디서 주워들은 건 있어가지고 영국 출신의 유명한 가든 디자이너 '거트루드 재킬'의 영국식 정원으로 만들라나 뭐라나.

'재킬'은 비가 올 때 나무가 흔들리는 소리를 듣고 나무의 종류를 구분할 수 있었다고 한다. 아리는 하태규의 발자국 소리를 듣고 놈의 기분을 구분할 수 있었다. 이 정도면 자신도 비서계의 대단한 거장이 아닌가?

　요즘 들어 하태규의 기분은 하강 상태의 극치였다. 사실 바닥을 긁고 있었다. 잠깐이라도 눈이 마주치면 무슨 도끼 살인자라도 되는 양 시뻘겋게 핏발이 선 눈으로 휙 째려보고 팩 돌아섰다. 그럴 때의 하태규는 절대 건드리면 안 된다.

　그래서 되도록 멀찍이 떨어져 있고 싶었는데 하필이면 집으로 출근하게 돼서 땅을 쳤다. 하지만 다행히 정원을 홀딱 뒤집는 바람에 소망을 이룰 수 있었다. 거기 가서 말참견하고 가드너들과 상의를 하는 것으로 다운된 하태규로부터 일단 도망은 칠 수 있었다.

　"이제 알겠어. 넌 내가 가슴 아파할 상대가 아니야."

　그럼 언젠 하태규가 나 때문에 가슴이 아팠나?

　도대체 그게 무슨 소린지 이해가 안 갔다.

　"너 때문에 내 가슴이 찢어진 적은 많지. 정확히 말해 네 독설에."

　그렇다고 무슨 수업 시간도 아니고, 갑자기 책 싸들고 찾아가서 '선생님, 이해 안 되는 부분이 있는데요. 좀 알려주세요' 하고 물을 수도 없는 노릇이고.

　여기서 나올 수 있는 추측은, 하태규가 나 때문에 가슴 아파

했다. 그렇다는 건 하태규가 혹시…… 정말 날 좋아한 거냐!

일련의 생각들이 굴비처럼 줄줄이 꿰어지다가 거기까지 도달하자 아리의 얼굴이 칙칙해졌다. 이건 무슨 별난 과거로의 회귀란 말인가.

'하태규가 오아리한테 반했다?'

한 번 불발로 끝났던 그 가설에 다시금 불이 확 붙었다. 그리고 그것은 바로 빨간 경광등으로 변해 삐용삐용 돌아가기 시작했다. 겨우 탈출한 맹수 우리에 다시 잡혀 들어간대도 지금보단 덜 무섭겠다.

오한이 사악 돌고 사지가 와들와들 떨리는데, 바로 그 일이 일어났다.

문제의 그날은 정원 한쪽에 심을 묘목이 한 무더기 도착한 날이었는데, 하태규가 갑자기 배달 온 수목원 사람들을 다 쫓아내 버렸다. 배달 끝났으면 됐다고 버럭버럭 소리 질러 무작정 내쫓아 버리곤 그걸 바로 다 심으라고 시켰다. 누구한테? 그렇지! 바로 오아리한테.

기가 막혀서.

"제, 제가 이걸 다 심으라고요?"

"그럼 꽂아야겠어?"

에라이! 뭐가 '반했다!' 냐? 아리는 또 한 번 자신이 얼마나 불필요한 착각을 했는지 처절하게 깨달아야 했다. 그것도 엄청난 중노동과 교환한 대가로 말이다.

도대체 어떤 미친놈이 반했을지도 모르는 여자한테 이런 중 노동을 시킨단 말이냐! 순정 만화나 드라마, 로맨스 소설 같은 거 봐라. 여자한테 반한 남자는 절대 이러지 않는다.

도리어 그 남자는 여자한테 바늘 하나도 못 들게 한다. 혹시 라도 그녀가 힘들까 봐, 아플까 봐 전전긍긍하며 어떻게든 그녀 를 공주님으로 만들어주지 못해 안달 낸다. 조그만 박스 하나도 못 들게 빼앗으면 빼앗았지 이놈처럼 굵기가 웬만한 초등학생 허리둘레만 한 묘목을, 그것도 서른 그루나 심으라고 떠맡기지 는 않는다.

가만, 세어보니 서른한 그루다! 쌍!

한 여자를 좋아하는 남자란 자고로 어느 날 그녀가 서른한 그 루나 되는 묘목을 눈앞에 두고 '이걸 언제 다 심어' 하며 한숨을 폭폭 내쉬고 있으면, 어떤 방법을 써서라도 그녀는 편히 쉬게 하고 자신이 대신 심어준다. 여기서 중요한 건 절대 자기가 심 었다는 걸 모르게 한다는 것. 그런데도 그녀는 이미 다 알고 있 다. 그리하여 두 사람은 바야흐로 fall in love. 그게 바로 사랑 의 뽀인트인데.

"제가 정말 이걸 다 심어야 하나요?"

"똑바로 심어, 사흘 안에."

생각해 보니 그렇게 치를 떠는 백유진을 언감생심 찍어 붙였다고 앙심을 품은 게 틀림없다.

그래, 잘못했다! 내가 죽을죄를 졌다고!

"왜? 하기 싫어?"

"아, 아니요! 설마요! 사흘이나 기한을 주시다니 감사할 따름이라고 생각하던 차였습니다. 목장갑을 아주 많이 준비해 놔야겠네요."

하태규는 그냥 끌끌 혀를 찼다.

"어디 가?"

"삽 가지러요."

"삽질하는 소리 한다. 내일부터 시작해, 난 지금부터 나가봐야 하니까."

"그럼 나가보세요. 사흘 안에 할 수 있을지도 모르는데 지금부터라도 부지런히 시작해야죠. 저 같은 건 그냥 주인 없는 집에서 나무나 심고 있겠습니다."

"내가 널 뭘 믿고 빈집에 둬? 너 나한테 그렇게 허물없는 존재야?"

갑자기 무슨 정색을 하고 저런 소리를 하는지 모르겠다.

"그건 아니겠…… 죠?"

하긴 뭐, 그렇게 친다면 아무 관계 아니기도 하다. 평소에 제 할 거 다 하고 싸돌아다니느라 사람을 빈집에서 몇 시간이나 쫄쫄 굶으면서 기다리게 했던 건 굳이 짚어내지 말아야지.

사실 성질 더러운 하태규랑 냉정하게 찬바람 부는 하태규랑은 대하기에 좀 차이가 있었다. 전자는 비웃어줄 수 있는데 후자는 비웃고 말고 할 틈도 없다. 그만큼 무서움의 격이 달랐다.

"어차피 퇴근 시간이니까 내일부터 시작해."

"네……."

하지만 하태규는 대답을 마치기도 전에 휙 돌아서서 집 안으로 들어가 버렸다. 아리는 그 모습이 전과는 다르게 벽이란 벽은 모조리 쌓은 것 같다는 생각을 하며 천천히 목장갑을 벗었다. 하태규가 골을 내면 여기서 더 힘들어질 건 자신이었으니 말이다.

✽

오아리가 김 기사의 차를 타고 집으로 돌아간 후 태규는 외출 준비를 마치고 1층으로 내려왔다.

"넌 내가 가슴 아파할 상대가 아니야."

결국 그런 말을 해버렸다. 경솔한 말이었지만 진심이기도 했다. 백유진을 두고 아무렇지도 않게 말하는 그녀의 무신경함 때문에 뭔가가 치받았던 것 같다. 하태규가 여자랑 있건 말건 전혀 신경도 안 쓰고 도리어 재미있어만 하는 여자.

쉴 새 없이 뭔가가 부글부글 끓었다. 그렇게 싫어하는 백유진을 갖다 붙였으니 화를 낸 것뿐이라고 생각할 게 분명한 그 멍청한 여자 때문에 정말 억울해 돌아버릴 지경이다.

"하태규, 그만해라. 그냥 지금껏 살던 대로 살아. 너 싫다는 여자야. 네가 누구야? 넌 하태규야!"

그래, 가슴 아파할 상대가 아니다. 넌 오 비서가 뭔가 대단한 여자라고 생각하고 있나 본데 그건 착각이 분명하다. 그 여잔 그냥 오 비서다. 별것 아닌 그저 평범한 여자. 그런 여자한테 자꾸 의미 주고 마음 주고, 그래서 괜히 '오 비서 0호'의 간을 키워놓는 짓 같은 거 하지 마라.

그런데도 그런 정상적인 판단에는 관심도 없고 오히려 드는 생각은,

'나한테 걸린 이상 오 비서 넌 곱게는 못 벗어난다.'

사과 요정이든 '오 비서 0호'든 내 침대에 내가 안아다 눕혀서 내 옆에 재운 이상 오 비서는 절대 딴 남자 옆에 누울 기회는 없을 것이다!

"한심하네."

그날 재채기하듯 막을 새도 없이 속에서 들끓는 말을 해버린 후 깨달았다.

이게 보통 감정은 아니구나. 특별히 제대로 생각해 볼 노력 따위 안 해봤는데, 그날 그녀가 백유진 때문에 사람을 들쑤시는 바람에 확실해졌다. 자신은 지금 '오 비서 0호'를 여자로 보고 있다.

"싫어도 소용없다. 끔찍하더라도 별수 없어. 이건 다 오아리 네가 만든 일이니까. 그러니 그런 건방진 소릴 해서 사람 열받게 만든 책임을 져줘야겠어."

함부로 경솔하게 말한 대가가 어떤 결과를 불러일으킬지 깨달을 사람은 선동한 당사자인 오 비서였다. 옆에 붙들어 둘 방법은 얼마든지 있다. 유치한 묘목 심기 같은 건 괴롭힘의 축에도 안 든다. 이번에야말로 확실하게 오아리에게 힘의 서열을 보여줄 것이다.

손목시계를 골라 차는 걸로 마무리를 한 태규는 밖으로 향하며 휴대폰을 꺼내 들었다.

"오늘 배달한 묘목, 지금 다시 와서 심어요. 몇 사람이라도 좋으니 다 동원해서 오늘 안에 끝내요. 반드시 끝내야 합니다."

유치한 보복 따위야 당한 사람이 의미를 모른다면 안 하느니만 못하다.

＊

“……어? 이게 왜 다 심어져 있지?”

다음날 목장갑을 낀 채 삽을 들고 선 아리는 고개를 갸웃거리며 중얼거리고 있었다. 똑같이 삽을 찾아 들고 막 옆으로 온 김 기사도 같이 고개를 갸웃했다.

“이게 뭐지 말입니다. 이거 심으라고 부른 거 아니었어요?”

“그러게. 밤사이에 누가 마법이라도 부렸나? 어머, 나 콩쥐였나 봐! 새들이 도와준 걸까?”

“새들이 나무를 심을 수나 있겠어요?”

“네가 콩쥐면 난 팥쥐 어멈이냐?”

“그러게. 팥쥐 어멈, 뺑덕 어멈, 신데렐라 엄마 다 합친 수준이긴 한데…….”

중얼거리던 아리는 중간에 끼어든 목소리가 김 기사의 그것이 아니란 걸 뒤늦게야 깨닫고 숨을 흡! 삼켰다. 식겁해서 툭 떨어진 심장을 겨우 주워 들고 보니 역시 하태규가 조깅이라도 갔다 온 듯 잘빠진 트레이닝복 차림으로 호흡을 가다듬고 있었다. 조깅한 후가 스태미나가 제일 좋던데, 저 상태에서 맞으면 별이 다 반짝거리겠다.

“니들 둘은 주로 이렇게 모여서 내 뒷담화하고 그랬냐?”

“오, 오해십니다, 사장님! 전 정말 아무 말도 하지 않았지 말입니다. 전 그냥 나무 심으러 온 거지 말입니다, 사장님!”

김 기사가 대번에 배신을 때리고 오아리를 가시덤불에 패대 기쳤다. 아리는 김 기사를 자분자분 밟듯 째려봐 주곤 비굴하게 웃었다.

"김 기사 말이 맞습니다, 사장님. 그리고 오늘은 정말 사장님 욕 같은 거 안 했지 말입니다…… 가 아니라 안 했습니다. 들으신 것도 없잖아요. 왜냐하면 절대 안 했으니까요."

"오늘은 안 했다? 그럼 다른 날은 했단 소리네?"

"아, 아니라니까요? 억울합니다, 사장님."

아리가 소리치고,

"믿어주세요. 진심으로 아직 안 했지 말입니다."

"아지익?"

괜히 돕는다고 주책을 부렸다가 당한 김 기사가 얼굴이 허옇게 떠선 후덜덜 뒷걸음질치다가 자기 다리에 걸려 넘어졌다. 아, 하태규의 공포란 게 바로 저런 거구나. 남의 몸으로 체험하는 걸 보고 있자니 새삼 등에 식은땀이 맺혔다.

"넌 가고, 넌 따라와."

여기서 앞의 '너'는 김 기사고 뒤의 '너'는 당연히 오 비서다.

명령이 떨어지자마자 김 기사가 잽싸게 차를 타고 사라졌다. 근데 김 기사, 너 삽 끌어안고 탔어.

"재 지금 삽 들고 탄 거 맞아?"

"네, 그랬지 말입니다. 당황했지 말입니다. 하하……."

"넌 삽 내려놓고 따라와."

"네에."

아리는 조신하게 삽을 패대기쳐 놓고 앞서 걷는 사장의 뒤를 종종걸음으로 따라붙었다.

거실에 들어서자 사장이 턱짓으로 소파에 앉으라고 했다. 아리는 하해와 같은 성은에 감사해하며 소파에 앉았다.

"아침은 먹고 왔냐?"

앉지도 않고 하태규가 물었다.

하태규가 오늘 이상한 걸 묻고 있다. 평소엔 아침 먹고 출근하면 세상에 있는 욕이란 욕은 다 끌어와서 하더니. 언제 한 번은 갈비찜 냄새 묻히고 왔다가 죽는 줄 알았다. 개코냐, 그 냄새를 다 맡게?

"네, 먹었지 말입…… 먹었습니다. 오늘 하루 중노동할 생각에 든든하게. 그런데 묘목이 다 심어져 있던데……. 설마 사장님께서?"

"내가 그걸 미쳤다고 해?"

"하긴 그렇죠. 역시 새들 쪽이 훨씬 더 현실적……."

중얼거리는 와중에 하태규가 쯧쯧 혀를 찼다.

"누가 심건 그게 뭐가 중요해? 내가 오 비서 일을 덜어줬다는 게 여기서 주목해야 할 사항이지."

방금 전까지 그저 어리둥절하기만 하던 아리는 그 말로 단번에 모든 게 파악됐다.

뭔지는 모르겠지만 하태규 이놈이 또 무슨 수작을 꾸미고 있는 것이다. 도대체 왜 오아리를 개고생에서 건져 주나 싶었는데 다 이유가 있었던 것이다. 머리 팽팽 돌아가는 건 알았지만, 이 인간은 어떻게 이렇게 사악한 쪽으로만 특히 더 발달된 걸까? 사악을 담당하는 기관은 좌뇌일까, 우뇌일까?

"……제가 무엇을 하면 되는 건가요?"

"역시 넌 똑똑해. 포기가 빠른 건가?"

"기왕이면 현실 적응력이 뛰어난 거라고 해주세요. 처세술이라고도 하죠. 삼국지를 여러 번 읽었거든요."

"백유진 일로 내가 생각난 게 있거든. 똑똑한 내가 왜 지금껏 그 생각을 못했는지 몰라."

아리는 긴 한숨을 흘렸다. 백유진 일이라니, 불길한 기운이 폴폴 피어올랐다.

"그, 그 기발하신 생각은 무엇인가요?"

"널 달고 다니기로 결정했어."

"아, 달고 다니실 거구나. 근데…… 어딜요?"

하태규가 씨익 웃었다. 덕분에 아리는 소름 돋았다.

"왜 그렇게 웃으시는지……."

"생각만 해도 즐거워서."

"뭐, 뭐가 그렇게 즐거우신데요?"

"기왕 백유진 떼어내기에 발 담근 김에, 너 이제부터 내 결혼 도와."

아리의 눈이 탁구공만 해졌다.

"겨, 결혼이요? 아유, 저한테 너무 중책을 맡기시네요. 전 그 저 지금까지처럼 잡일이나 막일 같은 것을 처리하다가 퇴직 을……."

하태규가 째려보고 있다.

"어떻게 도와드리면 될까요?"

그래도 저것도 인간인데 설마 상식을 넘어선 짓이야 시키겠 어?

가만, 설마 나더러 신부 입장할 때 대신 입장해 주라거나? 그 래서 이놈은 날 알로 먹을 생각이고. 역시 이놈, 날 좋아하고 있 구나!

하지만 잠시 후 태규의 입에서 태연하게 흘러나온 말에 아리 는 기겁하고 말았다. 뭐라고 입술이 움직였고, 그걸 알아듣긴 했는데, 도통 현실로 받아들여지지가 않았다. 도대체가 말이 되 는 소리를 지껄여야지.

"네에?"

왜 자기가 선보는데 오아리더러 옆에 앉아 있으라는 거지?

"내가 왜 너님 선보는 데 따라다녀야 하니? 그것도 옆에 앉 아서? 아니, 그전에 그게 말이 되니? 내가 지금 잘못 들은 거 아니지?”

그건 상상으로 들이받은 거고, 실제로 표현한 건 이것이다.

“네에에?!”

“깜짝이야. 뭘 그렇게 심하게 놀라?”

“그럼 뭐가 놀랄 일인가요?”

“난 창립파티 날 너한테 키스한 죄로 서른 번 안에 결혼에 골인해야 한다는 족쇄를 찼어. 그런데 생각해 보니까 많이 억울해. 내가 왜 그래야 하지? 그런즉 공범자인 네가 도와야 한다는 소리야. 모든 여자가 나가떨어지게.”

“그전에 그 여자 분들한테 제가 맞아서 나가떨어지면요?”

“걱정 마. 내가 받아줄게.”

누가 들으면 엄청 달콤한 말인 줄 알겠지만 아리의 귀에는 그저 악마의 속삭임으로만 들렸다. 이러니 어떻게 저 인간을 예쁘게 봐주겠는가.

하지만 그 인간은 ‘대화 끝! 지시 사항 전달 완료!’ 라는 듯 벌써 2층으로 올라가려 했다. 아리는 허겁지겁 일어나 하태규의 앞을 척 막아섰다.

“잠깐만요!”

“너 지금 내 앞을 막았냐?”

“그럼 앞을 막지 옆을 막나요? 철회해 주세요!”

“난 지금 샤워가 필요해. 욕실 앞에 와서 계속 떠들든가.”

"성희롱으로 고소해도 되겠습니까? 아, 아니, 지금은 이런 말 할 때가 아니야."

"아니야? 말이 짧다, 너."

'더 짧게 해줄까? 이건 횡포야, 이 자식아! 무엇보다 난 공범자도 아니고, 키스도 그래. 사장 네가 멋대로 한 거지 내가 언제 동의했니? 그리고 결혼하기 싫은 건 너님 사정이지 내 사정도 아니잖아! 그런 지극히 비뚤어진 사생활적인 일까지 비서가 따라야 한다고 도대체 어느 나라 비서법에 나와 있니? 난 나무 심으러 왔으니까 안 심어도 되면 그만 회사로 돌아갈 거야!'

아, 속으로나마 할 말 다 내질렀더니 십 년 묵은 체증이 내려가는 것 같다. 하지만 정말 그랬다간 바로 저 묘목들 옆에 같이 묻힐 거다. 의미는 같지만 표현은 되도록 순화해서 한 톤 다운시켜 따졌다.

"이번 지시는 받아들일 수 없습니다. 부디 부탁드리는데, 제가 앞으로도 제 본분을 잘 지킬 수 있도록 도와주세요."

하태규의 눈이 가늘어졌다.

"네 본분이 뭔데?"

"비서입니다."

"비서가 뭐 하는 건데?"

"사장님을 보좌하는 것입니다."

"그러니까 앞으로도 보좌해. 날 언제 어디서건 보좌하라고.

잊었어? 네 왕은 나야. 넌 그냥 내가 하라는 걸 하면 되는 거야."

"아니요. 전 횡포에 당당히 맞설 자의식과 비판 의식이 있는 당당한 여성입니다! 저는 이 횡포에 절대로 굴복할 수 없습니다."

"특근 수당을 줘도?"

"그렇습…… 니까?"

자신도 모르게 어미가 달라져 나가는 바람에 아리는 바로 땅을 쳤다. 이놈의 여인네는 어찌 이다지도 즉물적이란 말인가.

"시, 실수였습니다. 잠깐 말이 잘못 나갔습니다. 제가 말하는 건 돈 문제가 아니라 비서로서의 본분과 품격……."

"세 배는 어때?"

"……."

이미 아리 안의 또 다른 아리는 무릎을 꿇었다. 이 악질 중의 악질! 어떻게 돈으로 사람을 조종하려고 할 수 있어! 네가 그러고도 인간이야?

"난 결혼하기 싫어. 그런데 결혼을 해야 한다네? 기발한 깽판 치는 방법으론 이게 딱이지. 그래서 나한텐 네가 필요해. 됐지?"

하태규가 단호하게 말하곤 아리의 어깨를 슬쩍 밀치고 지나갔다. 순간 아리의 머릿속에 위험 신호가 미친 듯 울리기 시작했다.

 '하태규의 저 말, 어쩌면 저건 그냥 핑계일 수도 있어. 정신 차려, 오아리. 하태규를 단순하게 여겨선 안 돼. 원론을 파헤쳐야 해. 결혼하기 싫다는 건 맞아도 그거 깽판 치겠다고 비서를 데리고 나가겠다는 건 아무리 생각해도 상식에 어긋나잖아. 그게 무슨 효과가 있겠어? 아니, 효과는 있겠네. 아, 머리가 돌아가질 않아!'

미친 듯이 머리카락을 헝클이다가 정신이 번쩍 들어 다다다 달려 올라가 배배 꼬인 나선형 계단 중간에서 하태규를 확 낚아챘다. 하태규도 처음으로 사장의 몸에 스스로 손을 댄 비서의 행동에 놀랐는지 한쪽 눈썹을 하늘까지 끌어 올리고 있었다.

"너 지금, 나 잡았냐?"

"죄송합니다."

일단 손은 놓고. 그런데 손만 놓으면 되는데 당황해서 상체까지 뒤로 빼는 바람에 아리의 몸이 휘청했다. 순간 발을 헛디디며 그대로 아래로 추락하려는 아리를 구해낸 건 서둘러 팔을 뻗어 아리를 잡아챈 하태규였다.

"뭐 하는 거야, 위험하게!"

저쪽도 이쪽만큼 놀랐는지 귀가 떨어질 정도로 소리를 질러 댔다. 그렇게 난리 안 쳐도 충분히 식겁했다. 아직 특근 수당도 안 받았는데 이대로 지옥 가는 줄 알았다.

"아, 죄송합니다. 제가 너무 당황해서 그만."

"떨어지면 네 박 깨지지 내 박 깨져? 나한테 죄송할 게 아니라 너한테 죄송하라고! 정신 똑바로 차리고 살아. 그딴 정신머리로 다닐 거면 이 계단 두 번 다시 밟지 말고. 알았어?"

"네…… 유념하겠습니다. 그런데…… 이제 괜찮으니까 손 좀 놔주시겠어요?"

하태규의 손은 아직 아리의 팔뚝을 꽉 붙든 채였다. 게다가 잘못 느끼는 건지 몰라도 그의 손이 떨리고 있는 것 같았다. 지진은 아닐 테고, 수전증이 있나? 하태규도 새가슴이었나 보다. 하지만 당사자만큼이야 할까. 그래서 공손하게 양해의 말을 구했음에도 하태규는 팔뚝을 쥔 손의 힘을 풀지 않았다. 덕분에 좀 아파지려 했다.

"저기, 손 좀……."

"너 그거 알아? 이대로 잡아당기면 넌 별수 없이 나하고 키스해야 해."

난데없이 흘러나온 낮은 말에 아리의 눈이 휘둥그레졌다.

그가 얼굴을 확 가져와 눈앞에서 정지시켰다.

"너는 죽기보다 싫겠지만, 가끔 싫더라도 눈앞에 닥친 현실상 피할 수 없는 상황이란 것도 있다고."

그 눈동자가 일순 짙은 회색으로 보일 정도로 무미건조했다. 소름이 쫙 끼칠 정도로 표정이라곤 없었다. 그런 타다 만 잿빛

사막 같은 눈으로 단정적인 무언가를 논하고 있어서 아리는 그의 의도를 파악하기가 더욱 힘들었다.

이 거리가 두려워졌다.

"나한텐 이번 줄줄이 늘어선 맞선이 그렇고, 너한텐 내 비서라는 현재 네 직책이 그래."

아리는 겨우 눈을 깜빡했다. 눈이 피로한 건 너무 긴장하고 있는 탓이리라.

그가 말한 '피할 수 없는 상황'이란 대체 무슨 뜻인지. 뭐라고 반론하고 싶었지만 틀린 말은 아니다. 하라면 하는 거지, 부당하다느니 어쩌느니 떠들 거면 그전에 그딴 일 하기 싫다고 그만두면 된다.

진작 사표 던지고 나가지 않은 자신에게도 책임이 있다. 직업에 귀천이 없다면, 그 직업 안에서 하는 일의 종류에도 귀천이 없을 것이다. 맞선 자리에 나가 앉아 있으라면 나가 앉는다. 그게 지금까지 그녀가 하태규 밑에서 일해온 방식이다. 지금 와서 하니 안 하니 하는 것도 우스웠다. 그동안 여러 가지 일로 간이 좀 커졌나 보다.

우스웠다. 그럼에도 이제 와서 해도 되는 일, 하기 싫은 일을 재고 있는 자신이 그리 비겁한 인간 같진 않다. 다만 그런 계략을 짜낸 하태규가 나쁜 놈일 뿐이지.

"사장님."

“뭐.”

“혹시 저 좋아하세요?”

일순간 떠오른 생각이 피스톤 밀려지듯 밖으로 튀어나왔다.

죽어도 맞선 자리에 오 비서를 끌고 나가겠다는 저 인간의 심보도 심보지만, 저 이상한 고집이 아무래도 수상쩍었다. 그걸 실제 입 밖으로까지 낸 건 좀 숙고해 볼 일이었지만, 어쨌든 작정하고 내뱉은 말이다.

물론 여러 가지가 툭툭 걸림에도 아리가 내던진 말에 보인 하태규의 반응은 심각했다.

마치 감전이라도 된 양 그가 통째로 굳었다.

‘서, 설마……!’

“아, 아니에요. 서, 설마 그럴 리가 있겠어요? 사장님께서 설마 저 같은 비서 따위를. 하하, 제가 정신이 나갔나 봐요. 그런 말도 안 되는 소릴…….”

너무도 당황해서 횡설수설 둘러대며 허둥지둥 도망가려는 아리를 하태규가 힘주어 확 끌어당겼다. 그대로 달랑 들려지다시피 해서 그의 쪽으로 상체가 확 기운 아리의 얼굴과 그의 얼굴이 맞붙을 듯 성큼 가까워졌다. 아리는 고개가 꺾일 정도로 젖혀진 채 그를 올려다보아야 했다.

하태규의 얼굴이 바로 지척에 있었다. 속눈썹까지 들여다보일 정도로 가까운 거리였음에도 두근거림 따위는 개뿔 없고, 안에서부터 돌이 되어 굳어가기 시작했다. 이런 민망한 포즈에서 살아남고자 스스로 석화(石化)를 선택한 것일 수도.

이 인간이 잘생겼으면 잘생겼을수록 아리는 그 가진 자 특유의 재수 없음을 너무 많이 봐왔으므로 이 인간의 꿈결처럼 잘생긴 얼굴 따위는 마음을 움직이게 하는 조건이 될 수 없었다.

미남을 이 거리에서 대하면 개인 감정이야 어떻든 자연스럽게 살아나야 하는 '이성에 대한' 본능 따위도 하태규 앞에선 전혀 피어나지 않았다. 애초에 저 미모 때문에 초반에 가졌던 솜사탕처럼 풍부하던 호감을 채 하루도 안 돼 젖은 솜사탕처럼 납작하게 눌러 버린 게 바로 저 인간이다. 잘생긴 얼굴은 그만큼의 배신감과 이후의 실망감을 배로 키웠을 뿐이다.

그러니 이 위험천만한 포즈도 오히려 닭살과 불편함만을 증폭시킬 뿐이었는데.

하태규의 눈동자가 다른 곳이 아닌 그녀의 입술에 정확히 박혀 있다. 더불어 뭔가 그의 입술에서 숨결 같은 게 느껴진다고 생각한 순간 온몸에 바늘 같은 소름이 도도도 전신을 훑고 지나갔다. 그게 너무 부담스러워 순간 아리는 입술을 안으로 오므려 모조리 숨기고 말았다. 그걸 본 하태규가 헛웃음을 픽! 흘렸다.

"키스 안 해!"

그래도 혹시 모르잖아! 같은 돌부리에 두 번 걸려 넘어지면 그건 바보라고!

"네가 대단히 매력적인 여자라도 된다고 생각하는 건 아니겠지, 오 비서?"

"네, 아니라고 생각하니까 자신 있게 물어볼 수 있었던 거라곤 생각 안 해보셨나요? 절 좋아하세요? 다른 의미론, 설마 절 좋아하시겠어요?"

"설마 좋아하신다면 어쩔 건데?"

"좋아하세요?"

대답보다 놀라는 걸 선택한 아리를 하태규는 그저 응시하기만 했다. 덕분에 무슨 생각을 하는 건지 아리는 도통 알 수 없었다. 지금껏 한 번의 행동보다 천 가지 말과 욕설을 선택했기에 파악도 쉬웠던 이 인간이 왜 이렇게 어렵게 구는지 모르겠다. 더불어 이 인간의 홍채가 이렇게나 깊은 바다처럼 검푸른 느낌을 준다는 것도 지금 알았다. 아깐 사막처럼 기묘한 회색빛이 돌더니 지금은 또 기이한 검푸른 느낌이다. 저 짙고도 어두운 심연 속에선 대체 어떤 심해어가 헤엄치고 다닐까?

"넌 참 신비한 인간이야. 언제나 보고 있었는데도 늘 새로 보는 것 같아."

"……."

"늘 처음 본 것처럼 매일 특징이 없어. 차라리 점이라도 하나 달지 그래?"

그 얄미운 말과 함께 그가 아리의 팔을 탁 놓았다.

"째려볼 거면 이번엔 난간 제대로 짚고 째려봐. 또 휘청거려도 안 잡아줄 거니까. 왜냐하면 지금 심정으론 널 여기서 밀어뜨려도 속이 풀리지 않을 것 같거든."

그는 그렇게 사라졌다.

그럴 줄 알았지. 함부로 질문을 한 자신의 입을 때려주고 싶었다.

"아유, 이 바보! 멍청이! 그딴 소릴 대체 몇 번이나 들었어? 기네스북에 나올 것 같은 신기한 욕이랑 휘황찬란한 구박은 또 몇 번이나 들었냐고. 얼마나 당했으며 얼마나 휘둘려졌어? 그렇게 천대를 당하고도 좋아하냐고? 그런 소리가 나와?"

벌써 몇 번씩이나 당했으면서 왜 쓸데없는 가설을 자꾸 끌어다 붙여서 이렇게 된통 당하는 건지 모르겠다.

"오, 그래? 결혼하기 싫니? 그래, 결혼하지 마라. 상대방을 생각해서라도 넌 진짜 혼자 살아야 해."

생각해 보면 그 불쌍한 여자를 위해서라도 이번 거래는 받아들여야 했다. 누가 될지 모르겠지만 그 여자를 구해주는 거라고 생각하면 이번 협상은 노벨평화상을 받아도 모자랄 지경이다. 그래, 까짓것, 따라다녀 주지!

"너만 날 새로 보는 것 같니? 나도 널 늘 새로 보는 것 같다.

언제나 보고 있었는데도 어쩜 그렇게 매일 재수 없니, 넌?"

그래도 설마 진짜 시키기야 하겠나 했다.

워낙 하루에 열두 번 생각이 바뀌는 인간이었으니 그날 일도 그걸로 말겠지 하고 넘어가 버렸던 게 문제였다. 하태규는 하루에 열두 번 생각이 바뀌는 인간이기도 했지만, 독한 걸 생각하면 지구가 열두 번 쪼개져도 꼭 이루고야 마는 인간이기도 했다.

하태규에게는 망설임이 없었다.

왜냐, 그에겐 그게 필요가 없었으니까.

인간은 무릇 부족함이 있을 때 망설임이 생긴다. 즉, 가진 재화는 한정돼 있는데 욕망은 재화를 넘어설 때 망설임이 생긴다는 말이다. 쉽게 말해, 돈이 만 원밖에 없는데 마음에 드는 티셔츠를 두 장 봤다. 저쪽도 예쁜 것 같고 이쪽도 예쁜 것 같고. 그런데 돈이 없다. 그럴 때 생겨나는 게 바로 망설임이다. 하지만 하태규한테는 애초에 그런 게 필요 없었다. 두 장을 다 사버리면 되니까.

그게 그놈이 지금까지 살아온 방식이다. 그러니 이런 일을 시키면, '오 비서가 더럽고 열받아서 때려치울지 모르니까 시키지 말까? 아니, 시켜도 될까?' 같은 망설임 따위 없는 거다. 때려치우면 새 인간을 구하면 그만이기 때문이다.

반면 오아리는 그야말로 망설임의 핵 속에 들어앉아 있었다.

왜냐, 오아리는 두 장의 티셔츠를 모두 살 수 없는 쪽이었으니까. 늘 두 장 중에서 한 장만 선택하려고 고민하는 쪽이었으니까.

"이런 일을 시키다니, 때려치워 버려? 아냐. 때려치우는 건 뭐 쉬워? 그래도 때려치울까? 아냐. 그럴 수 없어. 아냐. 확 때려치워 버리자. 안 돼. 그럴 수 없어."

수없이 망설일 수밖에 없다. 왜냐하면 그 잘난 오빠 때문에 엄마가 또 사채를 쓰기 전에 이자가 낮은 대출을 받아서 급한 불부터 껐기 때문이다. 그러니 그걸 다 갚기 전엔 자기 의지로 퇴사가 불가능했다.

온갖 망설임의 업화 속에서 오아리의 비극의 꽃이 피어나고 있었다. 바로 이렇게 선보고 있는 하태규의 옆자리에 앉아서.

결국 불려 나와 있는 비극적인 비서의 일생이라니.

그 기막힌 일에 여자들은 하나같이 어이없어 했고 같이 앉아 있는 아리도 어이가 없었다. 하나같이 교육 잘 받은 명문가의 여식인 그녀들도 이 일만은 교양으로 넘기지 못하고 얼굴을 실룩거렸다.

"옆에 그분은 누구신가요?"

"비서요."

"소문이 사실이었네요. 설마 선보는 곳에 비서를 달고 나올 줄이야."

"비서가 무슨 단춥니까? 교육 다시 받으셔야겠네."

"그쪽이야말로 교육 다시 받아야 하는 거 아닌가요? 실례되는 행동이라고 생각하지 않나요?"

"그렇게 생각 안 한다면, 고발이라도 할 거요?"

"뭐 이런 뻔뻔한 사람이 다 있어!"

그런 흐름만 벌써 다섯 번째다. 아, 오늘도 하늘이 참 노랗구나.

그도 그럴 게, 뒷자리도 옆 테이블도 아니고 저 미친 인간이 사람을 자기 옆에 턱하니 앉혀놓았으니. 오이라가 상대편 여자 쪽이라도 기함할 일이다.

그래도 마지막 교양이 남은 건지, 아니면 하태규가 화나면 미친개가 된다는 소문을 들은 건지 어느 누구도 하태규한테 물을 확 끼얹고 가는 고마운 일은 해주지 않았다.

"이 모욕은 앞으로 꼭 갚아줄 날이 있을 거예요."

그저 그런 '두고 보자는 사람치고 무서운 사람 없다'는 교훈만 남기고서 여섯 번째 여자마저 또각또각 힐 소리 요란하게 자리를 떴다.

"모닝커피 제외하고 낮에 마시는 커피는 다 독이야."

저딴 소리나 흘리며 하태규는 아무렇지 않은 표정으로 커피를 마셨고, 아리는 커피를 하태규의 머리 위에 부어주었으면 좋으련만 이젠 그냥 다 포기했다.

하지만 결국 참다못해 차에 타려는 하태규를 잡아 세워서 또 박또박 현재 자신의 감정 상태를 피력했다.

"사장님은 한 번도 자신의 행동에 의문을 품은 적 없죠? 전 달라요. 전 늘 제 행동에 의문을 품고, 후회하고, 미련을 두고, 다음부터는 그러지 말아야지 다짐하고, 억울해도 참으려고 노력하고, 그러다가 속병 얻고, 스트레스 받고, 결국 똑같은 상황에 놓이면 또다시 화나고, 또 참고, 속 아프고, 그거 반복하면서 살아요."

난데없는 고해성사에 하태규가 흘끗 그녀를 쳐다보았다. 이젠 정말이지 저 얼굴이 꼴도 보기 싫었다. 뭐든지 제멋대로인 저런 남자 따위.

"전 그런 사람이에요. 사장님처럼 티셔츠 두 개를 한꺼번에 살 수 없는 사람이에요, 전. 보통 사람들처럼 고민하고 고민해서 결국 하나 선택했는데 그래 놓곤 또 잘못 산 것 같아 후회하는 그런 사람이라구요."

"뭐라는 거야? 티셔츠 잘못 샀는데 나더러 어쩌라고?"

"사장님처럼 전 그렇게 나 하고 싶은 대로 다 하고 살 수 없는 사람이란 뜻이에요. 이런 일, 사장님한테는 별것 아닌 놀이일지 몰라도 저한테는 고민의 원인이고 스트레스예요. 이런 일까지 하면서 직장에 붙어 있는 나 자신이 한심해서 흉보고 욕하고 자기 비하하고, 그런데도 막상 그만두진 못하고, 하루에 열두 번도 더 퇴사할까 말까 망설이는 그런 나를 보며 또 한심해지고 자괴감이나 일고.”

아리는 눈물이 날 것 같았지만 꾹 참았다.

하태규는 그저 말없이 쳐다보기만 했다.

“제가 어떻게 하면 좋으시겠어요? 저한테 하고 싶은 말이 있으면 에둘러 사람 힘들게 하지 말고 그냥 솔직하게 말하세요. 지쳐서 제 발로 떠나게 하고 싶은 거라면 그렇다고, 꼴 보기 싫으면 싫다고 솔직하게 말씀하시라구요. 그게 차라리 편하겠어요. 이렇게 사람 진 빠지게 골탕 먹이지 마시구요!”

“넌 내가 에둘러 표현할 정도로 사려 깊은 사람으로 보여?”

“아뇨. 그러니까 더 의심스러워요. 대체 원하시는 게 뭔지.”

“그게 그렇게 궁금해?”

“궁금해요! 네, 너무너무 궁금해요!”

“그럼 참아.”

“네?”

“조만간 궁금증이 해결될 테니까.”

기가 막혔다.

“대신 궁금증이 해결됐을 때 후회하지 마. 내가 왜 궁금해했을까 그런 생각도 하지 마. 네가 말한 그대로야. 난 내가 마음먹은 건 해. 망설임도 없고 후회하지도 않아. 그래서 난 내가 내린 결론은 절대 뒤집지 않아.”

아리의 눈동자가 커졌다. 도대체 무슨 소릴 하는 건지 모르겠다. 결론? 그 결론이 대체 뭔데? 답답했다. 미칠 것 같았다.

"그럼 절 자르세요."

"너 바보냐? 나가고 싶으면 네가 사직서 던지고 나가면 돼."

그건 그렇지만.

"그게 안 되니까 차라리 쫓겨나겠다고 말씀드리는 거잖아요!"

"그런 사정까지 내가 알아야 해? 네 말처럼 천하에 자기중심적인 나 같은 인간이? 싫으면 네가 결정해. 그런다고 달라질 건 없겠지만."

사람이 고민에 빠지거나 말거나 저 할 말만 내던진 그는 차에 올라 자기 혼자 휭 가버렸다. 초딩도 아니고 삐치면 자기 혼자 휭 가버리는 건 아주 못된 버릇인 듯.

"그래, 가라, 가. 너 간다고 내가 못 갈 줄 아니?"

펄쩍펄쩍 뛰며 이를 빠득빠득 갈다가 돌아섰다. 조만간 하태규의 맞선 상대자들한테 걸려서 한 대 맞고 두 대 더 맞는 상황을 맞이하기 전에 호신술이나 배워놓아야 하지 않을지.

"근데 여긴 어디야, 대체?"

하지만 그렇게 알아듣게 얘기했건만 그날 이후로도 달라진 건 없었다. 그는 그저 제 하고 싶은 대로 했고, 아리도 더는 따지고 싶은 마음도 사라졌다. 결국 사직서를 내던지지 않고 정상 출근한 건 자신이었기 때문에.

"나가고 싶으면 네가 사직서 던지고 나가면 돼."

그랬다. 그의 말은 틀리지 않았다. 절이 싫으면 중이 떠나야 하는 것이다. 고민하던 아리는 결국 아는 친구한테 부탁해 다른 회사에 오더가 없는지 알아봐 달라는 부탁을 했다. 뒷일도 계산해 놓지 않고서 이대로 그만두는 건 모험이지만, 옮겨 갈 직장이 있다면 이런 직장 따위 뒤도 돌아보지 않고 떠날 것이다. 하태규한테서 영원히 벗어나는 거다.

그래서 이제 곧 해방이라는 생각에 그의 황당한 요구도 계속 맞춰주었는데 그 짓도 그리 오래가진 못했다. 드디어 맞선이 열 번의 횟수를 끊었을 때, 작은 물방울이 모여 커다란 빗줄기를 만들어내듯 마침내 거대한 폭풍이 사장실로 몰아닥쳤다.

그 이상 징후를 동반한 쓰나미 급의 폭풍은 바로 하 회장이었다.

"자네도 앉아."

숱 많은 회색 눈썹 탓에 안 그래도 엄한 인상의 하 회장이 서슬 퍼렇게 말하자, 심장에서 떡방아를 찧고 있던 아리는 하얗게 질려선 조용히 자리에 앉았다.

회장이라는 직책 때문인가, 그 위엄 때문인가. 아리는 절로 바짝 긴장이 되었다. 그래서 이 모든 원흉인 얄미운 사장 놈을 확 노려보았다.

'이렇게 될 줄 몰랐냐고!'

결정한 건 저놈이고, 시킨 것도 저놈이며, 저지른 것도 다 저놈이더라도 이럴 경우 윗분의 질책은 결국 이용당하고 명령을 거부하지 못한 아랫것들에게 향한다. 평소엔 그렇게 사려 깊고 상식 밝던 분들이 자기 피붙이가 관계되면 이성을 잃고 만다.

그런데도 사고 친 당사자는 태평하기 그지없다. 하긴 자기 할아버지이니 이쪽만큼 걱정스럽진 않겠지.

결국 이 자리는 '아무리 사장이 그러라고 했어도 상식 있는 비서라면 사장을 말렸어야지 같이 장단을 맞추고 있어? 당장 나가!'로 귀결될 게 뻔했다. 하태규 네놈이 노린 노림수가 이것이었더냐! 더불어 애초에 그렇게 바라던 '결혼하기 싫은 하태규'를 인정받아 얼마간의 자유를 보장받겠지. 하 회장이 하태규를 자기 피와 살처럼 아낀다는 건 누구나 아는 사실이다.

"이유가 뭐냐?"

하 회장이 하태규를 보며 지엄하게 물었다. 하태규는 전혀 지엄하지 않게 응수했다.

"뭐가요?"

"이놈이!"

저 봐요. 저게 당신 손자라고요. 제발 눈을 떠주세요. 이 모든 건 저 악마가 한 짓이랍니다!

"선보는 자리에 이 아일 데리고 나갔다는 게 사실이야? 그것도 옆자리에 딱 붙여 앉혀서?"

"아아, 그거요?"

"아아, 그거요? 아아, 그거?"

"그랬죠."

"이놈이 지금 그걸 말이라고! 왜! 대체 왜 그런 짓을 했는데!"

아, 정말 어떻게 하면 하태규 혼자 다 덮어쓰게 할 수 있을까?

"저 이 여자랑 결혼할 겁니다."

그래, 하태규가 이 여자랑 결혼하면 되겠지. 그럼 이 여자가 다 덮어쓸 거고…….

중얼거리던 아리의 고개가 번쩍 들렸다. 순간 수십 톤의 컨테이너 박스가 한꺼번에 아리의 머리 위로 떨어진 충격이 일었다.

지금 뭐라고……?

아리는 자신이 무슨 말을 들은 건가 싶어 멍하니 그를 봤다가 곧 더 이상 똥그래질 수 없을 만큼 눈이 동그래져선 하태규를 쳐다보았다.

지금 저 인간이 뭐라고 한 거야!

어안이 벙벙한 건 하 회장도 마찬가지겠지만 아리가 더했다.

하 회장의 눈알에 선 핏줄이 스무 가닥 정도라면 그녀의 핏줄은 백 가닥을 가볍게 넘겼다.

'에이, 설마. 내가 잘못 들었겠지. 뒤에 무슨 말이 더 있겠지. 이 여자랑 결혼할 겁니다. 그건 싫으시죠? 그러니까 진짜 그런 짓 해버리기 전에 저한테 그만 간섭하세요, 같은.'

"제가 결혼하고 싶은 여잡니다, 이 여자 오아리."

그런데 이상하다. 환청이 계속 들리고 있다. 덕분에 처음 들은 말이 환청이 아니란 것을 깨달았다. 그렇다는 건 하태규가 정말 결혼을 하고 싶다고? 오아리랑?

대체 무슨 소릴 지껄이는 거야?

아, 아니, 누구 마음대로!

"너…… 지금 뭐라고 했나?"

하 회장이 더듬더듬 입을 열었다.

큰일 났다. 회장님 혈압 올라 뒤로 넘어가겠다.

아리도 미친 소리 그만하라는 듯, 혹은 죽여 버리겠다는 듯 눈에 힘을 주고서 하태규를 째려보았다. 이 이상 사람 갖고 놀면 가만 안 있을 거예요! 하지만 하태규는 그녀를 쳐다보지 않았다.

"어차피 상식적으로 절차 밟아 말해봐야 씨도 안 먹힐 거고, 나름 충격요법 좀 써봤는데 제대로 각인되셨죠?"

"이게 무슨 얼어죽을……!"

회장님이 막 나가신다. 아리도 제정신은 아니었다. 머릿속은 혼란, 표정은 경악, 마음은 지옥. 두근두근 미친 듯이 심장이 뛰고 있었다. 설렘이 아니라 공포와 두려움으로.

설마가 맞았다는 그 절망감으로.

농담이겠지. 설마 농담일 거야.

그럼에도 아직 버리지 못한 '설마'에 대한 미련.

그 순간 드디어 하태규와 눈이 딱 마주쳤다. 아리는 하태규가 피식 웃어주길 바랐다. 비웃듯, 너 한 번 당해보라는 듯, 이것 역시 쇼라는 듯.

하지만 하태규는 그냥 시선을 거두어 버렸다. 진지하게 뭔가를 담아 보낸 것도 아니고, 그냥 아무것도 없이 무채색의 눈을 잠깐 두고 있다가 돌려 버렸을 뿐이다.

"사장님, 자, 잠깐만……."

"백유진을 떼어버린 것도, 맞선을 망친 것도 다 이 여자 때문이에요. 이 여자랑 결혼하고 싶어졌어요. 데리고 살 겁니다. 옆에 붙들어두고 싶어 미치겠어요."

머릿속은 계속 텅 빈 상태이다. 그 이상 생각이 떠오르질 않았다. 마치 뇌 속의 필라멘트가 끊겨 버리기도 한 듯.

"이놈이 정말 미쳤구나! 아주 단단히 미쳤어!"

"네, 미쳤어요. 이 여자한테."

그 순간 하태규와 아리의 눈이 또다시 마주쳤다.

'지금 대체 무슨 소리를 하시는 거예요!'

아무리 그런 뜻을 묻혀서 독한 시선을 보내도 그 남자는 물러설 기미가 없었다. 자기한테 미쳤다고 하는 저 남자 때문에 아리는 더 미칠 것 같았다.

"다시 한 번 물어보자. 지금 말하는 그 상대가 내 눈앞에 있는 오 비서가 맞아?"

"맞겠죠. 아니면 딴 여자를 앞에 두고 이 여자가 어쩌고 헛소릴 하겠어요? 이름은 오아리, 직업은 비서고, 나이는…… 음, 너 몇 살이냐?"

저러고 있다.

아리도 혀를 차고 하 회장도 혀를 찼다.

"하, 이놈이 지금 나랑 장난하자는 거야? 아, 몇 살인지도 모르는 여자랑 결혼하겠다고 설쳐! 뭐야? 네놈이 원하는 게 뭐야? 대체 뭘 하고 싶어서 이렇게 엄청난 소리까지 하면서 사람을 갖고 노는 게야!"

"원하긴 뭘 원해요? 원하는 게 있으면 내가 하면 되지 왜 할아버지 힘을 빌려요? 제가 몇 살 때부터 할아버지 도움에서 벗어났는지 기억 못하세요? 벌써 노망 나셨어요?"

"뭐라고? 이놈이!"

"할아버지 갖고 놀려고 이 여자 이용할 이유 없어요. 원하는 건 이 여자랑 결혼하는 거고, 이 여자 나이가 몇 살이든, 취미가 뭐든, 숨겨둔 성격이 있건 없건.”

다시 눈이 마주쳤다. 차갑게 붙들어두고서 그가 똑바로 아리를 쳐다보며 말을 이었다.

“뭘 했든, 뭘 먹고 살았든, 지금도 미친 듯이 째려보고 있어도 전 그냥 이 여자가 좋아요.”

8편
'설마'가 오아리 잡는 얘기

일단 회장한테 쫓겨났다.

자네는 나가보라고, 겉으론 평이하게 말했지만 안에선 어떤 광풍이 몰아닥치고 있을지 안 봐도 알 것 같았다.

아리는 비틀거리며 나와서 책상을 짚고 섰다. 누구한테 옆구리라도 세게 얻어맞은 것처럼 숨이 잘 쉬어지지 않았다. 장난이라고 해도 너무 악질적이고, 장난이 아니라고 해도 너무 이기적이다.

이 여자랑 결혼할 거라고? 왜? 무슨 이유에서? 뭘 얼마나 안다고? 그렇게 결혼하기 싫다고 노래를 부르더니 갑자기 이 여자랑 결혼하고 싶어졌다고? 뭘 보고? 어떤 감정으로?

책상을 쥐고 선 아리의 손이 부들부들 떨렸다. 앙다문 잇새로 욕과도 비슷한 신음이 흘러나왔다.

"죽여 버리겠어."

"저놈이 지금 저렇게 미친 소리를 해도 자네랑은 일절 관계없는 얘기야. 아니, 그렇게 되도록 내가 만들 테니까 더 이상 자네가 있지 않아도 될 자리에 끼어 있지 말고 나가 있어."

회장은 그렇게 말하며 아리를 축출했다.

하 회장의 그 말은 너무도 당연히 돌아올 반응이다. 3년 동안 하태규 옆에 있으면서 하태규만 본 게 아니다. 하 회장, 이 집안 사람들, 회사 윗선들, 임원진, 주주들 전부 성격, 동태, 성향을 다 파악했다. 그리고 그동안 모은 데이터를 종합해 볼 때 하 회장은 그렇게나 끔찍이 아끼는 손자가 저런 헛소리를 지껄이는 걸 그냥 두고 볼 인물이 아니다.

자신 역시 그가 왜 갑자기 그런 소릴 했는지 도통 이해가 안 가는데, 하 회장이라고 이해가 가겠는가. 무방비 상태에서 원투 어퍼컷 펀치를 맞았다. 스스로 원한 것도 아닌데, 이런 수치심과 모욕 같은 졸렬한 감정이 들게 한 그를 용서할 수 없다.

나오기 전 하 회장이 그녀를 스윽 쳐다보는 것만으로도 전신에 소름이 돋았다. 그 순간 생각보다 더 사태가 클지도 모른다

는 불안한 예감이 들었다. 생명의 위협까지 느꼈대도 과장이 아
니다.

"그러니까 뭐가 느닷없이 결혼할 겁니다야?"

도대체 무엇이 하태규의 못된 승부 근성에 불을 지핀 건지 모
르겠지만, 자기 성질을 못 이긴 초등학생이 '나 저거 가질래!'
하듯 생떼를 쓰는 것과 한 치도 다른 점을 못 찾겠다.

"내 것으로 붙들어두지 못하면 억울해서 죽어버릴 것 같거든
요."

하태규가 회장 앞에서 마지막으로 한 말이다.
듣는 순간 온몸이 굳어버렸다. 전율이 와서?
아니라, 무서워서.

"억울해서 죽어버릴 것 같거든요."

그 말이 진심일까 봐, 아니, 진심이라면 더더욱 심각했다.
"정신 차려. 진심 따위, 그런 게 아니야. 진심이 뭔데? 하태규
네가 생각하는 진심은 대체 뭔데?"

이쪽은 생각도 안 하고 있는데 그렇게까지 겁나게 몰아붙이
면 뒷걸음질칠 수밖에 없다. 자기가 물러나고 싶지 않아도 발

뒤에 모터가 달려 있어 자동적으로 멀어져 버린다. 자기 자신만 생각하는 이기적인 고백에 달콤함을 느끼며 홀딱 빠져들 미친 여자는 없다.

꼭 정신 놓고 있다가 목줄을 차는 느낌. 그 목줄을 눈앞에 두고 있는 느낌. 이제 곧 저 목줄이 내 목에 휘감길 것을 알기에 벌벌 떠는 강아지 신세가 된 느낌이다. 하태규는 아무것도 말하지 않았다. 그런데 갑자기 뭐가 진심이란 거야!

하얗게 질려 책상 앞을 서성이던 아리는 결국 가방도 안 챙기고서 그대로 회사를 빠져나왔다. 퇴근 시간도 아니었는데 입사 후 처음으로 무단이탈을 해버렸다. 딱히 생각하고 한 행동은 아니었다. 그저 본능이 시키는 대로 회사 사옥을 나와서 지나가는 택시를 번개처럼 잡아타고 집으로 들어오자마자 옷장과 벽 사이에 좁게 뜬 공간에 들어가 달달 떨었다.

자칫 잘못하면 이대로 찍소리도 못하고 하태규한테 끌려가 감금당할 것 같았다. 그 인간이 어떤 인간인가. 저가 하겠다고 결정 내리면 염라대왕이 와서 말려도 꿈쩍 안 할 인간이다. 도대체 무슨 속셈인지는 모르겠지만.

"저 이 여자랑 결혼할 겁니다."

"누구랑? 나랑? 내가 하태규랑?"

말이 되는 소린가!

남자로서 한 번도 안 본 건 그나마 나았다. 인간으로도 안 봤던 것한테 설마설마 했는데 지금 프러포즈를 받았다. 그것도 회장님이 눈 시퍼렇게 뜨고 있는 면전에서.

너무너무 싫어서, 그 방식이 너무도 사람을 질리게 했다. 만나보겠다, 이 여자가 좋아졌다도 아니고 결혼하겠다니.

"돌아버리겠다, 진짜!"

아무리 생각해도 자신을 이렇게 황당함의 극치에 빠뜨린 하태규를 이해할 수가 없었다. 이건 옆집 아저씨라고 알고 있던 사람이 갑자기 나타나 '내가 네 아비다' 하는 것과 다를 바 없는 충격이다.

"미쳤어. 정말 미친 거야. 진작 정신과에 데리고 갔어야 해. 보통 일이 아니야, 이건."

얼마나 그렇게 방구석에 처박혀 있었는지 모르겠다. 가까스로 정신이 돌아왔을 때는 이미 저녁 아홉 시가 넘었고, 밖엔 땅거미가 지고 있었다.

"어? 내가 왜 집에 있지?"

눈을 껌뻑거리며 둘러보니 이런 상황이다. 그제야 자신이 가방도 안 갖고 회사를 탈출했다는 사실을 깨달았다. 아리는 자신의 머리를 쥐어뜯었다. 누가 오늘 일어난 일들을 믿을까? 제발 다 꿈이었다고 말해주었으면 좋겠다. 태어나서 처음으로 고백을 받았는데, 그것도 프러포즈를 동반한 고백을 받았는데 기쁘기는커녕 목이 졸릴 것 같은 공포만 느껴지다니.

하태규란다!

다른 사람도 아닌 그 미친 지랄맨 하태규란다!

"과연 하태규 너답다, 정말!"

아리는 벌떡 일어났다. 저혈압도 없는데 일어나자 머리가 띵했다. 역시 스트레스는 만병의 근원인 듯.

이러다가 골골거리며 죽기 전에 사건 당사자한테 일단 변명이라도 들어봐야겠다. 왜 자기 할아버지랑 맞장 뜨는데 이 오아리를 방패막이로 내세운 건지! 사람을 어떻게 어떤 방식으로 좋아하면 그런 목 조르는 식의 프러포즈를 할 수 있는 건지.

아리는 그대로 회사로 달려갔다. 하지만 하태규는 이미 회사에 없었다. 그렇게 큰 폭탄을 던져 놓고서 자기는 제시간 되자 재깍 퇴근한 것이다. 혹시 싶어 휴대폰을 꺼내 확인해 보았지만 찾아댄 기척도 없었다.

"뭐지?"

안 찾으니까 더 무서웠다. 감히 비서가 퇴근하란 지시도 안 내렸는데 멋대로 퇴근하다니, 하태규 사전엔 있을 수 없는 일이다. 그런데도 무차별 욕 문자가 한 건도 도착하지 않았다니.

온갖 복잡한 가설을 세워보던 아리는 결국 진실을 말해줄 당사자인 사장의 집으로 향했다.

다행히 하태규는 집에는 있었다. 회사에서의 옷차림 그대로에 재킷과 양말만 벗은 맨발 차림으로 소파에 혼자 앉아 있었다. 그쪽도 생각이 많은 듯하나 저 속에 무슨 못된 수작들이 있을지는 며느리도 모르는 일이다.

아리가 안으로 들어서자 하태규가 흘끗 쳐다봤다. 눈이 마주치는 것도 부담스러워 계속 시선을 피한 채로 그 앞에 가서 섰다.

"넌 뭔데 멋대로 퇴근을 해? 아주 이제 네가 사장이냐? 내가 너한테 맛이 좀 갔다고 이제 막 해도 될 것 같아?"

아리가 고개를 번쩍 치켜들어 하태규를 노려보았다.

"지금껏 들어온 말 중에 가장 소름 돋는 말입니다. 제발 말로라도 그런 소리 하지 말아주세요. 차라리 욕을 하세요!"

"뭐야? 그게 오늘 프러포즈 받은 여자 입에서 나올 소리야?"

"그걸 말이라고 하세요? 제가 기뻤을 것 같으세요? 하루 종일 황홀해서 꽃밭에서라도 뛰어다니다가 온 것 같으세요? 그렇게 생각이 짧으세요?"

"얘 정말 계속 막 나가네."

"아뇨. 지금까지도 그랬지만 앞으로도 절대 사장님께 막 할 일은 없을 겁니다. 왜냐면…… 저 회사 그만두겠습니다!"

그리고 그대로 돌아서서 나가려는 아리의 팔이 뒤에서 확 잡혔다. 하태규의 재빠른 움직임에 붙잡힌 것이다. 아리는 화들짝 놀라 그의 손을 확 치며 뒤로 물러났다. 하지만 그마저도 간단하게 제압당해 그대로 이끌려져 그의 입술에 입술이 닿았다.

설마 하는 사이에 일어난 일에 아리의 눈이 휘둥그레졌다. 키스라기보다는 그냥 가벼운 접촉이었다. 입술에 입술을 댄 정도로만 멈춰 있던 두 사람 중 먼저 움직인 건 아리 쪽이었다.

가슴팍을 확 밀어낸 아리가 입술을 손등으로 문지르며 원망스럽게 노려보았다.

"이게 무슨 짓이에요!"

"내가 말했잖아, 궁금증이 해결됐을 때 후회하지 말라고."

아리의 눈이 커졌다.

"대신 궁금증이 해결됐을 때 후회하지 마. 내가 왜 궁금해했을까. 그런 생각도 하지 마. 난 내가 내린 결론은 절대 뒤집지 않아."

분명 그런 말을 듣긴 했지만 그렇지만……. 그럼 그때 이미 모든 작전을 세워둔 뒤였나?

천만분의 일 확률이라고 생각했지만 역시 진심일지도 모른다는 생각이 들자 아리는 슬금슬금 뒤로 물러나기 시작했다. 오늘은 일이 잘 안 풀릴 것 같다. 일단 후퇴하자는 생각으로 뒷걸음질을 치는데, 잠깐 뒤쪽을 살피느라 정신을 판 틈에 하태규가 또 지척까지 바짝 다가와 있다.

눈높이에 하태규의 가슴팍이 있고 고개를 조금 더 들자 턱이 보였다.

헉!

놀랄 새도 없이 아리의 몸이 뒤로 떠밀려 벽에 부딪쳤다. 하태규가 가뿐하게 아리를 내몰고는 아리의 머리 위 벽을 한 팔로 지그시 눌렀다. 그와 벽 사이에 갇힌 채로 아리는 그를 쏘아보았다.

"대체 왜 이러시는 건데요?"

"자꾸 도망가려고 하니까 일단 가둬는 놔야 할 거 아냐. 멋대로 회사를 무단이탈하질 않나, 사람이 말도 안 끝났는데 모질게 제 할 말만 쏟아내고 퇴로를 확보하고 있질 않나."

"정상적인 대화를 나눌 상태로 보이지 않거든요, 사장님이."

"나? 난 지극히 정상이야. 세상에 이렇게 머리가 맑을 수가 없어."

그 여유 부리는 꼴을 보니 더욱 얄미워져서 아리는 옆으로 새어서 도망가려고 했다. 하지만 그 쪽도 하태규가 내뻗은 긴 팔에 가뿐하게 가로막혔다. 진퇴양난, 아리는 손발이 꽁꽁 묶인 채 답답한 심정으로 하태규를 쳐다보았다.

"그래서 지금 뭘 하실 건데요?"

아리도 냉정했고, 그도 냉정했다.

이건 결코 결혼을 논하고 있는 사람들의 눈빛이 아니었다.

없는 건 서로에 대한 믿음이 아닐까?

그런데 뭘! 도대체 뭘!

"비켜주세요."

아리는 의연하게 지나가려고 했다. 또 붙잡으면 물어뜯는 것도 불사할 생각이었다. 하지만 그녀는 아무런 행동도 하지 못한 채 굳어버리고 말았다. 하태규는 그냥 도망가려는 아리를 꼭 붙들어 끌어안았을 뿐이다.

멋대로 또 키스를 하려 든다던가, 아무튼 그런 식의 강제적인 행동일 거라 생각했다. 하지만 그는 그저 조용히 그녀를 안고 있었다. 위압적인 것도, 전투적인 것도 아닌, 오히려 조심스럽고 고요한…….

계산 밖의 행동이었기에 아리도 도통 계산했던 반응을 보일 수 없었다. 물론 이쪽이 내키지 않았으니 그 행동이 옳은 것이라 볼 수는 없지만, 이상하게 그저 조용히 끌어안고 있을 뿐인 그에게 가시 돋친 반응을 보일 수 없었다.

자신이 잘못된 것일까, 그가 잘못된 것일까?

아리는 그를 천천히 떠밀었다. 그 바람에 그가 맥없는 풍선 인형처럼 뒤로 떠밀렸다. 정말 미치겠다. 어디에도 하태규다운 게 없다.

이런 경우,

"감히 날 밀어? 3년 동안 월급만 꼬박꼬박 챙긴 게 아니라 간
덩이도 따로 챙겼구나? 어디 그 간 좀 꺼내보자, 얼마나 커졌나
보게."

평상시의 그라면 그렇게 난리 치며 지랄을 떨어야 옳은데.

미치고 팔짝 뛰겠는 심정으로 쳐다보자 하태규가 피식 웃으
며 간단하게 말했다.

"너, 나 싫어하지?"

푸념도 아니고 지친 기색도 아니고 그냥 단조로운 어조. 그랬
기에 아리도 솔직하게 대답했다.

"네."

그가 픽 웃었다.

웃어? 그 대답에 하태규가 웃는다고?

"참 건방져. 내가 너였다면 잠깐 시간이 걸리더라도 당장 거
울로 달려가 네 꼴을 좀 훑어보고 대답했을 텐데."

그래, 맞아. 바로 저게 하태규 식이지.

지랄맨다운 반응.

"그렇게 날 싫어한다고 자신 있게 말할 정도로 네 현 상태가
그리 좋은 것도 아니잖아?"

"사장님 꼴도 그렇게 극히 매력적인 상태는 아니실 텐데요."

어차피 이판사판이다. 너도 한 번 난사당해 봐라.

“뭐? 꼴? 지금 감히 나한테 꼴이라고 했냐?”

“비서한테만 꼴이 있나요? 사장님은 꼴 좀 있으시면 안 되나요?”

“기가 막히는구만. 너 진짜 막 나가냐?”

“사장님은 본인이 결혼하고 싶다고 말하면 누구나 다 당연히 좋다고 할 줄 알았죠? 그 상대방이 사장님의 생떼와 무지막지하게 졸렬한 성격에 질린 인간이든 누구든 무조건 오케이라고 할 줄 알았죠? 그러니까 그렇게 그 어떤 언질도 없이 멋대로, 오아리 생각 따윈 신경도 안 쓰고 말해 버린 거겠죠. 애초에 제가 몇 살인지도 모르면서!”

“나이가 무슨 상관이야? 근데 내가 그렇게 졸렬했어? 하! 졸렬?”

“사장님 졸렬하세요! 그리고 저 스물일곱이에요!”

“나 지금 화낼까, 용기 있다고 칭찬해 줄까? 그래, 나 졸렬한 서른셋이다. 그리고 넌 많아도 스물다섯쯤일 줄 알았는데 좀 늙었네. 역시 내가 밑져.”

“하아……”

“아무튼 그게 무슨 상관이야? 논점을 흩트리지 마. 문제가 그거였어? 네 나이도 모르면서 결혼하겠다고 설쳐서 싫은 거였냐고.”

“사장님이야말로 논점을 흩트리지 마세요. 제가 사장님을 좋아하고 싫어하고 이전에!"

아리는 잠시 감정을 수습했다. 뭔가가 욱 올라와서 괜히 울컥하기까지 했다. 도대체 무슨 원수를 져서 자신이 그 'G맨' 이랑 이러고 있어야 하는지.

"제 감정 이전에!"

그래서 가다듬고 다시 입을 열었는데도 또 북받쳤다. 한 번 더 추스른 후에야 말을 이을 수 있었다.

"저한테 좋아한단 말 같은 거 한 적도 없잖아요!"

하태규가 말이 없다. 저건 자기도 동의한다는 거다. 받아칠 말이 있으면 저렇게 참을 위인이 아니다. 그래서 아리가 계속 날뛰었다.

"정말 절 좋아하시는 게 맞긴 맞아요? 대체 언제부터? 무슨 마음으로? 단 한 마디도 안 해놓고, 준비할 1초의 여유도 주지 않고서, 그래 놓고 갑자기, 그것도 회장님 앞에서 저랑 결혼하겠다구요? 그거 심하게 자기중심적이고 이기적이란 생각 안 해보셨어요? 좋아요, 저도 그동안 있었던 감정 풀어볼게요. 혹시 사장님이 절 좋아하는 건 아닐까 몇 번 생각은 했어요. 그래서 물어봤을 때 사장님 뭐라고 하셨어요? 어떻게 행동하셨어요? 아니라고, 절대 아닌 듯이 그러셨죠? 도리어 그런 질문을 한 제가 제 스스로를 어이없이 여기게 하셨죠? 쥐구멍에라도 숨고 싶게 면박 주셨죠? 차라리 그때 말을 했어야죠. 그랬다면 오늘 이렇게 황당하진 않았을 테죠. 그랬다면, 도대체 누구랑 결혼하고 싶단 거야 하는 생각은 안 들었을……!"

"좋아해."

아리의 표정이 흠칫했다. 말문이 막혔다. 그가 성큼 한 발 다가왔다. 아리는 두 발 뒤로 물러섰다.

"이 봐, 말해줘도 문제잖아. 내가 한 발 다가가면 넌 두 발 뒤로 물러나. 내가 좋아한다고 하면 넌 아마 천 배는 날 싫어할 거야. 내가 진지하게 내 느낌 말하면 넌 만 배 스트레스받을 거고, 벗어나려고 아등바등 등 뒤만 살필 거야."

아리의 얼굴에서 점점 핏기가 가셨다.

"왜? 내 말이 틀려?"

고개를 저을 수도 끄덕일 수도 없었다. 저렇게 제대로 잘 알고 있는데, 뭐.

"그, 그랬어도 말은 했어야 해요. 스트레스를 받아도 제가 받는 거고 더 싫어진대도 이보단 나았을 거예요. 덕분에 천 배 싫어질 거 만 배 싫어졌으니까. 그, 그러니까 거기서 그만 서요. 나, 나도 모르게 구둣발이 날아갈지도……."

"난 네가 지극히 평범한 보통의 여자라고 생각해."

하지만 하태규는 다가오는 걸 멈추지 않았다. 덕분에 아리는 뒤로 밀리다 못해 벽을 등으로 밀어가며 그를 째려보았다. 아, 어떡하지? 어떡하긴, 옆으로 도망가면 되지.

"그러니 지극히 평범한 넌 지극히 평범한 보통의 남자랑 지극히 평범한 보통의 연애를 하면 됐어. 너와 난 만날 일이 없었어야 해. 등가죽 뱃가죽, 그래, 우린 그랬어야 해. 그런데 어느 순간부터 내가, 이 하태규가 지극히 평범한 보통의 남자가 되지 못한 게 화가 나. 네가 할 연애가 부럽고, 지극히 평범한 보통의 그놈한테 질투가 나고, 그런 연애도 꽤 괜찮을 것 같다 그딴 생각을 하고 있어."

탈주로를 살피면서 아리는 도대체 어떻게 저 말에 대응해야 할지 머리를 굴렸다.

"뭐, 네가 날 싫어해도 어쩔 수 없어. 인정해 줄게. 어차피 3년 동안 내내 공들여서 날 싫어하게 만들었으니까."

"지, 진짜 마음 넓으시네요. 근데 도대체 무슨 말인지 이해가 도통 안 가거든요? 생각해 보세요. 좋아한다면서, 좋아하는 사람이 자길 싫어한다는데 그게 인정이 될까요, 보통?"

"머리는 하태규 욕하라고 있는 게 아니야. 제대로 들어. 넌 날 좋아하지 않아도 된다는 소리야. 내가 좋아하면 되니까."

윽!

아리의 정신이 그야말로 천 길 낭떠러지로 다이빙을 했다.

뭐지? 이 하데스 앞에 끌려온 듯한 기분은?

"전요…… 그러니까 전요, 처음부터 지금까지 욕하는 재미로 회사일 했어요. 그나마도 안 했으면 붙어 있지 못했을 거예요.

그러니까 제 말은 사장님은 저한테 그저 얄밉고 성격 더러운 상사 그 이상도 이하도 아니에요.”

“대못 박는 거냐? 더 박아봐. 팔 힘이 그거밖에 안 돼?”

“……진짜 계속 더 할까요?”

“그만해!”

하라고 할 땐 언제고.

“네가 날 싫어하든 말든 난 일절 상관 안 해. 내 감정이 제일 중요한 인간이야, 난. 그게 무슨 뜻일 것 같아? 내가 널 좋아하기 시작한 이상, 싫어하더라도 넌 날 따라와야 해. 어차피 네 감정은 신경 안 쓰기로 했으니까.”

최면이라도 불사하겠다는 표정으로 그가 아리의 눈을 붙들고 재차 강조했다.

“알았어? 난 상관없어.”

어쩌면 이를 갈고 있는지도.

밤새도록 하태규가 쳐놓은 가시덤불에 꽁꽁 묶여서 못 벗어나는 꿈을 꿨다. 아침에 깼더니 온몸이 식은땀으로 범벅이다.

휴우, 인간은 이러다가 병이 오는구나.

늪에 빠진 게 이런 기분일까?

덫에 걸린 게 이런 기분일까?

"내가 널 좋아하기 시작한 이상, 싫어하더라도 넌 날 따라와야
해."

"어차피 네 감정은 신경 안 쓰기로 했으니까."

고백도 참 지랄맨다운 방식으로 했다. 대체 저런 식의 고백은
어느 못된 학원에서 배운 거냐? 있던 정도 구만 리는 떨어져 나
갈 말이다.

"따라오긴 뭘 따라와? 그게 말이 돼?"

애초에 지랄맨은 인간적인 감정이 결여되어 있다고 볼 수밖
에.

그러니 저런 소리도 할 수 있는 거다. 뭔가를 상당히 잘못 알
고 있다. 감정만은 누구의 지시도 침범할 수 없는 개인의 영역
이다. 당신이 월급 주고 산 건 내 몸뚱이지 정신이 아니라고!

보통 인간은 사슬로 묶으려고 하면 할수록 튕겨 나가고 싶어
진다. 고백받았으니 무조건 마음속에 갑자기 긍정적인 빛 한줄
기가 광명처럼 내리쬘까? 아니, 안 그렇다. 도리어 화만 난다.

가장 중요한 건 자신이 쟤를 너무 싫어한다는 단지 그 사실이
다.

출근을 앞두고 아리는 들기름 짜듯 머리를 쥐어짰다. 그러다
가 문득 손거울을 들어 이쪽저쪽 얼굴을 돌려가며 이목구비를
뒤져 보기 시작했다.

"이봐, 이봐, 이렇게 미모가 뛰어나니까 그 싸가지가 그렇게 정신을 못 차리지."

하지만 아리는 금세 고개를 저었다.

"아니야. 솔직히 말해서 점 빼기 전 백유진보다는 좀 낫지만 점 뺀 백유진한테는 명함도 못 내밀 얼굴이야."

그래도 혹시 몰라 요모조모 다시 뜯어봤지만, 아무리 봐도 그 하태규란 인간이 미쳐서 날뛸 정도로 특별히 예쁜 구석이라곤 없다.

"오아리, 잘 생각해 봐. 넌 지금 보다시피 딱 평균이야. 집도 가난하고 이건, 즉 신데렐라의 조건을 딱 갖추고 있단 거지. 좋은 쪽으로 생각해 봐. 그 인간이 성격 하나만 지랄 맞지 돈 많아, 얼굴 봐줄 만해, 기럭지 길어, 사실 나쁜 마음 살짝만 먹으면 로또보다 더 좋은 행운일 수 있잖아? 로또뿐이야?"

아리는 거울 속의 자신을 계속 설득해 보았다.

"그렇게 나쁠 것도 없잖아. 그리고 어쩌면 그 인간이 앞으로 성격을 바꿀 수도 있어. 혹시 알아? 이제 전처럼 재수 없는 짓은 안 할지도? 욕도 안 하고, 구박도 안 하고, 지랄도 안 떨고. 김 기사도 그랬잖아. 그런 단무지가 의외로 한 번 빠지면 걷잡을 수 없다고. 사랑엔 국경도 없다는데 그깟 본성 따위 바꿀 수도 있지 않겠어? 그러니까 딴 거 다 제쳐 놓고 한번 대답해 봐. 너 자신 있어?"

하지만 거울 속의 자신은 쉽게 고개를 끄덕이지 못했다.

"나는…… 자신 없어."

결국 돌아온 대답은 그것이다.

하태규를 연인으로 생각할 자신이 없다. 지금이라도 걸리면 제대로 한 방 호되게 때려 패주고 싶긴 하다. 물건이면 고쳐서 다시 쓸 수나 있지, 하태규는…….

본판 불변의 법칙. 하태규는 절대 자기 자신을 버릴 인간이 아니다. 그동안 갈고닦은 미친 자기 모습에 얼마나 프라이드를 갖고 있는데.

아리는 손거울을 휙 내던졌다.

"코를 막 팔까? 방귀를 붕붕 뀔까? 이빨에 고춧가루를 끼워? 엉덩이를 막 긁을까?"

그중 하나만 해도 하태규는 곧바로 오아리한테 질려서 수천 리는 도망 갈 거다.

"좋아, 정 안 되면 그중에 하나 한다!"

비장한 각오를 품고 출근길에 올랐지만 하태규와 오아리의 2차전은 아쉽게도 잠정 연기되었다. 하태규를 넘는 게 설악산 등반 정도라면 히말라야 정도 되는 인물이 먼저 호출해 온 것이다. 기다렸다는 듯 날이 밝자마자 당장 오 비서를 불러들인 사람은 당연히 하 회장님이었다.

회장실에 들어선 아리가 지은 죄도 없이 죄인처럼 앞에 섰을 때, 예상했던 말이 토씨 하나 틀리지 않고 날아왔다.

"회사 그만두게."

눈에 그릴 듯 선명하던 표정도 딱 그대로였고, 바늘 하나 들어갈 구석 없이 냉정하고 지엄한 눈매도 그대로다.

억울하다. 그래도 그 성격 다 참아내고서 장장 3년을 바쳐서 일한 회산데.

"저는, 좀 억울합니다. 회장님 보시기엔 저 같은 일개 직원이 회사에 얼마나 기여했겠냐 싶겠지만 그래도 저는 모든 걸 다 뒤로하고 사장님 불편하시지 않도록 보필하고자 노력했습니다."

이런 식으로 냉정하게 떨려나는 건 너무나 부당했다. 하지만 그녀가 지금 하고 싶은 말은 억울한 걸 따지는 것만은 아니었다. 그보다 하고 싶은 말이 더 많았기에 아리는 차분한 태도로 말을 이었다.

"하지만 회장님 마음에 차시지 않았다면, 제가 제대로 제 역할을 못해 이런 일이 일어난 거라고 생각하신다면 모든 책임을 지고 그만두겠습니다."

"머리 쓰지 마. 자네의 공적인 부분을 말하는 게 아니야. 난 지금 그저 내 손자 때문에 화나서 앉아 있는 할아버지일 뿐이야. 도리어 잘해왔기 때문에 더더욱 용납할 수 없어. 비서와 사장의 거리를 완벽하게 구분할 줄 알았기 때문에 믿어온 거야. 나는 일하라고 월급 준 거지 사장 눈이나 흐리라고 준 게 아니야."

"그렇게 생각하신다면 더는 구차한 변명은 하지 않겠습니다. 다만 감히 한 말씀, 한 가지만은 말씀드리고 싶은 게 있습니다."

회장의 눈썹이 꿈틀거렸다.

"회장님께서는 손자를 아주 많이 사랑하시는 것 같습니다. 하지만 손자에 대해서는 전혀 모르시는 것 같네요."

"뭐, 뭐야? 털도 다 안 난 병아리가 지금 감히 누구 앞에서 함부로 입을 놀려!"

털은 다 안 났는지 몰라도 한 가지는 확실히 알고 있다.

우리는 서로 미친 듯 사랑함에도 집안의 반대에 부딪친 그런 비극의 연인이 아니라는 거다.

"하태규 사장님, 그분이 사장님으로서 어떤 분인지는 제가 감히 평가하지 않겠습니다. 하지만 한 인간으로서는 3년 동안 지켜본 결과 자신 있게 말씀드릴 수 있습니다. 제가 본 하태규 사장님은, 아니, 하태규라는 남자는 누군가를 사랑한 적도 없고, 누군가에게 사랑받을 자격도 없는 사람입니다."

하 회장의 얼굴이 볼만해졌다. 지금 당장 이쪽을 찢어발겨도 개운치 않을 표정이다. 손자가 누굴 닮았나 했더니 다른 사람의 디스 따위 결코 듣지 못하는 게 이 집안 내력인 듯.

그런 일을 해낸 최초이자 최후의 멍청한 전사로서 오아리는 장렬하게 이 사회에서 매장되겠지.

어떡하지? 내가 왜 그랬지?

"감히 건방진 말씀 죄송합니다. 그럼 저는 이만 나가보겠습니다."

"거기 서!"

아리의 걸음이 우뚝 멈췄다. 머리끝부터 발끝까지 전신으로 전기가 쫙 흐르는 느낌이다. 그러게 왜 그런 사고를 쳐서!

천천히 돌아서서 다시 회장을 돌아보았다.

"자네 말대로야. 3년 동안 누구보다 가까이서 겪었으니 웬만한 것들보다는 태규에 대해 잘 알겠지. 인정해. 그러니 당장 태규 옆에서 사라져라. 그렇게 한다면 오늘 무례는 넘어가 주마."

천천히 아리의 고개가 아래로 내려갔다.

"피차 현명한 길이야. 어차피 안 될 일이란 건 더 말할 필요도 없고. 알아보니 자네 어머님이 아들 때문에 마음고생이 많은 것 같던데, 딸까지 걱정시켜서야 쓰겠나? 자네도 연세 드신 어머니가 더 상심하시는 건 보고 싶지 않겠지?"

아리는 사무실로 돌아왔다. 사람이 작아지는 건 한순간이다. 다리가 후들거려서 무릎이 확 꺾일 것 같았다. 겁나고 비참해서.

멍하니 자신의 자리로 돌아온 아리는 잠시 이마를 책상에 쿵 대고 있다가 고개를 들었다.

피차 현명한 길이라고 회장님은 말씀하셨지만, 뭐가 현명한 길인지 스스로의 힘으로 고민해 볼 여유도 없었다.

가만히 앉아 있다가 모니터를 켜고 한글 프로그램을 열었다. 커서가 깜빡이며 입력되길 기다리고 있었다. 뚫어지게 화면을 보던 아리는 결심한 듯 허리를 펴고 손가락을 움직이기 시작했다.

—사직서

그래, 아마도 이게 가장 현명한 방법이리라.

도저히 그가 좋아지지 않는다면, 그가 아무리 자기감정만 앞세워 이쪽 감정은 신경 쓰지 않겠다고 해도 도저히 그게 이해되지 않는다면, 회장을 이길 자신이 없다면, 그의 감정을 받아줄 생각이 없다면 현명한 선택은 피차 덜 생채기 내고 접는 것뿐이다.

미친 듯이 사랑해서, 이 사람밖에 없어서 그 어떤 일을 당해도 감수할 수 있을 정도의 마음 상태도 아니다. 나는 사실 이 싸움이 싫다. 그와 부딪치는 것도 스트레스고, 회장님에게 얻어맞아 땅 끝까지 추락하는 것도 싫다. 그저 자신은 지금 대출금만 갚을 수 있는 곳이라면 여기를 떠나서도 적응할 거라고 생각하고 있는 매우 현실적인 인간이다.

"난 그렇게 대단한 인간이 못 돼요. 차라리 미치도록 사장님을 좋아하는 상태라면 더 나았을 것 같아요. 부딪쳐 볼 필요성이라도 있을 테니까. 사장님도 저도 이렇게 서로 이기적이기만 해서 뭐가 되겠어요?"

그저 안 보는 게 현명한 길이다.

아리는 프린트한 사직서를 봉투에 넣고 자리에서 일어났다. 사장실로 가려다가 다시 앉아 색이 들어간 종이 하나를 꺼냈다. 잠시 망설이던 아리는 곧 결심하고 뭔가를 써 내려갔다.

—죄송합니다, 사장님. 저는 도저히 안 될 것 같습니다. 사장님 마음을 받아들일 수가 없습니다. 사장님 말씀처럼 저흰 만나지 말았어야 한 것 같습니다. 회사는 그만두겠습니다. 뒤처리도 안 하고 나가는 점 용서해 주세요.

지랄맨 성격으론 절대 용서도 용납도 안 되겠지만.

하태규에게 남기는 편지다. 하지만 결국 아리는 그걸 반으로 찢어 문서분쇄기에 넣어버렸다.

"하태규한테 편지는 무슨 편지냐."

아직 사장은 출근 전이다. 도망가려면 지금밖에 기회가 없다.

하지만 이건 그녀가 바란 비서의 품격이 아니다. 이런 식으로 일을 그만두는 것부터 하나같이 전부 다 절망적인 퇴장이다. 그러나 이게 그녀가 생각한 최선의 선택이었다. 회장의 권유를 가장한 명령도 명령이지만 결국 아리가 선택한 일이다.

그래도 이런 감정 같은 것 절대 들지 않을 줄 알았는데, 하태규에게는 어쩔 수 없이 조금은 미안해졌다. 좋고 싫고를 떠나 사람이 사람한테 고백을 했는데 이렇게 냉혈한처럼 구는 건 아니다. 하지만 약자에게 강자가 그러는 게 아니라, 강자에게 약자가 그나마 좀 살게 해달라고 애원하는 것이기에.

그래, 그렇게나 좋다고 하는데 완전히 마음이 시멘트처럼 굳어 있는 건 아니었다. 조금, 아주 조금 마음이 일순 부들부들해진 건 사실이다.

여자란 죄로.

결코 움직이지 않을 것 같던 마음도 조금은 꿈쩍하긴 했다.

하지만 그게 같이 좋아한다는 것과 같은 의미는 아니기에.

지금 와서 하태규란 인간을 남자로 생각한다는 게 먼 나라 얘기처럼 생소하기만 했다. 달리 이유는 없었다. 하태규를 같이 좋아할 마음이 없다는 것.

회장님의 말처럼 이 문제의 유일한 해결책은 하태규한테서 멀어지는 것뿐이다.

9편

지극히 과장되면서도 지극히 평범한 사랑의 사연

오 비서 버전까지는 아니지만 아리는 클럽에 들를 때면 늘 하곤 하던 변장이 아닌 평소의 수수한 모습에 가깝게 하고 앉아 맥주를 마시고 있었다. 오 비서일 때와 다른 점이라곤 긴 생머리를 풀어 모자를 푹 눌러쓰고 까만 남방에 청바지를 입었다는 것 정도. 화장도 그대로, 상한 생선 같은 낯빛도 그대로, 썩은 표정도 그대로였다.

음악도 귀에 들어오지 않고 맥주 맛도 맹탕처럼 밍밍하기만 했다.

이제 바야흐로 백수 생활 시작인가. 철들면서 단 하루도 오늘처럼 일 안 하고 살아본 적이 없었기에 잠깐의 공백은 그녀에게 당황을 먼저 주었다.

'나 인간쓰레기 아닐까? 하는 일도 없이 도움 되는 일도 안 하고 나 이렇게 살아도 되는 걸까?'

너무 급박하게 달려오다 보면 여유가 어디 프랑스 뚜레주르 지방의 빵 이름인 줄 알게 된다. 겨우 하루 지났는데 이러고 있다. 자신이 선택한 것이라고 하지만, 그런 식으로 회사를 그만둔 것도 계속 마음에 걸렸다. 회장한테 쫓겨났어도 그래도 할 일은 마치고 나오는 거였는데.

"그러자니 하태규가 걸리고……."

"여기 있었네? 일주일 뒤에 면접 보러 오래."

취직 자리를 부탁했던 친구가 앞자리에 척 앉더니 땅콩을 까먹으며 말했다. 이곳은 친구들의 아지트라 특별히 약속을 하지 않아도 앉아 있다 보면 자연스럽게 만나게 되었다. 그나마 아리의 얼굴이 펴졌다.

"그래? 고마워!"

그나마 살기 위한 한가닥 빛은 비치고 있었으니 이걸 다행이라고 해야 하나.

"잘 생각했어. 그런 사이코 밑에 있다간 화병으로 죽을 거야. 우리 언니도 거기 그만두고 겨우 인간 같아졌잖아. 그나마도 6개월 동안 병원 다니느라 정신없었지만."

재미있게도 저 친구의 언니도 하태규 밑에서 비서를 했었다.

"그 인간이 어디 비서를 사람 취급하니? 너 정도면 오래 버텼어. 내가 하태규 그 인간 욕만 벌써 4년째다. 1년은 우리 언니 때문에, 3년은 너 때문에."

"그러게. 그랬지."

"근데 너 어째 표정이 형이상학적이다? 설마 시원섭섭해?"

"내가? 야, 말이 되는 소릴 해."

"에이, 아닌데? 그렇게 욕해대던 걸로 봐선 우리 언니처럼 시원하기만 할 줄 알았더니 섭섭하기도 하나 보네?"

"누, 누가 섭섭하단 거야?"

"하긴, 하태규가 어디 보통 인간이냐? 한동안 잊어버리고 싶어도 못 잊겠지. 적어도 6개월, 길면 1년 동안 후유증에 시달릴 거다. 악몽, 우울증, 관절염, 신경쇠약 등등. 우리 언니도 그 고생을 했는데 언니보다 2년을 더 일한 넌 오죽하겠어. 고생하겠다, 불쌍한 것. 아무튼 한 번 더 연락 줄게."

"응, 그, 그래. 고마워."

친구가 내일 일찍 출근해야 한다며 가버린 후에도 아리는 내내 같은 자리에 앉아 있었다.

'뭣이야! 두 배를 더 악몽에 후유증을 앓을 거라고? 으아아악!'

시원섭섭하다니? 몽롱해 보인다니?

하긴 어쩌면 그런 표정이었을 수도 있다. 실제로 마음에 걸리기도 하고 내내 불편한 건 사실이니까. 하지만 그건 비서의 품격을 못 지켜서이지 결코 하태규로 인한 영향은 아니었다.

"아리, 왔어?"

딴생각에 빠져 있는데 뭔가 기다란 게 옆에 앉기에 봤더니 웬만한 여자보다 슬림한 라인과 결 좋은 머릿결을 자랑하는 친구 환이다. 머리가 긴 건 현재 인디밴드 싱어로 활동하고 있는 탓이다.

언제 봐도 환은 예뻤다. 저러고 남탕 들어가면 모르긴 몰라도 남자 여럿 코피 뿜을 거다.

"류환 군, 오늘 공연 있어?"

"없어. 그냥 놀러 왔어. 오늘은 오아리가 들러서 주사 부리는 날이잖아. 근데 어째 오늘은 진도가 느리다? 아직 한 병도 못 채웠네?"

"그러게. 술이 안 당기네."

"그럼 오늘은 맨정신으로 욕하는 거?"

아리가 풋 웃었다.

"그 미친놈."

갑자기 중얼거리자 환이 웃으며 맥주를 마셨다.

"넌 그만 마셔. 몸도 안 좋은 게."

"걱정 마."

"근데 말이야, 우리 미친 사장 있잖아. 글쎄, 어떤 여자한테 프러포즈했다?"

"오, 정말? 그런 냉혈 심장을 건드려서 프러포즈를 받아낸 강

심장은 누구?”

“누구라고 말하면 환 군이 알아?”

“모르지만, 왠지 알 것 같은 기분도 드네? 너한테 워낙 얘기를 많이 들었어야지. 점유진 양도 알고, 수진물산도 알고.”

아리가 웃었다.

“아무튼 고백을 했는데…… 너도 알다시피 우리 하 사장이 워낙 독특한 정신세계를 가진 분이잖아. 뭐랄까, 썩은 고기만 먹는 킬리만자로의 하이에나라고나 할까. 그러니 당연히 상대방 쪽은 싫다고 펄쩍펄쩍 뛰었겠지? 소름이 확 돋고, 제정신을 못 차리겠고, 당연히 믿겨지지도 않고.”

“누구 얘긴데 그렇게 직접 경험한 것처럼 말해?”

순간 아리는 뜨끔했지만, 하태규 밑에서 3년 동안 갈고닦아 온 기술로 표정 하나 바꾸지 않고서 딴소리를 했다.

“척 보면 답 나오지, 내가 하태규 밑에서 일이 년 일했냐? 상대방 반응쯤이야 눈 감고도 때려 맞힐 수 있지.”

“그런데?”

“그런데 말이야, 사람이 사람을 그렇게 좋다고 하면…… 조금은 그 마음을 인정해 주는 게 맞는 게 아닐까? 그게 그렇잖아. 사람 감정이란 게 워낙 복잡해야지. 아니, 뭐 나야 상관없지만 왠지 내가 감정이입이 돼서 말이야. 하 사장 일이 내 일이란 모토로 3년을 살아왔잖아, 내가.”

"싫은데 그걸 어떻게 받아줘?"

환의 대답은 단호했다. 그래서 어쩐지 마음이 놓이는 느낌이다.

"그치? 일반적으로 모두가 다 그러잖아. 싫으면, 싫으니까 고백하건 말건 신경 안 쓰고 냉정하게 굴잖아. 만약 내가 환이 널 좋아해서 고백했다고 치자. 하지만 네가 날 싫어하면 너도 날 안 받아줄 거 아냐. 그치? 그렇다고 안 받아줬다고 널 욕할 순 없잖아?"

"그렇지, 그건. 잘잘못을 떠나 감정의 유무에 따라 결정되는 문제니까."

그러니까 난 잘못한 거 없어. 그치?

그런 대답을 듣고 안심이라도 하고 싶었던 걸까, 난? 오아리 너 생각보다 비겁했구나. 그리고 생각보다 더 신경 쓰였구나, 하태규 마음이.

"뭐, 프러포즈에 마음이 흔들렸다면 문제는 좀 달라지겠지만. 분기점이 될 수도 있는 거잖아. 프러포즈받은 이후랑 그전이랑 마음이 달라질 수도 있겠지. 이성으로 안 보이던 사람이 문득 신경 쓰이게 될 수도 있지 않을까?"

"누가? 내가아?! 아, 아니, 고백받은 쪽이?"

"그래. 아리 너 너무 감정이입이 심한 것 아냐?"

"그, 그러게. 암튼 하태규가 사람을 이렇게 성가시게 해요. 물론 신경이 쓰일 순 있겠지. 깜빡 흔들렸을 수도 있겠지. 하지만 그 흔들림이 진심일까? 그게 그렇잖아. 그렇게 욕하지 못해 안 달이었는데 갑자기 고백 받았다고 진심으로 흔들릴 수 있어? 잠시 착각한 거겠지. 고백은 누구한테나 놀라운 경험이니까. 저승사자한테 받더라도 조금은 흔들리겠다, 야. 그건 그냥 인지상정이지, 그 흔들림이 어떻게 진심일 수 있겠어?"

"글쎄. 그럼 앞으로가 문제인가? 하 사장이 앞으로 잘한다면야 진심으로 흔들릴 기회는 더 있을 수도 있지 않을까? 흔들다리처럼. 한 번 파동이 일면 결국 전체적으로 다 흔들리는 거."

"……그런가?"

"난 잘은 모르겠지만, 사람을 지극히 싫어하는 것과 지극히 좋아하는 건 종이 한 장 차이가 아닐까 해. 동전의 양면처럼, 결국 싫어하고 좋아하는 감정은 한 몸이 아닐까."

아리는 멍하니 환의 얼굴을 바라보았다.

감동이다, 이 자식.

더불어 내 감정은 어느 쪽일까?

지극히 싫어하고 있는 건 사실이다. 그렇다면 그 이면엔 좋아할 수도 있다는 가능성이 등짝처럼 붙어 있다는 건가?

그놈이 강조하던 등가죽, 뱃가죽이 결국 이 지경으로까지 발전한 것처럼?

"이를테면 넌 등가죽이고 난 뱃가죽이야. 서로 거기에 있다는 건 알지만 결코 서로 만날 수도, 같은 방향을 볼 일도 없는, 너와 난 그런 관계라고! 하 사장은 그렇게 말하던 인간이거든. 정말 얄밉지 않니?"

환이 킥 웃었다.

"글쎄, 뭔가 좀 매력적인데?"

"아서! 성격파탄자 좋아해 봐야 내 꼴밖에 안 나."

"어? 너도 좋아했어, 그 성격파탄자?"

순간 아리의 얼굴이 스머프라도 된 듯 새파래졌다. 농담이라도 무섭다. 더불어 무척 경솔한 발언이었다.

"넌 무슨 말을 꼭 그렇게 어순 그대로만 받아들이니? 직역을 하지 말고 의역을 해봐, 의역을. 사장이었으니까 좋게 보려고 애썼단 소리지."

근데 그건 가능했는데 정말 감정으로 좋아지는 건 다른 문제인 것 같다.

역시 그런 건 자신이 없다. 생각만 해도 막막하다.

"물론 그 여자 쪽도 전처럼 그렇게 하 사장이 싫지는 않대. 좋아한단 말을 들으니까 그렇게 싫어하던 마음도 조금쯤은 씻기더란 거야. 아주 조금. 부모 죽인 원수도 아니고 뭐가 그렇게 증오스럽고 계속 싫겠냐는 거지. 그렇다고 같이 좋아지느냐, 그건 또 다른 문제더라는 거지. 그저 그냥 좀 미안한 감정?"

"아, 복잡하다. 여자들은 정말 섬세해서 문제야. 그렇게 다 따지면서 머리 아파서 어떻게 살아?"

"가끔 네가 나보다 더 섬세하거든? 복잡한 연애는 나보다 네가 더 많이 해봤잖아."

환이 웃었다.

"뭐든 다 중간 단계가 있겠지. 어떻게 '싫다'에서 바로 '좋다'로 바뀌겠어? 그래도 그 여자분 만나면 말해줘라. 고민하고 있는 걸 보니 어쩌면 중간 단계가 아닐까? '싫다'에서 '아주 싫다'가 아니라, '싫다'에서 '어쩌면 좋을지도?'로 변하는 중간 단계 같다고."

아리의 눈이 커졌다. 환이 아는 듯 모르는 듯 그저 미소를 지으며 맥주를 마시기에 아리도 아무 말 없이 같이 맥주를 마셨다. 사실 환이 눈치를 챘고 말고는 그리 중요한 문제가 아니었다. 환의 말처럼 자신이 지금 고민하고 있다는 게 문제지.

뭔가 마음이 말랑말랑해지려는 건가?

이제 와서? 다 그만두고 아무 말 없이 마지막 인사도 없이 도망치듯 하태규에게서 벗어난 이런 상황에서?

역시 이건 그냥 인간적인 미안함, 씁쓸함, 불편함, 혹은 '뭔가 찔림'일 가능성이 컸다. 그래, 그냥 찔리는 것뿐이다.

오늘따라 맥주가 맛이 없었는데 환이 맥주 맛을 살려주어서 결국 취해 버렸다. 비틀거리며 쭉 뻗은 통로를 꼬불꼬불하게 걷는 특기를 보여주며 클럽을 나가겠다고 하자 환이 바래다주겠다고 했다.

"환아, 아무래도 내일쯤 다시 찾아가 봐야 할까 봐. 역시 그런 식으로 그만두는 건 아니었어. 계속 찌꺼기처럼 불편함이 남아 있을 거야. 가서 제대로 인사하고 마무리 짓고 그러고 와야 돼. 그게 인간으로서 할 도리야. 왜냐면 나는 인간이니까. 하태규는 아니지만 나는 인간이니까."

집으로 걸어가며 아리는 혼자 떠들었다. 딱히 환에게 하는 말이라기보다 자기 자신에게 하는 말이었다.

"왜 그렇게 겁이 났을까? 뭐가 그렇게 겁이 났을까?"

회장님이? 회장님이 갖고 있는 힘이? 그 서슬 퍼런 눈빛이? 하태규가? 내 감정 따위 상관없이 자기감정만 있으면 된다는 그 미친놈이? 그 집착 같은 말이? 하태규가 안 놔줄까 봐? 정말 결혼식장에 끌려 들어가기라도 할까 봐?

전부 다 아닐 수도 있고 전부 다일 수도 있다.

"혹시, 혹시 말이야. 나도 모르게…… 진짜, 진짜로 싫어했는데, 얄미워 죽는 줄 알았는데, 그렇게 싫어하던 사람이 혹시라도 좋아질까 봐 그게 겁났을 수도 있을까? 그럴 가능성도 있을까?"

취해서 하는 말은 거의 다 자백의 부류다. 지금도 이렇게 자기 얘기 아니라고 읊었던 말들을 실은 자기 얘기라고 고백하는 것과 다름없는 말을 지껄이고 있으니까.

"류환!"

"응?"

"왜 대답이 없어? 내가 설마 그놈한테 살짝 흔들린 게 맞느냐고! 계속 그렇게 흔들리다가 결국 그 인간의 최면에 걸려서 같이 좋아하게 될까 봐 겁이 났을지도 모른다는 가정, 그게 대체 말이 되냐고!"

환은 그냥 엷게 웃었다.

"환, 류환, 왜 웃어? 절대 아닐 거야. 그치? 그냥 난 너무 싫어서 도망 나온 거야. 그치?"

"뭔가 마음이 좀 풀린 것 같은데, 아니야?"

"응? 뭐라고? 모오라고?"

"네 마음 자체가, 그렇게 싫어한다던 그 마음이 좀 풀린 건 아니냐고."

아리의 걸음이 우뚝 멈췄다.

설마…….

뭔가 알 수 없는 바람이 순간적으로 몸을 휘감고 지나간 느낌이다. 그러다가 그게 무슨 말도 안 되는 소리인가 싶어서 키득댔다. 키득키득하다가 크게 웃다 보니 머리가 팽그르르 해서 비틀거리는 아리를 환이 쓰러지지 않게 받쳐 주었다.

그 일은 그다음에 일어났다. 갑자기 환의 뒤로 긴 그림자가 지는가 싶더니 환의 어깨를 돌려세웠고, 바람을 가르는 듯한 소리와 함께 안 그래도 종잇장처럼 가벼운 환의 몸이 저만치 나가떨어졌다.

너무 순식간에 일어난 일이라 아리는 제대로 보지도 못했다. 그런데 이미 사람은 저만치 나가떨어져 있었다. 그리고 겨우 정신이 돌아왔을 때 아리의 눈이 경악으로 커졌다. 난데없이 뒤에서 나타나 말도 안 되는 '묻지 마 폭행'을 휘두른 인간은 다름 아닌 하태규였다.

"지금 무슨 짓을……."

하지만 채 말을 끝낼 수도 없었다. 하태규가 약이라도 먹은 건지 총알처럼 튀어가 쓰러져 있는 환의 멱살을 잡아 미친 듯이 린치를 가하는 것이었다. 아리는 술이 확 깨서 쏜살같이 달려가 그 정신 나간 하태규를 뜯어내 있는 힘껏 밀쳐 냈다.

"뭐 하는 거예요, 지금! 미쳤어요?"

환을 안아 들고 아리는 믿을 수 없어 하태규를 노려보았다. 하지만 하태규는 더 심하게 아리를 노려보고 있었다. 그의 시선이 아리의 얼굴에서 환을 안고 있는 아리의 팔로, 그리고 이미 기절해 있는 환의 얼굴로 옮겨갔다.

"도대체 이게 무슨 짓이냐구요! 사장님 깡패예요?"

"너야말로 뭐 하는 짓이야?"

"뭐라구요?"

"너 뭐 하는 인간이냐고! 멋대로 사직서 내고 멋대로 회사 뛰쳐나가더니 고작 저딴 놈이랑 어울려 다니면서 시시덕거리고 있어?"

그 기함할 다그침에 머리꼭대기까지 화가 난 아리는 그대로 일어나서 하태규의 정강이를 걷어차 버렸다. 하태규가 그 큰 덩치를 접고 깡충깡충 뛰었다. 하지만 아리는 아무것도 보이지 않았다. 숨을 몰아쉬며 휴대폰을 꺼내 119를 눌러 구급차를 불렀다.

전화기를 내리는 아리의 손목을 하태규가 확 낚아챘다.

"만지지 말아요!"

차갑게 거부하는 아리를 하태규가 어이없다는 눈으로 쳐다보았다. 저 인간은 저렇다. 자기감정밖에 모른다. 애초에 그런 성분으로 이루어진 인간이다.

"세상이 다 네 중심으로 돌아가야 하지? 넌 처음부터 끝까지 그런 인간이지? 다른 사람의 상황, 사정 같은 건 생각하지도 않지? 좋아한다고? 좋아하는 게 뭔지 네가 알기나 해? 아니? 넌 사람을 좋아하는 게 뭔지도 모르는 인간이야! 내 감정 따윈 상관없다고? 세상 어떤 여자가 그런 말을 듣고 좋아할 것 같니? 그런 인간이랑 같이 감정을 키워 나갈 것 같니?"

"그게 무슨 상관인데? 백만 년을 같이 있어도 좋아지지 않을 것 같은 여자가 갑자기 좋아졌어. 그것만으로도 정신이 하나도 없는데, 그 여자 감정까지 생각해서 앞으로 계속 좋아할까 말까 신경 써야 옳아?"

"보통은 그래!"

"난 그따위 보통 인간들하고 달라. 그러느라 좋아 죽겠는 여자 놓칠 바에야 차라리 돌연변이가 되고 말아!"

"그걸 말이라고!"

"그래, 난 네 감정 따위 상관없이 내 감정만 중요해. 몇 번을 물어도 똑같은 대답이 나갈 거야. 네가 날 싫어해도 난 널 좋아할 거고, 혹시 네가 날 잊어버리더라도 나는 널 기억할 거야. 너 때문에 내가 전염병이 걸려도 상관없고, 너한테 어떤 취급을 받아도, 네가 날 미워하더라도 나 혼자 감당해. 도대체 뭐가 잘못이란 거야!"

"기막혀. 넌 그런 말을 하는 네가 멋진 것 같지? 세상 사람들 모두가 네 비뚤어진 사고방식을 숭배할 것 같지? 아니, 하나도 안 멋있고 동조하고 싶지도 않아. 넌 그냥 너 혼자 만족하고 네가 원하는 것만 충족되면 되는 거야. 그딴 건 감정이 아니라 폭력이야!"

"너 지금 계속 반말하고 있다는 자각은 하냐?"

"그래, 반말했다! 욕도 해줄까?"

아리도 흥분했고 하태규도 흥분해 있었다. 스파크가 튈 만큼 하태규를 노려보던 아리는 고개를 확 돌려 환을 살폈다. 하지만 환은 이미 기절해 버린 듯했다. 입술에서 피가 나고 얼굴은 터져 있고 말이 아니다. 아리의 눈에 힘이 잔뜩 들어갔다.

"그만 가요. 정말 욕까지 듣고 싶지 않으면."

"그 자식 때문이었냐?"

"미쳤구나, 정말?"

"아니면 뭔데? 누가 네 멋대로 사직서 던지고 회사 나가랬어? 그런 걸 누가 허락했어? 고작 그딴 식으로 멋대로 그만두려고 내 옆에서 3년을 버텼어? 그렇게 퇴장하려고 비서가 어쩌고저쩌고 시끄럽게 떠들어댔냐고. 너 고작 그 정도였어?"

아리의 손에 힘이 들어갔다.

억울하고, 열받고, 한 대 확 쳐주면 소원이 없으련만.

"그래요. 고작 그 정도였나 보죠."

그냥 그만두고서 아리는 가방에서 손수건을 꺼내 환의 찢어진 입술에서 흐르는 피를 닦았다. 그 손을 하태규가 확 낚아채려 하기에 아리는 빽 소리를 질렀다.

"건드리지 말라구!"

하태규가 멈칫했다. 아리의 눈에서 눈물이 퐁퐁 솟아났다.

"속상해서 정말. 정말 싫어했는데, 너무 싫었는데 그래도 그런 식으로 도망친 건 잘못한 거라고 조금은 후회하고 있었는데, 어쩌면 마음이 풀리려고 했는데 결국 다 틀렸어. 아니, 당신이 틀린 거야. 난 여전히 당신이 너무 싫고, 밉고, 꼴도 보기 싫어. 그러니까 가. 더 이상 한마디도 하고 싶지 않으니까."

환의 상처를 닦아주는데 계속 눈물이 났다. 아무리 가라앉히려 해도 속이 뒤집혀서 아리는 하태규를 향해 미친 듯 소리를 높였다.

"어떻게 그렇게 아무것도 몰라? 얘, 아픈 애라구요! 이렇게 함부로 때리면 안 되는 애라구! 하지만 그게 당신한테 무슨 상관이겠어? 어차피 사장님은 자기가 원하면 때리면 되는 거고, 그러려고 사람이 있는 거잖아."

하태규의 얼굴 근육이 움찔했다.

"하나 더 말해줄까요? 환이는 게이예요. 여자 안 좋아한다구. 그러니까 댁의 질투는 잘못돼도 한참 잘못됐어. 진짜 완전 질렸어!"

그때 요란한 소리와 함께 구급차가 도착했다. 아리는 얼른 일어나 환을 싣도록 도와주고 자기도 따라 탔다. 출발하기 전 하태규를 돌아보았다.

"내 감정 같은 건 신경 안 쓴다고 했죠? 내가 바꿔 말해볼까요? 나도 사장님 감정 신경 안 쓰고 사장님이 날 좋아하든 말든 상관없이 내 감정만 따질 거예요. 난 사장님이 싫어요."

문이 닫히기 전 하태규의 마지막 표정이 아리를 건드렸지만, 아리는 고개를 확 돌리곤 눈을 감아버렸다. 하태규 따위, 앞으로 절대 생각하지 않을 것이다.

환은 겨우 깨어났다. 안 그래도 심장과 신장 등 여러 군데 문제가 있는 애라서 이런 충격을 함부로 주면 안 되었다. 깨어난 환에게 무릎을 꿇고 사죄하자 환은 괜찮다며 그냥 웃었다. 그래서 더 미안해 죽는 줄 알았다.

엷게 웃으며 환이 말했다.

"그 사람이지? 하태규?"

아리는 고개를 끄덕였다.

"하태규가 고백한 사람은 너고."

"미안……."

"잘생겼더라. 내 타입이던데 얻어터지기나 하고 속상하네."

대수롭지 않은 일이라는 듯 웃어넘겨 주는 환이 고마웠다.

'타입이면 어떻게 좀 꼬셔봐라. 환아, 너라면 할 수 있을지도.'

워낙 몸이 약한 녀석이라 병원 들어온 참에 의사한테 딱 잡혀서 사흘 정도 입원하기로 했다. 병원비를 미리 계산하고 원무과 앞에서 돌아서는데 김 기사한테서 전화가 왔다. 그러고 보니 김 기사한테도 아무 말도 못하고 나왔다.

"오랜만이야. 내가 먼저 전화를 했어야 하는 건데."

캔커피 하나를 빼내 밖으로 나와 벤치에 앉았다.

〈정말 너무하셨지 말입니다, 갑자기 그렇게 나가시다니. 전 우리가 마지막까지 같이 갈 줄 알았는데. 저 혼자 이 험한 회사

생활, 아니, 사장님 보필할 생각을 하니 눈물이 앞을 가리지 말입니다.〉

"비서야 또 들어오겠지 그렇게 비워두겠어?"

〈정말 안 돌아오실 생각이세요? 너무하시지 말입니다.〉

그때부터 약 오 분 동안 징징거림이 이어졌다.

〈누나처럼 사장님 말 다 들어주면서 유연하게 까는 사람이 또 어디 있다고.〉

〈나 홀로 절대 악을 상대해야 하는 건 진짜 불가능하지 말입니다.〉

〈그래도 누나가 있으면 욕을 들어도 같이 듣고, 웬만한 건 누나가 혼자 다 뒤집어써 주고. 이래 봬도 저 사대 독자거든요. 저 이러고 사는 거 알면 우리 어머니 몸져눕지 말입니다. 적어도 같이 뒷담화할 동지가 있어서 욕먹어도 그렇게 괴롭진 않았는데.〉

〈돌아오시면 안 돼요? 우어어어엉!〉

아리는 어색한 미소를 지으며 들어주다가 그건 안 될 일이라고 단호하게 못을 박았다. 그제야 김 기사가 질긴 미련을 끊고 화제를 전환했다.

〈사장님 지금 말도 아니시지 말입니다. 사흘 내내 술만 마시고 완전 폐인이에요.〉

아리의 눈동자가 약간 흔들렸다. 그건 조금쯤의 놀라움, 그리고 나머지는 고소함.

하지만 그래서야 너무 못된 인간 같다. 하태규 때문에 오아리의 인성까지 이렇게 끝장이 나고 있었다.

〈역시 누나 때문이죠?〉

"인간 하태규가 고작 오아리 따위 때문에 술에 절어서 산다고? 폐인이 됐다고? 날아가던 새가 웃겠다. 그냥 제 성질 받쳐서, 약 올라서 그러는 거야."

〈에이, 아무리 그래도 그건 아니지 말입니다. 진짜 장난 아니게 심각하다구요. 평상시에 성질내고 욕할 때도 무서웠지만 술에 절어서 사람 노려보는 건 정말 엑소시스트 저리 가라예요. 끼이익 문이 열리는데, 문을 턱 잡고 비틀거리며 서 있는 걸 본 순간 저 진짜 소름 돋았지 말입니다. 링의 사다코 이후로 제 심장을 그렇게 철렁하게 한 건 처음이지 말입니다.〉

"사다코가 사장 때문에 도로 텔레비전 속으로 기어들어 가지 말입니다!"

〈누나가 직접 못 봐서 그렇게 편한 소릴 하는 거라니까요? 그 눈빛이 뭐랄까, 다 때려 부수겠다는 듯 공격적이라고 할까, 세상 전부를 거부하는 눈이라고 할까. 물론 평소에도 지 혼자 세상을 거부하긴 했지만 이번엔 좀 더 괴로운 듯한……〉

"그 말 하려고 전화한 거면 끊어. 듣고 싶지 않아. 나 이제 회사 떠난 사람이야."

말하고 나서야 자신이 이렇게 매정한 사람이었나 싶었다. 하지만 듣고 있기 복잡해서 더 들어줄 수가 없었다.

괴롭다니? 하태규가 괴롭다고? 맞은 인간도 가만있는데 두들겨 팬 인간이 뭐?

〈사장님, 회장님이랑 싸웠지 말입니다.〉

"……뭐?"

〈아주 난리도 아니었어요. 별들의 전쟁이 따로 없었어요. 집으로 찾아오신 회장님이랑 말 그대로 한판 붙었는데, 근데 회장님이 누나를 나가게 했다면서요?〉

아리는 아무 말도 할 수 없었다.

〈그거 듣고 아주 길길이 날뛰는 게 딱 미친놈 저리 가라였지 말입니다. 원래 미친놈이긴 했지만, 두 배, 아니, 세 배는 더 눈이 확 돌아선 난리도 아니었다구요. 우리 사이코 사장이 누나를 좋아하긴 좋아하나 봅니다. 와, 진짜 놀랐지 말입니다.〉

헉! 너 그걸 어찌 알았어?

〈우리 지랄맨 사장님이 누군가를 좋아하다니. 그것도 그 상대가 오 비서 누나라니. 첨엔 누나가 사장님한테 엄청나게 큰 잘못을 저질렀구나 싶었어요. 그래서 누나 말려 죽이려고 그러는 줄 알았는데 말입니다.〉

나도 거기에 내 전 재산을 걸고 싶은 한때가 있었단다.

〈오늘 사장님이랑 회장님 싸우는 거 엿들으면서 진실을 알게

됐지 말입니다. 지구 종말을 대비해서 집에 가자마자 생필품 사다 쌓아놨어요.〉

"휴우, 김 기사야……."

내 것도 같이 사놓지 그랬니.

〈진짜 놀랐어요. 어디 사장님이 딴 사람 억울함 때문에 같이 날뛰어줄 사람이에요? 자기 빼고 전부가 억울한 삶을 살기를 바라는 인간인데. 어쩐지 밥 사줄 때부터 누나를 요상하게 흐뭇한 눈으로 보더라니. 내가 잘못 본 게 아니었지 말입니다.〉

"그, 그만해. 더 할 말 없으면 끊자. 다음에 연락할게."

아리는 서둘러 전화를 끊어버렸다. 휴대폰을 내리고 앉아 있는데 뭔가 기묘한 느낌에 기분이 이상해졌다. 머릿속이 철수세미에라도 긁힌 것 같고 안에서 뭔가 화한 게 올라온 것 같기도 하고.

"흐뭇한 눈? 밥 사줄 때? 하태규가 날 그런 눈으로 봤다고? 말도 안 되지 말입니다!"

하태규가 회장을 들이받았다는 건 더욱 충격적인 일이다. 김 기사의 말처럼 하태규는 타인을 위해 자기감정을 할애할 인간이 아니다. 그건 좋아한다고 외친 상대의 얘기라도 다르지 않을 줄 알았다.

환을 반쯤 죽게 패놓은 걸로 하태규에 대한 감정은 완전히 헝클어졌다고 생각했다. 그런데 왜 또 이렇게 복잡하게 들쑤시느냔 말이다.

구급차에 오르기 전 마지막으로 보았던 그의 표정은 지치고 괴로운 기색이 역력했다. 적어도 하태규한테서는 찾아보지 못하리라 생각했던 감정이다. 애처롭게 사람을 쳐다보던 그 눈빛이 생각나자 아리는 마음이 무거워졌다. 마치 주인한테 내쳐진 강아지의 그것처럼 그 눈빛은 일순 가엾기까지 했다.

"뭔데? 댁이 뭐가 아쉬워서 그런 표정을 하는 거야?"

정말 괴롭기라도 한 것처럼. 묻지 마 폭행을 한 인간이 지을 표정은 그런 게 아니잖아. 좀 더 뻔뻔하게, 아무 잘못 없다는 듯, 다 오아리 네 잘못이라는 듯, 평소의 댁처럼 그렇게 안하무인으로 나왔으면 좋았잖아. 그게 댁이랑 어울리는 거잖아.

"사람한테 상처 주는 거, 당연한 걸 넘어서 즐기던 사람이잖아, 당신."

하지만 그날 그렇게 퍼부어댔는데도 하태규는 아무 말도 하지 않았다. 반성했다는 걸까? 설마 그럴 리 없는 인간이라고 생각하던 과거로 돌아가고 싶다.

아무렇지 않게 사장을 뒤에서 씹고, 그저 나 죽었소 하고서 욕 듣고 있다가 퇴근하면 머리에서 싹 지워 버리는 그런 삶으로 돌아가고 싶다.

하지만 지금은 이도저도 아니다.

아무래도 안 되겠다. 병원 온 김에 며칠 입원해야지. 내보내는 비서마다 족족 입원시킨다더니 그게 사실이구나.

✳

어느새 해가 졌나 보다. 머리가 지끈지끈 아파서 태규는 이마를 탁 짚었다.

사흘 동안 사람의 출입을 금지하고 술만 마셔댔더니 집안 꼴은 쑥대밭이요, 창문에 비친 꼴은 거지가 저리 가라였다. 폐인도 저런 폐인이 없다. 물론 아무리 수염이 자라고 지저분한 몰골이라도 본판이 잘나서 섹시한 기운은 사라지지 않았지만.

그때 누군가가 들어온 기척이 있어 흘끗 쳐다보니 할아버지였다. 도대체 언제 들어온 건지. 여기저기 굴러다니는 술병을 신경질적으로 걷어차며 영감이 이쪽으로 걸어왔다.

그녀를 내쫓은 사람이 저 노인네라는 건 뒤늦게야 알았다. 본인의 자백으로.

"언제까지 이러고 있을 거야!"

"다시 오시지 말라고 했잖아요."

1차전 벌이고 끝인 줄 알았더니 노인네가 얼마나 기운이 팔팔한지 벌써 2차전을 벌이려고 저렇게 또 쳐들어왔다.

마룻바닥에서 겨우 몸을 일으켜 소파에 앉자, 그 꼴을 보며 영감이 혀를 끌끌 찼다. 지팡이로 발 앞의 쓰레기를 휙휙 날리더니 꼿꼿하게 소파에 앉아 그를 노려보았다. 태규는 당연히 쳐다보지도 않았다.

"일단 넓게 만나봐. 그래도 안 되겠으면……."

적당히 욕만 들어주다가 가면 술이나 더 마실 생각이었는데 간섭을 시작하자 태규는 열이 확 올랐다.

"나가세요."

벌떡 일어나 할아버지를 강제로 일으켜 세웠다.

"나가라고요!"

하지만 아무리 신체적인 힘이 더 세다고 해도 노인네를 이길 수는 없었다. 다른 인간들처럼 적당히 욕 섞어대며 다짜고짜 쫓아낼 수도 없으니. 저 꼿꼿한 몸을 스스로 일으키지 않는 이상 이길 수 없는 싸움이었다.

태규는 신경질이 나서 창가로 가서 섰다. 소파에 앉은 할아버지의 모습이 유리에 비쳤다. 거기에 시선을 두고 태규가 낮게 말했다.

"할아버진 아버지에게 늘 원하셨죠. '조금만 더, 조그만 더', 아버지는 어머니에게, 저에게 똑같이 '조금만 더'를 외쳤고. 그놈의 '조금만 더'를 채우기 위해 부모님은 아들을 모르고 살았고, 아들은 부모님을 모르고 자랐죠."

가면처럼 표정 없던 할아버지의 얼굴에 살짝 파동이 일었다. 불의의 사고로 떠난 당신의 자식, 그건 할아버지에게도 예민한 화제였다.

"자식이 죽으면 부모는 죽은 자식을 가슴에 묻는다고 하죠? 그럼 자식은 대체 죽은 부모를 어디에 묻어야 할까요?"

완벽을 강요하던 자식이 어느 날 갑자기 죽어버린 후 할아버지는 조금 변했다. 그 안타까움과 죄책감, 슬픔을 손자에게 덧씌워 손자에게만은 너그러운 할아버지가 되었다. 아니, 오히려 싸고돌았다. 안타까웠겠지. 애처로웠겠지. 가여웠겠지.

그런 할아버지의 마음을 모르는 바는 아니었다. 하지만 그 뒤늦은 집착이 전혀 반갑지 않았다면 자신이 어그러진 인간인 탓이겠지.

남은 사람들끼리 어떻게 하든 죽은 사람과는 이미 더 무얼 할 수도 없다는 것. 할아버지와 태규 형제는 서로 마음을 풀었지만 태규는 자신의 아버지와 아무것도 풀지 못했다.

돈이 있어도 그것만은 할 수 없었다.

억만금을 줘도 할 수 없는 것. 하지만 가장 하고 싶었던 그것.

단 하나 돌려받고 싶은 것.

바로 부모님과의 시간이다.

"그런 절 챙겨준 사람도, 옆에 계속 있어준 사람도, 욕하면서도 제 말을 들어준 사람도 그 여자가 유일해."

태규는 공허한 눈동자를 정원에 박은 채로 중얼거렸다.

그 여자가 갑자기 예뻐 보여서 좋아진 거라고 생각했다. 하지만 그건 아니었다. 자신은 그냥 그 여자한테 3년 동안 조금씩 길들여지고 있었다. 자신이 그 여자를 길들인 게 아니라 그 여자한테 자신이 길들여지고 있었다니.

"떠나기는 다들 쉽죠. 그래도 그 여잔 적어도 제 옆에 있었어요."

"비서니 옆에 있었지! 직장이니 옆에 있었겠지!"

"화내면 무서워하고, 욕하면 기죽고, 비굴할 땐 비굴하고, 그건 딴 인간들이랑 다를 바가 없었는데, 그 여자만은 가끔 싸리빗자루를 들어 아무 데나 가차 없이 자식을 때리는 드라마 속 엄마들처럼 그랬어요. 건방지기 이만저만이 아니었죠."

무슨 생각을 하는지 태규의 입가에 피식 미소가 피어올랐다.

"우습게도 저에 대해서 모르는 게 없어요, 그 여자는. 제 안에 있는 못된 마음도, 악마도, 욕망도, 들여다보기 싫은 면까지 다 들여다봐요. 제가 나쁜 놈이래요. 나 같은 놈은 좋아할 여자가 없대요. 좋아하는 감정을 너 따위가 알겠냐고 그래요. 어느새 그 여자가 없으면 아무것도 못하게 됐어요. 그래서 어쩔 줄 모르겠어요, 지금."

숙인 고개를 꾹 눌렀다.

"그 여자가 옆에 없어서 어쩔 줄 모르겠다고요."

목소리가 떨려서 나왔다.

괴로웠다.

자신이 울려서.

뭐라고 해도 한 번도 안 울던 여자가, 다른 비서들이었다면 하루에 열두 번도 더 눈물바람을 하며 질질 짜곤 하던 일도 끝까지 뻔뻔한 표정으로 참아내며 버티고 서 있던 그 여자가, 아무리 구박해도 세상에 없는 욕 있는 욕 다 끌어와서 타박하고 충격을 줘도 울기는커녕 코웃음만 치던 그 여자가 울어서…….

"돌아버리겠어요. 위로도 못하겠고, 그걸 어떻게 하는지도 난 몰라. 그냥 우니까 내가 미쳐 버릴 것 같았어요. 가슴이 뻥 뚫린 것 같았어요."

천천히 돌아섰다. 반쯤 지친 눈으로, 나머지 반쯤은 공격적으로 그가 말을 이었다.

"할아버진 다 빼앗아갔잖아요, 부모님, 상규까지. 그리고 돌려주지 않았잖아요. 그러니까 그 여잔 그냥 둬요."

하 회장의 눈동자가 벌어졌다.

"싫어져도 제가 스스로 싫어질 테니까 할아버지가 쫓아내진 말라고요!"

10편
하태규의 피부가 반들반들해진 까닭은?

아침에 아리는 이제나저제나 아들 걱정인 엄마에게 문득 물어보았다.

"엄만 오빠가 그렇게 좋아?"

"좋긴 뭐가 좋아? 원수지. 내가 전생에 무슨 죄를 지어서 그놈 낳고 미역국을 먹었는지 모르겠다."

"앞뒤가 맞는 말을 해라. 내 걱정은 안 해도 오빠 걱정하느라 병까지 걸려놓고 원수는 무슨?"

"그놈이 못나서 그렇지! 너만큼 지 스스로 챙겨서 했으면 뭐하러 신경을 써! 그놈은 아주 내 몸에서 기름만 쪽 빼 껍데기만 남기려고 안달이 난 놈이야. 내가 죽어도 그놈은 눈물 한 방울 안 흘릴 놈이야. 보험 안 들어놨나 눈 시뻘개져서 찾아다닐 놈이지.”

“보험도 없으면서. 기껏 들어놓은 거 다 대출 받아서 오빠한테 썼잖아.”

“그래서 그런다. 그놈 그러다가 감방에라도 들어가 봐. 식은 밥 덩어리 먹으면서 질질 짤 생각하면 내가 자다가도 벌떡 일어나. 웬수 같아도 그것도 자식이라고, 자식 빌어먹는 꼴은 못 보는 게 부모 맘이다. 내가 욕은 해도 남들은 손가락질 못하게 차라리 내 속 터지고 마는 게 잘난 부모 맘이다, 이것아.”

왜 아침의 그 대화가 문득 떠오르는 건지 모르겠다. 하태규네 집 정원에 몰래 숨어들어 온 이런 상황에서 말이다.

폐인이 됐다니 어쨌든 걱정은 좀 됐다. 미운 정이라도 든 건지.

“내가 그놈 엄마야? 저놈이 내 자식이냐구.”

원수 같아도 그것도 사장이라고 미우나 고우나 3년 동안 입히고 먹였던 인간이라 폐인 돼서 빌어먹는 꼴은 또 못 보겠다. 내가 욕은 해도 남들은 손가락질 못하게 차라리 내 속 터지고 마는 게 잘난 비서 마음인가. 어떻게 이렇게 엄마가 한 말과 한 치도 다를 게 없느냐 이 말이다.

정원 한쪽에 숨어서 기다리고 있는데, 현관문이 조용히 열리

며 아주머니의 얼굴이 쏙 나왔다. 살금살금 문을 닫고 나온 그
녀가 얼른 아리 쪽으로 뛰어왔다.

"아이고, 비서님 오셨네. 그동안 왜 그렇게 얼굴도 안 보였어
요? 지금 집 꼴에 주인 꼴도 말이 아닌데."

"잘 지내셨어요, 아주머니?"

이 아주머니로 말할 것 같으면, 얼마 전에 유럽 여행을 마치
고 돌아오신 그 잔머리의 대가님이시다.

"나야 그렇지, 뭐. 근데 결국 저 사장이 비서님을 쫓아낸 거
유? 왜 몰래 나오래?"

"그렇게 됐어요. 뭐 하고 있어요? 출근 안 했죠?"

"출근이 뭐야. 그나마 며칠 동안 술에 절어 살더니 지금은 술
은 안 먹는데 쾡하니 앉아선 도통 뭘 하는 건지 모르겠어. 회장
님하고도 대판 한 것 같던데, 뭐 좀 아는 거 있수?"

"저, 저야 모르죠. 그냥 전 몇 가지 말씀드릴 게 있어서 왔어
요."

아리는 주머니에서 접은 종이를 얼른 꺼내 아주머니에게 내
밀었다.

"식단표예요. 계속 저러고 있으면 아주머니도 힘드시고 다 힘
드니까 요기 적어놓은 대로 해서 먹여보세요. 특히 요거, 요거
먹으면 신경질을 덜 내요."

"아아, 그래요? 역시 비서님이네. 하여튼 천벌받을 인간. 이

렇게 잘하는 사람을 도대체 뭐가 마음에 안 들어서 잘라 버려, 잘라 버리길.”

아주머니가 방정맞게 혀를 차댔다.

“말 걸기 전에 절대 먼저 말 걸지 말구요, 혹시 기분 풀어준다고 괜히 나섰다간 웃는 얼굴에 침 뱉을 수 있으니까 조심하시구요, 되도록 마주치지 말고 피해 다니시구요.”

“안 그래도 그러고 있수. 좀 무서워야지. 내 원 살이 떨려서. 아침엔 뭐 하러 왔느냐고 확 째려보잖아. 한 번 쫓겨났다가 다시 들어갔어.”

“그럼 그땐 나도 월급 받으니까 내 할 일은 해야겠수다, 이러면서 들이닥치세요. 냄새가 왜 이렇게 나느냐고 혼자 중얼거리면 정말 냄새나나 싶어서 그냥 놔둘 거예요.”

“그래?”

“네, 자기 할 일 자기가 한다는데 뭐라고 하겠어요? 그 인간 그러는 거 은근히 좋아해요. 지는 자기 일 안 하면서 남들은 절대로 자기 일 해야 한다고 생각하거든요. 웃긴 인간이죠. 그래도 계속 좋아질 기미가 안 보이면, 음, 일부러 사고 쳐서 욕먹어 주는 것도 좋아요.”

“욕을 일부러 먹어?”

“네. 아, 콩 같은 게 좋겠어요. 콩 있으면 일부러 실수한 듯 마루에 확 뿌리세요. 그럼 아주 길길이 날뛸 거예요. 그런다고 쫓아내진 못하는 게 그거 다 치울 때까지 절대 안 보내주거든요."

"아, 콩?"

아주머니가 주머니에서 수첩을 꺼내 진지하게 적었다.

"그거 밟고 뒤로 확 넘어지면 진짜 제대론데. 하지만 그랬다간 후에 벌어질 상황이 너무 끔찍하니 아주머니 정신 건강을 위해 그건 그만두고요."

"어, 그래."

"그리고 갑각류랑 키위 알레르기가 있어요. 욕먹는 덴 이게 짱이에요. 그거 일부러 해놓으면 아주 입에 게거품을 물 거예요. 센서가 발달해서 자칫 실수로 먹는 일도 없으면서도 난리라니까요? 인간의 몸에서 게의 집게가 튀어나오는 걸 목격하실 거예요. 온갖 욕이 튀어나오겠지만 한 5분만 귀 딱 닫고 너는 떠들어라 하면서 들어주면 지도 지쳐서 그만해요. 그럼 기분 좀 풀려 있을 거예요."

"정말 그게 될까?"

"그럼요. 저만 믿으세요. 아, 그리고 당근도 못 먹어요. 쪽팔려서 다른 사람들 앞에선 아닌 척하지만 집에 와서 토하고 난리도 아니죠. 진짜 열받을 땐 당근 수프를 입에 처넣어주세요. 진밥 진짜 싫어하고, 건강 생각한다고 다른 잡곡류 넣으면 숟가락 날아와요. 딴 건 몰라도 밥을 잘못 지으면 자칫 프로로서 실격이라고 긁어 부스럼 만들 수 있으니까 그건 하지 마세요. 지금 같은 기분일 땐 특히 조심하셔야 해요."

"응, 알았어. 또 뭐 싫어해? 아는 대로 다 좀 알려줘."

"음, 조림류 종류별로 다 싫어하고, 비 오는 날 옷 젖는 거 싫어하고, 알약도. 거실 유리는 아주 꼼꼼히 깨끗하게 닦아주세요. 거기에 얼룩지면 더 신경질 내거든요. 자기 시야 막는 건 용서할 수 없다나 뭐라나."

아주머니가 고개를 마구 끄덕이며 계속 받아 적었다.

"그리고 책 접히는 자국 싫어해서 꼭 책갈피 써야 하고, 차 막히는 거 엄청 싫어하고, 길 잘 몰라서 헤매는 건 아주 질색해요. 음식 사줬는데 남기는 거 싫어하고, 폭탄주 특히 싫어해요. 양주면 양주, 맥주면 맥주, 소주면 소주 각각 독립적으로 마셔야 한답디다. 그래서 칵테일은 아주 치를 떨죠."

그러고 보니 세상에 좋은 게 없는 인간이다. 그거 다 맞추고 피해가며 사느라고 자신의 3년이 화살같이 흘러갔지.

"아침에 여자한테 전화 오는 거 싫어하고, 누가 자기 앞 가로막는 거 싫어하고, 당연히 자기보다 몇 발 앞서 걷는 건 아주 질색을 해요. 손 끈적거리는 거 싫어하고, 깎아 먹는 과일도 별로 안 좋아해요. 오이랑 딸기랑 같은 맛 난다고 사기 과일이라고 헛소리를 하고, 오이 싫어해서 오이비누도 질색을 해요. 향수에 민감하고, 기다리는 거 싫어하고, 지시 내리면 최대 세 시간 이내에 해결돼 있어야 하고, 자기가 메일 보냈는데 10분 안에 수신 확인 안 돼 있으면 바로 쳐들어오죠. 그리고 또⋯⋯."

끝도 없이 중얼거리던 아리는 갑자기 뭔가 이상한 기분이 들어 흘끗 쳐다보았다. 아주머니가 수첩을 든 채로 멍하니 아리를 보고 있었다.

"왜, 왜요?"

"아니, 사장 엄마보다 더 사장에 대해서 잘 아는구나 싶어서."

"네에? 서, 설마요. 돌아가신 사모님께서 관에서 벌떡 일어나시겠어요. 저는 그 관으로 들어가구요. 절대 아니에요, 절대!"

왠지 당황스러워서 극구 부인했지만 그러면 그럴수록 분위기만 더 요상 야릇해지는 것 같았다. 이러려고 온 건 아닌데, 왠지 오빠 걱정하는 엄마라도 된 듯한 기분이었다.

＊

운동을 하고 있는데 갑자기 아래층 거실에서 비라도 오는 듯 쏴아! 하는 소리가 들려 거슬린 태규는 바벨을 내려놓고 곧장 계단을 밟아 내려갔다. 아니나 다를까, 거실에 콩 수만 개가 확 펼쳐져서 굴러다니고 있었다.

돌돌돌, 데구루루, 데굴데굴.

태규의 표정이 경악으로 굳었다.

"이게 뭡니까!"

"죄, 죄송해요, 사장님. 콩자반을 할까 했는데 어제부터 손목이 시큰거리더니 그만 바가지를 놓쳐서……. 빠, 빨리 치울게요."

안절부절못하던 아주머니가 얼른 달려들어 바가지에 콩을 주워 담기 시작했다.

"콩자반? 누가 콩자반을 먹는다고! 그것도 검은 콩! 나 콩자반 싫어하는 거 몰라요? 콩자반, 멸치, 연근, 아무튼 조림이란 조림은 갈치, 꽁치, 고등어까지! 아주머니는 2년이나 이 집에 있었으면서 그것도 모르고 대체 뭘 한 겁니까? 그냥 설렁설렁 다니면서 청소, 빨래나 하고 콩자반이나 만들면서 월급 받으면 될 것 같아요? 나 싫어하는 콩자반 먹여서 아줌마한테 무슨 이득이 있어요? 그래서 살림살이 좀 나아졌어요?"

열받은 태규는 장장 5분을 욕을 했다. 평소라면 기겁해서 버벅거릴 아주머니가 오늘따라 웬일인지 편안한 표정으로 욕 듣는 사이사이 콩까지 줍는 내공을 선보였다. 왠지 그 모습이 누굴 생각나게 해서 태규는 더 열이 받았다.

"됐으니까 오늘은 가세요, 그만!"

"네? 그렇지만 이 콩들은 어떡하고……. 청소기도 없는데."

"아, 됐으니까 가라고요."

"네에, 그러시다면야……. 근데 콩이 동글동글해서 꽤나 굴러다니겠어요. 내 생전에 이렇게 똥글똥글한 콩은 또 처음이네. 이거 이러다가 어디 틈 같은 데 들어가면 썩고, 썩으면 냄새날 텐데 큰일이네. 그래도 뭐 가라고 하시니……."

"잠깐, 스톱!"

"예?"

"됐으니까 다 줍고 가요."

"예?"

"줍고 가라고요. 꼭 두 번 말해야 알아들어요? 인간의 입이 왜 하나인 것 같아요? 눈은 신중하게 보고 말은 줄여라! 근데 왜 똑같이 보면서 늘 말은 두 배로 시켜? 어떻게 된 게 입이 두 개인 게 나을 것 같은지, 원."

투덜거리며 아주머니를 두고 이층으로 다시 확 올라왔다.

잠깐 상상해 버렸다. 특별히 동글동글한 콩이 데구루루 굴러가 어느 구석에 처박혀 썩어가는 그 영상을.

"다 줍겠지? 설마 하나라도 놓치는 일은 없겠지?"

괜히 소름이 돋는 태규였다.

실수를 잘 안 하던 아주머니가 왜 저러는지 모르겠다. 혹시 저러다 또 실수해서 이번엔 다른 걸 엎어버릴 수도 있다. 게라든가 새우라든가. 온몸에서 소름이 오소소 돋았다. 그런 불상사가 일어나기 전에 얼른 손목을 치료해 줘서 애초에 불행의 싹을 잘라 버려야 하나 잠시 고민했다.

그런데 콩 사건만이 아니었다. 이 아주머니가 뭘 제대로 잘못 먹었는지 평소에 하지 않던 사고들을 대박으로 터뜨리는 것이었다. 그 치를 떠는 대게찜을 내놓질 않나, 당근 수프가 나왔을 때는 도저히 참을 수 없어 약 세 시간은 욕을 한 것 같다.

그런데 뭔가가 이상했다. 콩 사건 때도 뭔가 신경 쓰이긴 했는데, 이 아주머니가 사람이 욕을 하는데 당황하기는커녕 그럴 줄 알았다는 듯 느긋한 태도로 그 욕을 다 듣고 있는 게 아닌가. 거기서 태규는 뭔가를 발견했다.

'너는 욕해라, 나는 들을 테니. 네가 욕해봐야 얼마나 더 하겠냐. 그래, 잘하고 있다. 그래야 너지' 라는 포스.

그 너무도 익숙한 포스가 아주머니에게서 흘러나오고 있었다. 물론 이 아주머니도 별종이라 독특한 구석이 있긴 하지만 오늘은 과거의 그것과 또 달랐다. 꼭 아주머니한테 누군가가 달라붙어 있는 느낌. 일부러 욕먹을 짓을 벌이고 그걸 묵묵히, 뻔뻔하게 즐기고 있는 바로 이 느낌! 그 기시감은 '오 비서 0호'에게서 풍기던 것이다.

'일하는 아줌마한테서 '오 비서 0호'의 향기가 난다.'

당근 수프를 개수대에 내던지고서 장장 30분의 욕을 끝낼 참이었던 태규의 눈이 그 순간 가늘어졌다. 손목시계를 흘긋 보곤 마치 '한 5분 더 길었네' 하는 듯 태연한 표정인 아주머니와 눈이 마주쳤다. 순간 아주머니가 움찔하고, 태규는 하이에나의 눈매를 했다.

"뭔가 이상한데, 아줌마?"

"예?"

"내가 갑각류랑 당근 싫어하는 건 아줌마가 모를 수 있어. 오 비서가 아예 식단에서 금지시켰을 테니 내가 먹는지 안 먹는지조차 못 봤을 테니까. 오 비서가 없으니 아줌마가 모르고서 사 온 걸 수도 있겠지. 하지만 이상해. 왠지 말이에요, 내가 싫어하는 짓을 일부러 하고선 즐기는 듯한 그 표정이……."

"무, 무슨 말씀을 하시는 건지 난 전혀 모르겠는데."

"그 표정이 누굴 닮았어."

아주머니가 흠칫했다. 태규는 씨익 웃었다.

'범인은 바로 너야!' 라는 듯.

"누굽니까?"

"예에?"

"누구예요, 리모컨으로 조종한 사람."

"아니, 그게……."

"누구!"

"오 비서님이!"

히뜩 놀란 아줌마가 결국 진실을 토설했다.

"그, 그게, 오 비서님이 며칠 전에 몰래 찾아와서 이러이러하면 욕할 건데 그거 좀 들어주면 된다고. 어차피 곧 끝날 거라고……. 아이고, 비서님도 사장님 생각해서 기운 차리라고 그런 거지 나쁜 마음먹고 그런 건 아니니까."

아줌마가 횡설수설했다. 태규는 굳은 채로 가만히 아주머니를 보고 있다가 그대로 돌아섰다.

"그 여자가……."

2층으로 올라온 태규는 소파에 털썩 앉아 중얼거렸다.

냉정하게 등 돌리고 갔으면 그만이지 이제 와서 무슨 간섭이냐.

화가 났지만 왠지 그것만은 아닌 것 같았다.

자신이 어쩌다가 이렇게 된 건지 스스로도 이해가 안 갔다.

그래도 그날 이후 기분이 좀 나아진 건 사실이었다. 오 비서가 남몰래 찾아왔다고 그런 건 절대 아닐 것이다. 그냥 며칠 동안 줄기차게 욕을 해서 컨디션이 좋아졌을 뿐. 관심도 없을 줄 알았더니 그래도 와주었다고 해서, 이것저것 간섭해 주었다고 해서 그런 건 절대 아닐 터였다.

그 이후 며칠 내내 태규는 저승사자 같은 얼굴로 응징의 시간을 이어가고 있었다. 이유는 이번엔 김 기사가 도움 되는 정보를 제공한 덕이다.

기획실의 누구누구, 홍보팀의 누구누구, 영업부의 누구누구, 근무 시간에 골프를 치러 다니는 인간, 사우나 하러 다니는 인간, 거래처와 짜고서 사비를 챙기는 인간, 회사 법인카드로 강남의 술집에 다닌다는 인간 등등, 딱 좋게 응징의 테두리에 걸린 인간들이 속속 드러났다. 그래서 며칠 동안 그 기강 잡느라고 눈코 뜰 새 없이 바빴다.

그 짓 다 하고 나니 다운돼 있던 기분이 반쯤은 회복되었다.

자신은 정말 악마의 자식인 건지, 다른 인간들 괴롭히고 나니 이렇게 살 것 같다. 그날도 그렇게 보람찬 하루 욕을 끝내고 양평 별장으로 차를 트는데 김 기사가 이렇게 말했다.

"실은 사장님, 오 비서 누나가 그 정보들을 준 거지 말입니다."

창밖을 보고 있던 태규의 표정이 굳었다.

"아무래도 사장님이 걱정되는 거겠죠? 아닌 척해도 오 비서 누나도 사장님이 신경 쓰이나 봐요. 누가 뭐라고 해도 사장님 기분 풀어드리는 방법을 누나만큼 잘 아는 사람도 없지 말입니다."

태규는 천천히 김 기사를 쳐다보았다. 룸미러로 눈이 딱 마주치자 바로 흠칫해서 고개를 돌리는 김 기사의 뒤통수를 물끄러미 쳐다보다가 천천히 입을 열었다.

"……정말?"

"그, 그럼요. 정말이죠. 감히 어느 안전이라고 거짓말을 하겠어요."

"……야."

"네?"

"누가 그딴 거 듣고 다니랬어! 오 비서, 아니, 오아리는 이미 회사 밖 사람이야! 어디라고 남의 회사 얘길 멋대로 떠들고 다녀? 어디서 감히 상관질이야? 한 번만 더 그런 간섭하면 가만 안 둔다고 전해!"

분명히 성질내고 있는 게 맞는데, 왜 자신의 입이 벙실 벌어져 있는 걸까?

미친 게다. 미친 게 틀림없다.

흠흠.

보통 민망한 게 아니라서 고개를 돌려 버렸다.

"근데 너, 오아리랑 계속 연락하는 거냐?"

"당연……. 아, 아니요? 절대 안 하지 말입니다! 어쩌다가 딱 한 번 우연히 통화가 된 것뿐이에요. 절대로 자주는 안 합니다, 절대."

"휴대폰 내놔."

"휴, 휴대폰은 왜……."

"됐고. 내놓을 것 없이 셋 셀 때까지 네 손가락으로 번호 지워. 셋!"

"아, 알겠습니다! 지금 지웁니다! 근데 지금 운전 중이라서……."

"그럼 이따가 꼭 지워. 난 누구보다 목숨이 중요한 인간이야. 빨리 죽고 싶지 않아. 그리고 오 비서가 언제부터 네 누나야? 네 엄마가 오 비서 낳았어? 너보다 나이 많으면 넌 죄다 누나야? 그럼 왜 나한테는 형이라고 안 해? 회장님한텐 늙은 형이라고 하지?"

"죄, 죄송합니다. 앞으로 절대 누나라고 안 부르겠습니다."

"잘 생각했어. 가끔 머리 나쁜 인간들은 명령을 권유로 받아들이는 경우가 있어. 그래서 사람을 빡 돌게 하지. 돌려 말한다고 못 알아듣는 인간들이 난 참 이해가 안 가. 안 그래?"

"그, 그럼요. 당연하십니다."

"그리고 또."

"넵!"

"뭐, 그런 거 있잖아. 그런 건 안 물어봐? 내가 밥은 잘 먹느냐, 잠은 잘 자느냐, 출근은 잘 하더냐, 왜 그런 기본적인 걱정 같은 거."

되도록 퉁명스럽게 물어보려 하는데 얼굴이 벌써 빨개지는 것 같다.

이거 원, 각 떨어져서 못 살겠구만.

"그, 그런 건 안 물어보셨지 말입니다."

"뭐야!"

성질이 나서 버럭 소리쳤다. 당연히 물을 줄 알았더니! 그래야 정상 아니야? 그럼 뒤늦게나마 정신을 차린 길 잃은 양을 이 몸이 몸소 찾아가 친히 근심을 풀어주려 했더니만.

젠장.

걱정도 안 할 거면서 신경은 왜 써?

"저기, 사장님께서 관심이 없으실지 모르겠지만, 오 비서 누, 오 비서님이 지금 아르바이트를 하는 곳을 파악해 놨지 말입니다."

순간 태규의 심장이 두근댔다. 자신도 모르게 표정이 심하게 솔깃해질 뻔해 바로 흠흠 헛기침을 하곤 전혀 관심 없다는 투로 입을 열었다.

"누가 그딴 거나 알아보고 다니랬어! 네가 내 기사지 오아리 뒤쫓아 다니는 흥신소야? 사생활 침해가 얼마나 심각한 범죄인데. 네가 탐정이야? 형사야?"

"죄송합니다. 혹시 알아두면 도움이 되지 않을까 해서……."

김 기사의 변명이 생각보다 심각해졌다. 이거 혹시 놓치면 다시 물어보기 곤란한 상황이 올지도 몰라 태규는 얼른 덧붙였다.

"그래서, 거기가 어딘데?"

*****

"뭐? 다른 사람이 들어왔다고?"

그것은 며칠 전의 일이다. 그러니까 사장의 집에 들러서 아주머니에게 이런저런 귀띔을 해주고 김 기사에게도 제보를 해주고 난 다음날이었던 것 같다.

드디어 친구에게서 전화가 왔다. 반색을 하며 마침내 이력서를 챙겨 들고 분연히 일어났는데, 글쎄 아리의 재취업 자리가 다른 곳으로 넘어갔다는 것이다.

〈그게, 그런 자리가 원래 인맥이 중요하잖아. 아이, 정말, 하필이면 거기 차장 딸이 치고 들어올 건 뭐니?〉

"야아, 그래도 그건 아니지. 차장 딸이 누군지는 몰라도 나만큼 급하니?"

〈그러게 말이야. 나도 정말 어이가 없어서. 그래도 오아리 경력이랑 스펙이면 금방 취직될 거야. 그지?〉

친구는 그렇게 말하곤 난감한지 서둘러 전화를 끊어버렸다. 아리는 휴대폰을 들고 굳어버렸다.

"지금 와서 그 자리가 날아가면 어쩌란 말이야. 요즘 같은 취업 불경기에!"

제아무리 좋은 경력을 갖고 있어도 자리가 나야지 취직이 되지, 게다가 친구의 말처럼 인맥을 업은 인간이 치고 들어오면 경력이고 뭐고 다 말짱 꽝이다. 안 그래도 나이도 많은데.

"죽어라 죽어라 하는구나."

아리는 휴대폰을 내던지며 긴 한숨을 흘렸다. 여기저기 대출금에 집주인은 전세금 올려달라고 난리고, 엄마 약값에 생활비에 시한폭탄인 오빠는 언제 또 사고를 칠지도 모르고, 산적한 문제가 한두 가지가 아닌데.

"돌아버리겠다, 정말."

이대로 있다간 정말 큰일 날 것 같아 아리는 이력서를 들고 직접 면접을 보러 다녔다. 통신회사의 비서 채용 공고가 있기에 이 자리야말로 자신의 것이라 생각하고 달려갔는데, 면접관을 둘러본 순간 아리의 눈이 일 미터는 튀어나왔다가 들어갔다. 그녀는 자신의 눈을 의심했다.

어떻게 이런 일이! 놀랍게도, 아니, 하필이면 면접관 사이에 낯이 익은 얼굴, 바로 아인그룹 망나니가 앉아 있는 게 아닌가!

아인그룹 망나니도 아리를 알아봤는지 바로 눈을 찡긋해 왔다. 와, 토할 뻔했다. 끝내주게 비싼 정장에 스카프를 폼 나게 척 두르고 앉은 그놈은 겉보기에는 정상으로 보였지만 하태규랑 누가 최악인지 경합을 벌이는 인간이다.

어떻게 봤는지 모르게 면접을 끝내 버리고 서둘러 도망가려는데, 아니나 다를까 놈이 쫓아 나와서 눈앞을 탁 막아섰다. 아리는 헙! 하고 숨을 들이켰다.

"여기서 만나다니 놀랐어. 그동안 내가 그대 생각을 얼마나 했는지 알아? 비서였구나? 설마 하태규 비서? 오우, 그런 거였어? 그럼 나 봉 잡은 거야?"

"일단은, 왜 여기 계세요?"

"여기? 아인그룹 계열인 거 몰랐어?"

"저, 정말요?"

바보. 그걸 놓쳤다니!

몰랐지. 알았으면 왔겠니?

"똑 부러질 줄 알았는데 허당이었나? 정보는 생명이라고, 아가씨. 아무튼 하태규 옆에 아주 똑똑하고 재기 발랄한 비서가 있다는 소문은 들었지만 외모는 떡이라고 그러던데 다 뻥이네. 내가 보기에 그대는 천산데?"

애 왜 이러니, 정말?

또다시 발동되고 있었다. 문제아 망나니들만 골라 후리는 자신의 불행한 특기가.

"저는 천사보다는 떡이 더 듣기 좋네요. 그럼 이만……."

"에이, 뭐가 그래? 우리 만남은 우연이 아니잖아. 그러지 말고 오늘 내가 만점 줬으니까 앞으로 자주 보자고. 그대는 취직됐을 거야. 뭣하면 내 직속 비서로 들어와도 좋고. 하태규보다 잘해줄게.”

“유감스럽지만 하 사장님도 별로 잘해준 건 없어서요.”

“하긴, 그대가 떡이라고 말한 사람이 바로 하태규거든.”

낄낄거리며 웃는 놈의 얼굴을 보며 아리는 다른 놈을 겹쳐 떠올려 이를 갈았다.

떡이라고? 떡이라고!

“그대, 이제부터 하태규가 아니라 나의 한줄기 햇살이 돼줄 거지?”

필사의 도망을 쳤다. 웃기고 앉아 있다. 누가 너 따위의 햇살이 되어줄까 보냐!

“제길!”

도대체 어떻게 자신의 주변에는 이런 인간들만 꼬이는 건지. 합격되더라도 거기는 이미 들어갈 수 없는 자리다. 늑대 피하려다 여우 만나는 격과 다르지 않음이니.

어쩔 수 없이 다른 곳에 이력서를 내놓고 일단 아르바이트를 하기로 했다. 다행히 아는 언니가 피부관리실을 하는데 좀 도와달라고 권해준 것이다. 노는 것보다는 나을 것 같고, 또 일전에 한창 자격증 따기에 열을 올릴 때 따둔 피부관리사 자격증도 있다.

그렇게 해서 알바 시작한 지도 벌써 일주일이 지났다. 취직도 계속 알아보고 있지만 조건이 맞으면 그쪽에서 탐탁지 않아했고, 그쪽이 좋아하면 조건이 걸리는 식이었다. 역시 취직이라는 게 쉬운 일이 아니다. 그리고 겨우 조건도 적당하고 그쪽도 아리를 마음에 들어 하는 자리를 구했는데, 거긴 3주 후부터 출근이다. 회사 형편이 그리 좋지 않다는 소문이 있긴 하지만 아리가 원하는 비서의 품격을 펼쳐 보기에는 그나마 나은 것 같았다.

바로 그때 김 기사에게 전화가 왔다.

〈누나, 저예요. 잘 지내시나요?〉

"어, 잘 지내. 근데 왜 이렇게 목소리가 작아?"

〈그게 말입니다. 사장님한테 걸리면 죽음이지 말입니다. 누나 전화번호 당장 지워라, 누나라고 부르지도 말라 하며 아주 난리도 아니지 말입니다.〉

아리는 고개를 설레설레 저었다.

별짓을 다 하지 말입니다, 하태규가.

괜히 무안해져서 아리는 얼른 변명 같은 말을 늘어놓았다.

"원래 그쪽 사람들이 낯선 경험을 하면 무쏘처럼 혼자 달리다가 지치기도 잘 지쳐. 그쪽 사람들 성분이 그래. 그러다 만다에 내가 붕어빵 세 개 건다."

〈진짜 안 돌아오실 거예요? 그렇게 뚝 떨어져서 이것저것 말해주지 말고 누나가 직접 옆에 있으면……〉

"야! 난 좀 속 편하게 살면 안 되니? 하태규가 내 아들이야?"

〈가끔 보면 엄마 같지 말입니다.〉

"확!"

〈그래서 뭐, 누난 지금 속 편하시고요?〉

아리는 윽! 했다. 물론 속 편할 거야 없지만 하태규 때문에 속 뒤집힐 일도 이젠 없으니.

"어차피 시간이 해결해 줄 일이야. 나도 마지막까지 할 만큼 했고, 그게 내 마지막 비서의 품격이라고 생각하고 잊어줘라. 하태규를 위한 게 아니었어. 내가 내 일을 마무리 지은 거지. 그나마 이젠 더 하지도 못해. 내 발등에 불이 떨어졌거든."

〈무슨 일 있으세요?〉

"아무것도 아니야. 하태규는 그래서, 잘 해결됐지?"

〈네, 뭐, 요즘엔 완전히 활력을 찾은 것 같아요. 쌩쌩하니 얼굴도 반질반질 윤이 나고. 사람 괴롭히는 게 그렇게 좋을까? 누나 말대로 했더니 역시 직방이지 말입니다.〉

"그럴 줄 알았다. 하여튼 묘한 인간."

〈근데 누나가 알려준 거라고 하니까 아주 입이 벙실하던데요?〉

아리는 마시던 물이 걸려서 캑캑거렸다.

"야! 그걸 말하면 어떡해! 오해하면 어쩌려고!"

〈오해는 이미 했지 말입니다. 아닌 척하지만 김 기사 눈은 못 속이죠. 내가 그런 내숭은 보다보다 처음 봤다니까요? 아우, 왕

구라쟁이! 누나가 신경 써줬단 것만으로도 세상을 날 기세였지 말입니다.〉

"당분간 내 눈에 띄지 마라. 내 주먹이 말보다 앞설지 몰라."

〈사랑이란 게 이런 건가요? 남자란 동물이 원래 단순하지만 하태규는 사랑에 빠지니까 아예 단세포 그 자체이지 말입니다.〉

아리의 몸이 컵이랑 같이 쩡 얼어버렸다.

"너너너, 지금, 사사사, 사랑이라고 했니?"

〈에이, 그게 사랑이지 그럼 뭐가 사랑이에요?〉

"끊어!"

〈아 참, 사장님 조만간 거기로 뜰지도 몰라요. 제가 거기 알려 줬거든요. 갑자기 찾아간다고 너무 놀라지 마시고 웬만하면 화해하시지 말입니다.〉

"뭐, 뭐야?"

하지만 전화가 뚝 끊겼다. 아리는 턱이 빠질 정도로 입이 벌어져선 휴대폰을 툭 떨어뜨렸다. 김 기사! 김 기사! 이래서 머리 검은 짐승은 거두는 게 아니라더니.

"이 자식! 내가 너한테 어떻게 해줬는데 감히 나를 사지로 밀어 넣어? 이렇게 사람 뒤통수를 쳐!"

피부관리실의 스텝 대기실에서 전화를 받던 아리는 얼른 휴대폰을 주워 도망가려고 했다.

'내숭을 떨어? 너도 사실은 내가 좋았던 거지? 그러니까 그

만 튕기고 나한테 와.'

그런 말을 하며 당장에라도 하태규가 쳐들어올 것만 같았다. 하지만 서둘러 문을 열던 아리는 갸웃하곤 다시 문을 닫았다.

"내가 왜 도망을 가? 김 기사 추측이지 그 인간이 꼭 온다는 것도 아니잖아. 와도 뭐, 여긴 내 홈그라운드야. 더 이상 그 인간의 회사가 아니라구. 게다가 하태규가 어떤 인간인데, 설마 여길 오겠어?"

out of sight, out of mind.

이미 거리가 멀어졌으니 마음도 멀어졌을 거라고, 하태규야 말로 그런 말이 가장 잘 어울리는 사람이라고 생각했다. 자신이 아는 하태규는 인내심 제로에 손해 보는 장사 안 하고, 자존심 상하는 짓은 더더욱 안 할 인간이다. 감히 자기가 그렇게 밑밥을 던져 줬는데도 도망쳤으니 낚싯대를 죄다 내던져 버리고 낚시터 전체를 바위로 메울 인간이다.

"자네도 연세 드신 어머니 더 상심하시는 건 보고 싶지 않겠지?"

다시 떠올리기 싫은 말.
회장님도 무섭고.
하지만 하태규가 가장 무섭다.

그래도 이따금씩 그가 생각나기도 했다. 김 기사와 아줌마에 게 언질을 줬으니 컨디션은 돌아왔을 것이다. 그러니 잘 지내고 있겠지. 신경 쓰지 말자. 그렇게 생각하면서도 못내 또 신경이 쓰인다.

역시나 3년 동안 엄마보다 더 자주 본 얼굴이니 미운 정이 제 대로 들어버린 듯. 그런 생각을 하다 보면 좋아한다고 외치던 그때의 그 말과 구급차에 타기 직전 보았던 그 힘없는 얼굴이 생각나기도 했다.

'그만두자, 오아리. 내가 그만둔 거야. 내가 떠난 거야. 내가 감당할 수 없어서. 내가 적응할 수 없어서. 내 마음이 끌리지 않 아서. 나랑 도저히 맞지 않는 사람이기 때문에.'

회장님의 말처럼 어차피 살아온 환경이 달랐다. 달라도 너무 나 달랐다.

✳

태규는 통화버튼을 눌렀다.

"차 대기시켜."

짧게 말하곤 드레스룸으로 가서 옷을 갈아입었다.

편한 니트와 청바지 차림으로 무스탕을 쥔 채로 현관을 나서 니 정확히 오 분 만에 김 기사가 차를 대기시켜 놓았다. 언제라도 그가 원하는 시간에 움직일 수 있도록 근처 원룸에 방을 얻어주고 거기서 김 기사를 살게 했다. 통상적으론 같이 사는 게 편했지만 자신은 누구와 같이 살 수 있는 성격이 아니다.

먼저 차에 오른 태규는 김 기사가 운전석에 앉자마자 물었다.

"정확히 어딘지 알아냈지?"

"……네? 넵!"

"밟아."

그녀가 일부러 찾아와서 몇 가지 신경 써주었다고 해서 그걸 그녀의 마음의 변화로 착각하진 않았다. 그저 그녀는 제대로 마무리 짓고 싶었을 것이다. 그녀가 자신을 잘 알고 있다면 자신도 그녀를 어느 정도는 알고 있었다.

그녀의 입을 통해 들은 말만이 진실이지 넘겨짚어 추측한 사실은 전부 쓸모없는 것이다. 그녀는 화를 냈고, 울었고, 치를 떨었다.

그게 현재의 진실일 것이다.

태규는 등받이에 뒷머리를 툭 기댔다. 사장의 표정이 평상시보다 더 날카롭게 벼려져 있단 걸 눈치라도 챈 듯 김 기사는 열심히 엑셀을 밟았다.

"잘 가고 있어?"

"네."

"내가 싫어하는 게 뭐냐?"

"······차가 막히는 거요?"

"그래. 꾸물거리다가 교통 정체에 걸리거나, 목적지를 단번에 못 찾거나, 한 번 돈 길을 다시 돌거나, 최악으로 일방통행 들어가서 오도 가도 못하면 넌 바로 죽음이야."

"네, 알겠습니다!"

경고가 통했는지 만 가지 욕을 퍼붓는 수고를 하지 않고도 김 기사는 무사히 목적지에 도착했다.

김 기사는 아리에게 문자를 보내야 할까 말까 망설였다. 목적지에 도착하긴 했는데 사장이 도통 차에서 내리질 않아서 벌써 몇 분째 숨이 막히고 식은땀이 나는 중이었다.

'여기 불법주차 구역이지 말입니다. 무단정차 시 견인되지 말입니다.'

그런 말을 해서 사장의 상념을 방해했다간 차가 끌려가는 것보다 그가 지옥으로 끌려가는 게 더 빠를 것이다. 언젠가는 여기로 차를 몰게 할 줄은 알았지만 그게 오늘이라니.

김 기사는 지금 양심과 싸우고 있었다. 이 긴급 상황을 아리에게 타전할 것인가 말 것인가. 전하면 누나는 무사하겠지만 자신이 사장에게 죽을 것이고, 전하지 않으면 사장은 좋겠지만 나중에 자신이 아리한테 주리를 틀릴 것이다.

이래저래 다 가시밭길이지만 그는 좀 덜 아픈 쪽을 택했다.

'누나, 미안해요. 그러니까 왜 하태규 타입으로 태어나래요?'

며칠 전 문득 사장이 귀가 길에 불쑥 이런 말을 했다.

"요즘 말이야, 내 피부가 좀 안 좋아진 것 같지 않아? 아무래도 푸석푸석해."

자기 얼굴을 만져 가며 난데없는 소리를 흘리는 바람에 김 기사는 오만가지 생각에 빠졌다. 뭐지? 피부 좋다는 칭찬을 해달라는 건가? 아니면 정말 안 좋아졌다고 생각하는 거야? 피부가 안 좋아진 원인을 추측해 보라는 건가? 뭘까? 오늘 내가 또 뭘 잘못한 거지?

그러다 문득 한 가지 추측이 김 기사의 뒤통수를 확 때렸다.

설마 아리 누나한테 가보고 싶어서 저런 소리를 흘리는 건가?

에이, 말도 안 돼. 하태규가?

하지만 말이 되잖아! 하태규니까! 뭔 짓을 저지를지 모르는 럭비공 하태규니까!

세상에, 그렇게나 오 비서 누나를…….

큭! 눈물이 다 날 것 같았다.

세상에, 그 불가능한 사랑을. 애처로워서 봐줄 수가 없구나.

사장아, 너의 그 사랑은 차라리 천하대장군이 지하여장군이랑 이혼을 하고 자유의 여신상이랑 맺어질 확률보다 적어! 왜냐하면 오 비서 누나는 너 같은 인간을 가장 싫어하니까!

“그럼 사장님 사촌 누님께서 운영하시는 에스테틱에 예약을……?”

그때 문득 짓궂은 마음 하나가 고개를 불쑥 내밀어서 일부러 헛소리를 했다.

“누가 거기 간대?”

당연히 버럭 소리를 지르고 난리였다.

“거기서 커미션 받아? 추천하면 기뻐? 누가 멋대로 추천질하래? 그리고 너, 내가 하미진 싫어하는 거 알아, 몰라? 나 엿먹이고 싶어? 내가 하미진 가게 가서 가운 입고 누워 있는 꼴을 봐야 속이 시원하겠어?”

“죄송합니다.”

다른 때라면 안절부절못했겠지만 지금 그는 처음으로 사장 머리꼭대기에 올라앉은 쾌감을 맛보고 있었다. 오 비서 누나가 어째서 겉으론 ‘그래, 그래’ 해주면서도 속으로 딴생각을 하며 비웃었는지 그 기분을 이제야 알 것 같았다. 이게 바로 카타르시스로구나!

“그럼 오이팩이라도?”

하지만 너무 오버했나 보다. 뭔가 분위기가 싸해져서 쳐다보니 하태규가 얼굴을 불쑥 들이밀고서 눈썹을 착 치켜 올리고 있었다.

“으억!”

"너 아주 재미있어 죽겠지? 감히 내 머리 위에서 놀려고 해? 딱 차 세워. 군 생활 10년 한 것보다 더 토 나오는 괴로움을 보여줄 테니까."

그날 김 기사는 정말로 토할 정도로 달렸다, 영동대교를 왔다 갔다. 날이 샐 때까지.

그날 일을 생각하니 새삼 치솟는 눈물을 훔치며 김 기사가 말했다.

"저어기…… 근처 주차장에 차를 댈까요? 아니면 제가 위로 올라가서 사장님 오셨다고 전언을……."

하지만 하태규는 대답 없이 차 문을 열고 내렸다. 묵묵히 2층으로 향하는 계단을 밟아 올라가는 걸 보며 김 기사는 새삼 중얼거렸다.

"역시 오아리의 내공은 아무나 넘볼 수 있는 게 아니지 말입니다."

'류희정 피부관리실'이라는 평범한 간판은 한산한 동네의 건물 2층에 자리 잡고 있었다. 캐비어 관리를 해줄 것 같지도 않고, 순금 마사지를 해줄 것 같지도 않은, 그냥 동네마다 한두 개씩은 있을 법한 평범한 피부관리실이었다.

"겨우 이런 데서 일하려고 내 옆에서 도망쳐 나가셨다?"

문을 벌컥 여니 딸랑 하고 짜증 나게 귀여운 방울 소리가 울렸다. 태규는 망설임 없이 성큼성큼 들어섰다.

은은한 아로마 향이 공기 중에 섞여 떠다니는 그 가게는 온통 패브릭으로 꾸며져 있었다. 여자들이 딱 좋아할 만한 아늑하고 아기자기한 공간. 벽면 한쪽을 장식하고 있는 '딱 한 번만 써도 좋아질 것 같은' 화장품들과 여기저기 놓인 소품 바구니, 그 안에 담긴 각종 '안 사고는 못 배길 거야' 입욕제들까지.

여자들한테는 좋을지 몰라도 하태규한테는 최악의 장소였다. 이렇게 후각을 마비시키는 공기와 간지러운 인테리어는 딱 질색이다.

그의 집과는 완전히 정반대의 공간. 당장에라도 표정을 굳힌 아그리파 석고상을 줄지어 세워놓고 싶은 충동으로 손이 다 근질거렸다.

그리 크지 않은 규모의 내부는 텅 비어 있었다. 출입문의 정면에 있는 데스크에도 사람이 없다.

"장사를 하겠다는 거야, 말겠다는 거야? 서비스가 이따위이니 소규모 업체가 발전이 없는 거야."

왜 자신이 이런 곳까지 찾아와서 이러고 있어야 하는지 괜히 애먼 사장을 욕하고 있는데, 그때 저쪽의 자잘한 꽃들이 그려진 커튼이 살랑 들렸다. 태규의 심장이 쿵! 했다.

살다살다 이렇게 긴장한 적은 처음이다. 등줄기에 서늘한 감각이 내달리고 말초신경 끝자락마다 죄다 심장이 달린 듯 전신에서 맥박이 뛰어댔다. 생전 처음으로 겪는 극도의 긴장에 그가 버석 얼어 있는 그때, 드디어 '혹시'가 현실로 바뀌어 나타났다.

자박, 분홍 슬리퍼가 바닥을 밟고, 뒤이어 파스텔 톤의 예쁜 앞치마를 하고 머리를 하나로 틀어 올려 핀으로 고정시킨 그녀가 모습을 드러냈다.

'오 비서 0호' 버전도 아니요, '사과 요정' 버전도 아니요, '모자 쓴 오아리' 버전도 아닌, '알프스 소녀 하이디' 버전이다. 앞치마를 걸친 그녀는…… 제길, 너무도 사랑스러웠다. 저 모습 그대로 아침에 일어나 내가 먹을 아침을 만들어두고 기다리고 있으면 하고 생각한 것만으로도 짜릿함이 온몸으로 내달렸다.

"헉!"

하지만 저 여자는 저러고 있다.

무슨 팩 같은 게 담긴 고무 용기를 들고 나오던 그녀가 바로 몸을 뒤로 휙 빼더니 눈을 쟁반만 하게 뜨고 사람을 노려보았다. 저승사자를 본 표정이 저럴까?

"여, 여긴 왜 오셨어요? 서, 설마 했는데."

"설마 했는데? 아, 그 말은 내가 올 줄 미리 방어하고 있었던 소린데. 동시에 누군가가 제보해 줬다는 뜻이겠고."

인상을 팍 찡그리자 그녀도 같이 인상을 찡그렸다.

“지금 그게 중요해요? 여, 여긴 왜 오셨냐구요.”

“왜 왔겠냐? 너 보고 싶어 왔겠냐?”

그녀가 어이없다는 표정을 했다.

“쯧. 내 등만 보며 따라오랬더니 여기가 내 등 뒤냐?”

주변을 휘이 둘러보며 비난을 해주었다. 오 비서가 눈을 찢고 서 사람을 째려봤다.

“그 등을 찰싹 때리고 싶어졌거든요.”

태규는 혀를 찼다. 아무튼 자신한테 저런 대사를 날릴 인간은 세상에 오아리뿐일 것이다. 그래도 좋다고 여길 제 발로 찾아온 자신이 미친 인간이다.

“비서 때려치우고 다른 거 한다기에 어떻게 생긴 덴가 싶어서 와봤더니, 쯧.”

“아아?”

“뭘 아아 거려? 모시던 상사를 일주일 만에 보고도 할 말이 그렇게 없어? 겨우 사람 얼굴 보자마자 한다는 첫 반응이 헉! 아니면 아아? 그런 뜻도 없고 의미도 없는 말밖에 못해? 단어 같은 거 몰라?”

“아아, 죄송합니다. 바로 알아차리지 못하고 미련하게 굴어서.”

회사 급식 안 먹고 아무거나 주워 먹고 다녀서 그런지 애가 아주 더 공격적이 됐다.

"그래. 넌 그게 문제야. 앞으론 바로바로 알아서 고치도록 해."

"네에, 그래야죠."

그러면서 갑자기 오아리가 생글 웃는 게 아닌가. 순간 태규는 심장이 철렁했다.

뭐, 뭐지? 갑자기 왜 웃어? 그런데 웃는 게…… 왜 저렇게 예쁜 거야!

"그럼 오늘은 관리 받으러 오신 거겠네요?"

이번엔 태규의 얼굴이 찡 얼어붙었다. 어쩐지 드물게 웃는가 싶더라니.

"……뭐, 뭐라는 거야?"

퇴로를 확보하고 있는데 저 여자가 미쳤는지 더 생글거리며 이쪽으로 오는 게 아닌가. 툭하면 도망가던 주제에 승기를 잡았다 싶으니까 아예 구렁텅이로 떠밀어 버리시겠다? 요사스러운 웃음까지 마다않는 저 발칙한 꼴을 보라.

하나, 사랑에 빠진 쪽이 죄라. 죄인은 그 여자의 시커먼 속을 뻔히 알고도 그 희소성 큰 미소에 마음이 붙들려 도망칠 수도 없었다. 왜 멀쩡한 남자들이 구미호한테 간을 빼앗기는지 이해가 가는 순간이다.

"여기 오시는 남자 손님들이 다 그러시거든요. 피부 고민이 있어도 잘 못 오시죠. 겨우 용기 내서 오면 뭐 하는 덴지 궁금해서 왔다고들 그래요. 전 사장님처럼요."

“전 사장님?”

“현 사장님은 아니시잖아요?”

무엄한 것 같으니.

오아리, 곰인 줄 알았더니 여우 짓도 할 수 있었냐?

그거 신선한데?

“너 계속 그렇게 웃을래?”

“죄송해요. 저도 안 그러고 싶은데 이 일이 워낙 서비스 업종이라서. 전 그저 제 본분에 충실한 것뿐이랍니다.”

“다른 놈들한테도 그렇게 웃어? 언제부터 그렇게 웃었어? 하루에도 몇 번씩 그렇게 웃어?”

“아무튼 정말 잘 오셨어요. 피부가 워낙 좋으셔서 수분 보충 정도만 하시면 여자 피부 부럽지 않겠어요. 무슨 좋은 일 있으신가 봐요? 관리까지 받으시고.”

저걸 한 대 확 때려줄 냉정함이 자신에게 있었다면.

“쇼를 해라. 아닌 것 빤히 알면서 너 왜 혼자 달려?”

“어머, 부끄러워하지 않으셔도 돼요. 요즘엔 남성분들도 피부에 신경 많이 쓰시거든요. 돈이 많으셔서 그런가, 스트레스를 그때그때 잘 풀어서 그런가, 확실히 보통 남자들보다는 피부 상태가 낫긴 하시네요.”

“너보단 낫겠지.”

오 비서가 휙 째려봤다.

"잠시만 기다리실래요? 제가 지금 다른 손님을 봐드리고 있어서요. 팩만 하면 끝나니까 여기 앉아서 조금만 기다리세요."

그녀가 소파에 방석을 놓아주며 헛소리를 계속했다.

한번 해보자는 거지?

태규는 가증스러운 그 웃는 얼굴을 보며 소파로 척척 걸어가 앉았다.

"어디까지 할지 한번 지켜봐 주지 그래."

"차는 어떤 걸로 하시겠어요? 커피, 녹차, 허브티 있는데 커피 드릴까요?"

"너 며칠 새에 머리가 어떻게 됐어? 내가 모닝커피 외에 낮에 들어가는 카페인 싫어하는 거 알아, 몰라?"

"그랬나요? 직장 그만둔 지 너무 오래돼서 그딴 건 벌써 다 잊어버렸죠. 회사 나오는 순간 바로 레드썬 했거든요. 안 그래도 복잡한데 그런 쓸모없는 것들까지 어떻게 다 기억하고 살아요."

"쓰, 쓸모없는 것들?"

"허브티 드세요. 로즈마리랑 카모마일, 라벤더, 페퍼민트랑, 음, 또 뭐가 있더라?"

"됐고, 아무거나 갖고 와."

속이 부글부글 끓었다. 뭐? 쓸모없는 것들? 다 잊어버렸어? 레드썬?

그거 어떻게 하는지 나도 좀 가르쳐 줘라. 너 확 잊어버리게!

"그럼 금방 다녀오겠습니다. 아참, 기다리는 걸 좋아하셨던가, 싫어하셨던가?"

"아주 재미있지? 신나 죽겠지?"

오 비서가 생글 웃곤 확 돌아섰다. 그 얄미운 뒤통수를 노려보던 태규는 뒤늦게 이게 아니잖아 싶어 버럭 소리쳤다.

"야! 사람 말을 들어! 내가 언제 피부관리 받겠다고 했어?"

순간 오 비서가 말도 안 되게 화들짝 놀라 펄쩍 뛰기까지 했다. 덕분에 태규가 더 놀랐다.

내가 너무 심하게 소리를 질렀나? 그렇다고 뭘 또 그렇게 놀라고 그래?

괜히 속이 상했다.

"너, 왜 고작 그거 갖고 놀라? 전쟁터 한복판에 갖다 놔도 날아오는 수류탄 보고 히죽 웃을 수 있을 정도로 간 키워놨더니 이젠 아주 개미가 지나가는 소리에도 놀라겠다? 그것도 레드썬 했어? 어?"

젠장…….

평상시대로 했는데, 정말 자신과 멀어지는 순간 적당량의 데시벨에만 익숙해지도록 재조정이 된 건지, 이제 정말 하태규와 있을 때와는 달라진 건지 그녀가 놀라 버렸다. 생각보다 더 씁쓸하네, 이거?

초조하게 앉아 있는데 갑자기 오 비서가 풋 하고 웃었다.

"봐요. 저 놀라는 거 보니까 반성 좀 되죠? 그게 사장님이 그동안 제 심장한테 저질러 온 악행이랍니다."

"그거 깨닫게 해주려고 일부러 그러셨냐?"

오 비서는 그냥 의미심장하게 웃기만 했다.

"아무튼 난 관리고 뭐고 그것 때문에 온 게 아니야."

"정말요?"

"계속할래? 더 해?"

"알겠습니다. 그럼, 왜 오셨나요?"

순간 태규는 말문이 막혔다. 진지하게 물어오는 동그란 눈에 어떻게 대답해야 할지 모르겠다. 그러고 보니 단호하게 의사 표현한 건 좋았는데 그 뒷일은 미처 준비하지 못했다. 왜 왔다고 하는 게 좋을까?

대답을 기다리면서 그녀가 계속 미소를 짓고 있다. '빨리 대답해. 헛소리하면 가만 안 둘 거야' 라는 듯.

"그러니까…… 그냥…… 관리받으러?"

별수 있나! 폼 떨어져서 원!

"관린지 뭔지 그거, 네가 시키고 싶어서 환장이 난 그거. 그거 네가 하는 건 맞지?"

"그럼요! 실은 제가 아직 보조이긴 하지만, 사장님은 특별 고객이시니까 제가 성실히 책임지겠습니다."

그렇다면야……

"난 누가 내 얼굴 만지는 거 죽도록 싫어한다. 그거 명심해라. 응?"

"네, 명심할게요."

정말 명심한 건지 만 건지 대충 대답한 그녀가 커튼 너머로 사라졌다. 졸지에 피부관리를 받게 된 태규는 깊은 한숨을 흘렸다.

"하아."

저 잔머리 팽팽 돌아가는 여자가 끝내 사람을 고객으로 만들어놓고 사라진 것이다.

"음……."

하지만 이것도 나쁜 방법은 아니다. 뭔가 더 얘기를 해야 하는데 무작정 억지로 눌러 붙여둘 수도 없고 멋대로 끌고 갈 수도 없으니. 자신의 수준엔 한참 못 미치지만 일단 이곳 고객이 되어 빌미를 만드는 것도 좋은 방법이리라.

"안녕하세요."

그때 낯선 목소리가 들려서 태규는 흘끗 쳐다보았다.

처음 본 여자가 오 비서와 같은 차림인 걸로 보아 아마 이 가게 직원인 듯한데, 눈꼬리가 올라간 고양이상의 얼굴에 미소를 띠며 태규의 앞에 찻잔을 놓아주었다.

"라벤더 차예요. 기다리기 지루하시죠? 처음 오신 것 같은

데, 아리 씨 손님이라면서요? 와, 아리 씨, 멋진 친구분이 있었구나."

여기서 두 가지가 예민하게 그를 건드렸다.

"왜 댁이 이걸 갖고 나와? 그리고 누가 누구 친구야?"

생각 같아선 쟁반을 휙 엎어버리고 싶었지만 그랬다간 오아리한테 내던져질 것 같아 가장 기본적인 선으로만 내지르고 잡지를 확 갖고 와 설렁설렁 넘겼다.

그 정도면 웬만하면 나가떨어질 텐데 이번 여자는 좀 강적인 듯.

"제가 괜한 소릴 했나 봐요. 죄송합니다. 차 드시면서 기다리세요. 향이 참 향긋하고 좋죠? 라벤더가 사람 마음을 안정시켜 주는 효능이 있어서 불면증이나 스트레스에도 좋거든요."

하태규가 싫어하는 많은 것들 중 하나.

싫다고 하는데 계속 떠벌떠벌 떠드는 여자.

"상담은 받으셨어요? 사실 아리 씨는 이 일에 전문가도 아니고 보조하는 정도거든요. 팩 섞고 마르면 떼어내 주고, 어시스턴트들이 하는 거요. 그 정도죠. 고객님의 소중한 피부를 위해서는 전문가와 정확한 상담을 하시는 게 좋답니다. 그럼 좀 더 피부 타입에 맞는 관리를 받으실 수 있을 거예요. 제가 한번 봐 드릴까요?"

그 여자가 어느새 은근슬쩍 옆에 와서 앉는 바람에 잡지를 휙 찢을 정도로 신경에 날이 섰다.

"어머, 가까이에서 보니 피부 정말 좋으시다. 남자 피부가 이렇게 좋기도 쉽지 않은데. 하지만 피부가 좋은 분일수록 더 세심하게 신경을……."

"이봐, 아가씨."

가만두면 영원히 수다를 늘어놓을 것 같아 말을 딱 끊고 불렀다. 여자가 고개를 갸웃했다.

"네, 말씀하세요."

"아, 빌어먹을 애교는! 속 느글거리게."

"……네?"

"출근할 때 눈치를 집에 처박아두고 나왔어? 왜 이쪽은 그만하겠다는데 자꾸 리필을 시켜주고 난리야? 남의 손님 빼앗으려는 수작이든, 여자 냄새 풍기려는 수작이든 일절 관심 없다고. 알았어? 그동안 곱게 커서 듣는 것만으로도 사람이 기절할 수 있단 건 모르지? 혹시 그런 세상도 있단 게 알고 싶으면 거기 계속 앉아 있던가. 어떻게 할래? 더 해줄까?"

여자가 총알처럼 눈앞에서 사라졌다.

그제야 기분이 좋아진 태규는 여유로운 표정으로 찻잔을 들었다. 그 시끄러운 여자의 말대로 향은 그나마 향긋했다. 더불어 수다 때문에 받았던 스트레스도 싹 가시는 걸 보니 라벤더의 효능이 있긴 있나 보다.

만족스럽게 앉아 있는데 문득 커튼 뒤에서 뭔가가 어른거린 느낌에 태규는 그쪽을 휙 노려봤다. 저런 느낌으로 커튼이 움직인다는 건…….

"오아리!"

버럭 소리치자 커튼 뒤쪽이 움찔하더니 오아리가 커튼을 쫙 열며 밖으로 나왔다. 가자미눈을 하고서 사람을 노려보고 있었다.

"왜 사람을 훔쳐보고 있어? 여기가 신방이야? 내가 첫날밤 신랑이야?"

"사장님 또 입 열었죠? 지금 우리 스텝 중 하나가 거품 물고 난리도 아니에요."

"뭐? 입을 열어? 너 언제부터 '말씀을 하신다'를 '입을 연다' 고 표현했어?"

"진짜 너무하세요. 내가 이럴 줄 알았지. 그 성질은 잠깐만 꺼 두실 수 없는 거예요? 대체 왜 남의 직장까지 찾아와서 사람 마음에 못을 박고 그러세요? 여자들이 다 저처럼 강심장에 대못 박으면 대못이 오히려 찌그러질 것 같죠? 아니거든요? 제가 왜 화내는 건지도 솔직히 이해 못하겠죠? 그 꼴 보기 싫어서 나왔는데 쫓아다니면서까지……."

"……너한테는 나만 절대악이지?"

그녀가 멈칫했다. 아마도 자신이 너무나 가라앉은 표정으로 말한 모양이다.

됐다. 저 눈 밖에 난 게 어제오늘 일도 아니고.

"……대체 왜 그러셨어요?"

"내가 그러는 거 한두 번 봤어?"

"그러니까요! 여긴 사장실도 아니고 사장님 집도 아니에요. 그러니 사장님이 왕도 아닌데 도대체 왜 여기서……!"

"손님이 뭐냐?"

"……."

"왕이지? 뭐 더 할 말 있냐?"

오아리의 입술이 실룩거렸다. 그런 통통 볼멘 모습마저 귀여운 걸 보니 자신이 어떻게 되긴 된 듯.

"야!"

"아, 또 야래. 오아리요, 오아리!"

"차라리 사람 면전에서 욕하는 사람이랑 놀아. 뒤에서 욕하는 인간이랑은 가까이하지 말고."

"무슨……."

"우린 서로 얼굴 보면서 욕하는 사이가 되자고. 알겠냐?"

그 수다쟁이가 더욱 짜증 났던 건 감히 자신 앞에서 오아리를 디스했다는 사실이다.

"이쪽으로 오세요."

오아리가 양 볼이 빵빵하게 부풀어선 앞서 갔다.

"너 누가 내 앞으로 앞질러 가는 거 싫어하는 거 알아, 몰라?"

"모릅니다. 레드썬 했다니까요? 제가 아직도 사장님 비서인 줄 아세요?"

사사건건 성질만 부리고 있는데, 왜 며칠 만에 만난 그녀에게서 알싸하고도 달콤한 향기가 나는 걸까. 오아리는 박하사탕처럼 그냥 보기엔 별것 없을 것 같고 재미없는 둥글 네모난 모양이지만, 알고 보면 입안을 싸하게 하는 뭔가가 있다. 여러 개를 한꺼번에 먹으면 입안뿐 아니라 몸 전체를 아릿하게 하는 그 박하사탕처럼 말이다.

11편
'뛰는' G맨 위에 '나는' 오아리 있다

헉!

깜빡 잠이 들었나 보다.

태규는 마사지 침대에 일자로 누워 있었다. 그것도 달랑 속옷 한 장에 가운만 걸치고서 얼굴엔 해초팩을 처바른 채로.

내가 대체 여기서 왜 이러고 있는 거냐. 인간 하태규, 이젠 하다하다 별짓을 다 한다. 죽기보다 더한 모욕을 견디고 있는 것이다.

꼴도 꼴이지만 이놈의 침대는 사람의 사지를 수갑으로 채워 놓은 것 같았다. 어떻게 하면 사람을 불편하게 할지 온갖 고민을 해서 만들어낸 물건임이 틀림없었다.

잠시 전, 태규는 무작정 어딘가로 끌려갔다. 거기엔 바구니가 하나 놓여 있었는데,

"이 바구니에 있는 가운을 입으시면 돼요."

"그래?"

태규는 별생각 없이 가운을 들어 척 걸쳤다. 그러자 그녀가 행! 코웃음을 쳤다.

"그게 아니라요. 가운만 입으셔야죠. 물론 속옷은 입으시고요."

태규도 민망하고 오아리도 민망하긴 한가 보다. 사람 눈을 못 맞추고 이야기하는 걸 보니. 덕분에 태규는 머리에서 화산이 폭발하는 줄 알았다.

"지금 뭐라고 했냐?"

"가운 갈아입으시라고요."

"하, 아직 키스 한 번밖에 못해봤는데 네 앞에서 다 벗으라고?"

"누, 누가 다 벗으래요? 가운 입으라구요. 다들 그렇게 하니까."

"됐고. 내가 그 꼴을 할 것 같아?"

가운을 패대기친 그는 그대로 아리의 손목을 확 잡았다.

"따라와. 난 너한테 할 말이 있어."

하지만 그녀는 그 손을 냉정하게 털어냈다.

"전 할 말 없어요. 손님으로 온 것 아니면 그냥 가세요. 몇 번이나 같은 말 하게 하지 마세요. 사장님은 두 번 말하게 하는 거 싫어하시면서 왜 남한텐 그렇게 잣대가 달라요? 그럼, 고객의 변심으로 돌아가시는 걸로 알고 나가보겠습니다."

태규는 성큼성큼 걸어가 그녀가 열려던 문을 뒤에서 탁 닫았다. 아리의 몸이 멈칫하고, 마치 아리를 뒤에서 품은 것 같은 포즈가 된 그도 멈칫했다.

바로 앞에서 아리의 작은 몸이 느껴졌다. 나는 한숨을 길게 내쉬었다.

"좋아, 갈아입으면 되는 거지?"

아리의 어깨가 움찔했다. 그녀는 여전히 내 앞에서 고개를 숙이고 있었다. 하얗고 가느다란 목선이 눈앞에 있다. 틀어 올린 뒷머리와 목의 경계에 뽀얗게 자란 잔 머리카락이 솜털처럼 살랑거렸다. 그녀의 어깨가 아주 작다는 걸 처음으로 깨달았다. 불쑥 그 작은 어깨를 감싸고 하얗게 드러난 목에 키스하고 싶다는 생각을 했다.

뒤로 물러나야 하는데 마음먹은 대로 되질 않았다. 천천히 그 어깨로 손이 가는데 그녀가 낮게 말했다.

"그냥, 가주시면 안 돼요?"

태규의 손이 멈칫했다. 아래로 툭 떨어뜨리고서 그는 휙 돌아섰다.

“고객이야. 함부로 내쫓아도 돼? 그러고도 프로 피부관리사야?”

가운을 다시 주워 든 내가 넥타이를 풀려고 하자 뒤에서 오아리가 빽 소리를 질렀다.

“지금 뭐 하시는 거예요?”

“옷 갈아입잖아? 가운만 입으라며?”

보란 듯 넥타이를 쭉 잡아당기고 와이셔츠 단추까지 툭툭 열자 오아리가 양손으로 눈을 확 가렸다.

“스톱! 바구니 안에 키 갖고 탈의실 가서 갈아입어야죠! 그건 상식이잖아요! 사물함에 옷걸이 있으니까 입고 오신 옷 걸어놓고. 도대체 뭐 하시는 거예요? 성희롱으로 고소할 거예요!”

“쇼한다.”

오아리가 그제야 천천히 손을 내렸다. 질끈 감고 있던 눈을 한쪽만 슬쩍 떠보더니 하태규가 정상적인 차림이란 걸 확인하곤 그제야 안도의 한숨을 내쉬었다.

“그렇게 궁금해?”

“에?”

“궁금하면 천만 원.”

오아리가 혀를 찼다.

“됐어요!”

태규는 가만히 아리의 어깨를 잡았다. 최대한 겁주지 않으려고 노력한 노고가 통한 건지 그녀도 그렇게 정색을 하며 밀어내진 않았다.

"돌아가자, 나랑."

아리의 눈동자가 조금 흔들렸다.

"여긴 네가 있을 곳이 아니야."

"제가 있을 곳은 제가 정해요."

태규의 눈이 흐려졌다.

"노력할게."

오아리의 눈동자가 좀 더 흔들렸다.

"바꿀게."

그녀가 너무 빨리 거절의 말을 하지 않는 게 그나마 다행으로 느껴지다니, 연애란 건 참 씁쓸한 건지도 모르겠다. 내가 바라는 건 단 한 가지뿐이었는데, 그녀가 바라는 건 그렇게 단순한 게 아니었나 보다.

"아니, 고칠게."

진심을 담아 말했다.

"쉽게 한 말 아니야. 못 믿겠다면 성격 개조 수술이라도 받아서……."

"저도 쉽게 한 결정 아니에요."

그녀가 그의 말을 끊었다.

"그리고 그런 수술이 어디 있어요? 왜 자꾸 저만 나쁜 사람

만들어요? 사장님과 전 사는 세계가 달라요. 가장 잘 아시는 분이 사장님이잖아요."

"내가 가능하게 만들어."

"그렇더라도 제가 돌아갈 이유가 되진 않아요. 비서로서라면 어쩌면 가능은 하겠죠. 하지만 다른 거라면 제 마음이 시키는 않는 일이라 안 되겠어요. 그럼 갈아입고 나오세요."

그녀는 그렇게 냉정하게 끊어버리고 나가 버렸다. 태규는 아무것도 할 수 없었다. 그녀를 잡을 수도, 잡지 않을 수도 없었다.

다른 사람에게 냉정하게 구는 건 너무나도 잘하는 일이다. 하지만 타인의 냉정함에는 어떻게 해야 하는 건지 모르겠다. 그것도 오아리의 냉정함엔.

"돌아버리겠군."

머리를 쓸어 올리는데 뭔가가 같이 딸려와서 정신을 차리고 보니 가운이 손에 들려 있다.

"뭐야, 이건?"

성질이 확 뻗쳐서 가운을 확 집어 던졌다. 마음대로 되는 건 하나도 없고, 좀 여유를 두고 봐줬으면 하는 여자는 반응도 없고, 이러다가 잘못하면 속옷 바람으로 웃긴 짓까지 하게 생겼고. 생각하다 보니 성질이 올라 애먼 바구니까지 확 엎어버리고 걷어차는데, 하필이면 안으로 들어서던 누군가와 눈이 딱 마주치고 말았다.

라벤더 차를 가져왔다가 욕만 한 바가지 먹고 쫓겨간 그 여자다. 그녀의 얼굴이 쩡 얼었다. 미친 듯이 바구니를 걷어차고 있던 태규도 그대로 얼음이 되었다.

잠시 후, 결국 그는 가운 차림으로 다소곳이 침대에 누웠다. 이젠 뭐라고 말할 기운도 없어서 그저 누우라면 눕고 눈 감으라면 감고 편하게 힘을 풀라면 풀었다.

그녀가 머리맡에 조용히 앉는 게 느껴졌다. 그게 그나마 오늘 이 미친 짓의 보상이었다. 하지만 아직 시련은 끝나지 않았다. 이마 근처에서 뭔가 움직인다 했더니 태규의 눈이 번쩍 떠졌다.

"뭐 하는 거야?"

"헤어밴드요. 머리카락에 크림이 묻을 수도 있거든요."

대수롭지 않게 말한 그녀가 그를 다시 눕히곤 아무렇지 않게 헤어밴드를 채우는 게 아닌가. 당사자는 부검 받는 시체처럼 시퍼렇게 경악해서 굳어 있고.

"풋! 정말 잘 어울리세요. 미치겠다."

이런 젠장!

더 이상 참을 수 없어 헤어밴드를 확 벗겨내려는데, 그녀도 만만치 않게 이마 위에서 헤어밴드를 눌러가며 필사적으로 사수했다.

"이거 안 놔?"

“마사지 받으려면 하시는 게 편할걸요?”

“당장 치우는 게 네 신상에 편할걸?”

“저만 보는 건데 문제 있어요?”

“네가 보니까 문제 아냐!”

바로 네가 보니까 신경이 쓰인다고, 내가!

그녀가 잠깐 멈칫하는가 싶더니 다시 얄미운 소리를 흘려댔다.

“소문 안 낼 테니까 걱정 마시고 눈 감으세요. 시작하겠습니다.”

별수 없어 다 포기했다는 듯 누워서 눈을 감는데 그때 찰칵! 하는 소리가 났다. 그건 분명 핸드폰 카메라 소리였다.

“지금 너 무슨 짓……!”

버럭 소리치며 일어나려는데 얼굴에 뭔가 기름지면서 촉촉한 것이 처덕 날아와 붙었다. 그 바람에 태규는 기절할 듯 침대에 쓰러져 버리고 말았다.

“너 지금 사진 찍었지?”

“아니요?”

“소리 났어. 어디서 거짓말이야? 그걸로 뭐 할 생각인데? 협박이라도 할 셈이야?”

“무슨 소린지 정말 모르겠네요.”

“그렇게 내 사진이 갖고 싶었냐? 그럼 말을 하지 그랬어. 소장용으로 몇 장 주게."

"당장 삭제하겠습니다."

"그럼 그래야지."

자신이 이겼다.

"릴렉스하세요. 스포츠마사지 좋아하시니까 비슷하다고 보면 돼요. 그 정도는 아니더라도 저도 실력이 꽤 된답니다."

이제 오아리의 말은 콩으로 메주를 쑨다고 해도 믿지 않을 것이다. 불신지옥에 떨어져 얼굴에 빗금이 쳐진 채로 반쯤 넋이 나가서 누워 있으려니 마음이 어느 순간부터 부드럽게 풀리기 시작했다.

이렇게 금세 마음이 풀어지면 안 되는데…….

머리맡에서 훈풍이 불고 있었다. 따뜻하고 부드러운 손길이 그의 얼굴에 닿았다. 조심스럽게 와 닿는 작고 가느다란 손가락. 크림 때문인지 원래 그런 건지 손이 참 촉촉하게 느껴졌다. 그녀의 손길이 이렇게까지 부드러울 줄은 상상도 못했다. 눈을 감고 있어서인가 그 느낌은 수백 배, 수천 배 더 과장되었다. 그래서 더욱더 신경세포들을 예민하게 건드렸다.

너무나도 부드러워 온몸이 녹아내릴 것 같은 기분. 무엇보다 그녀의 숨소리, 가끔 몸을 움직일 때마다 와 닿는 따스한 체온, 그녀가 살아 있는 사람이라는 증거를 보여주는 듯한 적당한 온도, 바로 머리 위에서 느껴지는 숨결…….

미친 게 아닐까 싶을 정도로 심장이 뛰기 시작했다. 가슴께를 덮고 있는 시트가 들썩거리는 건 아닌지 걱정될 정도로. 몸의 온도가 서서히 올라가고 얼굴의 온도도 덩달아 같이 올라갔다.

"어? 저 마사지 잘하나 봐요. 사장님 얼굴에 홍조가 돌고 있어요."

너 때문이라고.

"홍조가 아니야. 심장이 두근거리는 거지."

순간 아리의 손가락이 뚝 멎었다.

하지만 태규는 눈을 뜨지 않았다. 침묵이 돌았다. 그녀가 무슨 표정을 하고 있을지 확인하고 싶지도, 궁금하지도 않았다. 어차피 자신이 원하는 쪽은 아닐 터이다.

아닌 것을 굳이 왜 아니냐고 묻는 게 어리석은 일이란 걸 점점 배워가고 있다.

그렇더라도 나는 그저 네 손길에 심장이 두근거리고 있어.

"끝났냐?"

"아, 아니요."

"그럼 계속해."

그래도 손길은 쉽사리 다시 다가오지 않았다.

"그만할래?"

"……"

“싫고 기분 나쁘면 그만둬도 돼. 어차피 다시 건드리면 난 다시 두근거릴 거야. 그것까지 못하게 막지는 못할 거야. 내 심장이니까.”

오아리의 손이 다시 다가왔다. 다행이다.

하태규를 치욕의 구렁텅이로 몰아넣으려는 계획에만 골몰해서 아마 이것까진 예상 못했나 보다. 현재 그녀와 자신은 지금까지 함께했던 시간 중 가장 밀접한 상황에 놓여 있다.

자신은 명백히 당황하고 있었다. 그녀의 손길에. 와 닿는 따뜻한 체온에. 손이 정말 작다. 마치 아기처럼 보드라운 손이 얼굴에 닿았다가 떨어질 때마다 심장에 피가 몰렸다가 빠지기를 반복했다.

“가만, 그런데 너 자격증은 있어?”

“있습니다.”

“여기 무허가는 아니지?”

“명예훼손입니다.”

“넌 날 이제 뭐라 부를 거냐?”

“전 사장님이요.”

“그런 거 말고!”

“하태규?”

“하…… 뭐?”

“고객님, 어디 불편한 덴 없으시죠?”

"너! 네가 불편해!"

풋 웃었다. 그녀가 요 근래 처음으로 놀리는 게 아니라 그냥 웃겨서 웃는 듯한 소리를 냈다. 그 소리가 몸 안 곳곳에 돋아 있는 가시를 눌러주는 기분이다.

"바꾸겠다고 한 말, 거짓말 아니야."

"……."

"너도 참 성격이 보통은 아니다. 사람이 말을 하면 좀 믿어보려는 노력이라도 하는 게 어때?"

"사장님은 제가 낯설지 않으세요? 3년 동안 오 비서로, 오 비서 풀세트 조립모델 정도로만 알고 있던 여자가 갑자기 좋아지질 않나, 그 여자가 이젠 뛰쳐나가서 이렇게 사장님 얼굴에 마사지를 해주고 있질 않나."

"내가 너 좋아하는 건 인정해?"

오아리는 대답이 없었다. 인정하는지 안 하는지 그건 대답할 기분이 아닌가 보다.

"전 사장님이 낯설거든요. 저한테 사장님은 그냥 차 뒷자리에 앉아서 서류 집어 던지면서 욕하는, 이해는 안 가지만 살아남으려면 어쩔 수 없이 맞춰 드려야 하는 상사일 뿐이었어요. 그런데 그 사람이 갑자기 다른 모습으로 다가오는데 어떻게 안 낯설어요? 지금도 사장님이 한마디 한마디 할 때마다 낯설어서 미칠 것 같은데."

"무서운 건? 끔찍한 건?"

"……네?"

"그건 좀 좋아졌냐고."

"전보다는 좀 양호해졌어요."

태규가 피식 웃었다.

"나는 말이지, 사람을 무시하는 법부터 배웠어. 위에 서려면 어떻게 밑을 밟아야 하는지 그것부터 배웠다고. 망설일 필요라곤 없다는 것부터 배웠어."

"……."

"듣고 있나?"

"듣고 있어요."

"들어주는 거냐?"

"……."

"들어주는 거냐고."

"왜 그렇게 말하세요? 평소 사장님답게 하시는 게 편해요."

"이래도 문제고 저래도 문제고, 쯧. 사실은 듣고 싶지 않지?"

"조금은?"

"들어!"

그녀가 고개를 설레설레 젓는 게 느껴졌다.

"그날 네가 말한 대로야. 망설임? 나한텐 그런 건 없어. 망설인다는 게 뭔데? 난 선택하는 쪽이었지 선택당하는 쪽이 아니었으니까. 어렸을 때부터 난 뭘 얻어야 할지가 아니라 뭘 버려야 할지부터 배웠어.”

그래서 그는 늘 충족되었고, 그만큼 오만했고, 오만한 만큼 불만에 차 있었다.

그게 아마 지금 오아리의 눈에 비친 하태규의 모습이리라.

온몸이 나른해지면서 점점 의식이 몽롱해졌다.

“타인이란 것도…… 나한텐 별 의미가 없었어. 소중함도, 소중함에 대한 간절함도……. 그게 당연한 건 줄 알고 살았다고 지금 너한테 변명하는 건지도 모르겠다.”

지금이라면 이런 말도 할 수 있다.

그냥 주절주절 어울리지 않게 수다를 풀어놓고 싶었는지도.

의식이 점점 더 멀어지고 있었다. 이렇게 잠이 오는 건가?

이젠 자신이 말을 하는 건지, 말이 자신을 하는 건지 분간도 안 갔다.

“그…… 모든 걸 가르쳐 준 사람이…… 아버지…… 였어. 아버지한테 배웠는데 그게…… 어떻게 틀린 거겠어? 아버지는…… 자식한테 거짓말을 하지 않는…… 존재니까…….”

그래, 그런 존재니까.

하지만 아버지는 중간까지만 가르쳐 주고 어느 순간 사라져 버렸다.

어느 순간…….

자신도 모르게 잠이 든 모양이다. 작고 촉촉한 손이 너무도 부드럽게 만져 주어 온몸이 노곤해진 탓도 있었다. 그래서 깜빡 잠이 들었다가 정신이 확 들었는데 이렇게 해초팩을 처바른 상태다. 눈을 뜨려고 했다가 식겁했다. 눈 위까지 꼼꼼히 팩이 발라져 있었다. 폐쇄공포증이라도 있었다면 열두 번은 기절할 일이다.

빨리 벗기라고!

하지만 입술까지 막혀 버렸을 줄이야. 이건 명백히 죽이자는 짓이다.

'오아리, 이거였구만? 날 죽이고 싶었던 거지?'

으르렁거리며 발악을 해보던 태규는 결국 축 처져서 한숨을 삼켰다. 느낌상 옆엔 아무도 없는 것 같았다. 이 사악한 것이 팩을 발라두고 자기 볼일을 보러 간 모양이다. 온 정신을 집중해 인기척을 찾아보았지만 역시 혼자 버려진 듯.

이를 부득부득 갈고 있는데 그제야 옆으로 인기척이 돌아왔다. 당장에라도 팩을 잡아 뜯고서 버럭버럭 소리치고 싶었지만 참았다. 지금껏 소리만 질러대서 안 그래도 하태규라면 벌컥벌컥 놀라는데 자칫 바닥을 칠 수도 있다. 그래서 자신이 생각해도 장할 정도로 인내심을 발휘하고 있는데 얼굴에서 해초팩이 걷혀갔다.

얼마나 시원한지 세상을 다시 가진 기분이다. 가느다란 손가락이 얼굴에 남아 있는 해초팩을 정리하고 있었다.

눈을 뜨지 않은 채 태규는 천천히 입을 열었다.

"할 말이 있어."

그녀의 작디작은 손이 멈칫했다.

"네가 없으니까 난 뭐 하나 제대로 하질 못해. 나 혼자선 할 수 있는 게 하나도 없어. 그러니까 무슨 말이냐면, 난 네가 필요해."

천천히 떠지던 그의 눈이 순간 쩡 얼었다. 침대 위쪽에 앉아 해초팩을 닦아주고 있던 손가락의 주인공도 같이 쩡 얼어 있었다. 라벤더 차가 그를 내려다보고 있었다.

하나는 올려다보고 하나는 내려다보고, 그렇게 얼음처럼 굳어 있길 몇 초. 태규는 광분할 수밖에 없었다.

"오아리 어디 갔어? 너 같은 호박 말고!"

"자, 잠깐 요 앞에 심부름……."

라벤더 차가 아예 울 것 같다. 그걸 보니 그나마 마음은 좀 풀렸지만, 그깟 걸로 해결될 수준의 짜증이 아니었다. 이게 무슨 개망신인가.

해초팩이고 뭐고 태규는 벌떡 일어나서 다 집어치우곤 성큼성큼 탈의실로 직행했다. 가운을 벗어 던지고 옷을 갈아입으며 그는 온갖 저주를 퍼부었다.

하지만 잠깐 심부름을 갔다는 오아리는 옷을 갈아입고 나올 때까지도 돌아오지 않았다.

"두고 보자, 오아리."

결국 하태규는 그날 피부만 좋아져서 집으로 돌아가야 했다.

"젠장!"

12편
눈은, 결국 녹는다

"뭐야? 무슨 선물이야? 혹시 그때 왔다 갔다는 그 무성한 소문 속의 남자?"

'류희정 피부관리실'의 원장인 희정 언니가 다 알면서도 아리를 놀렸다.

하태규가 다녀간 이후 그에 대한 소문이 화려하게 피어났다. 물론 소문의 진원지는 라벤더 차를 대신 내다 준 언니였고, 당연히 소문이 긍정적일 리 없었다. 얼마나 호되게 당했는지 앙심을 품은 모양이다. 그러니까 초보자가 어디라고 하태규한테 덤빈 건지. 하태규에 대한 항체는 3년을 같이 살다시피 해도 잘 생겨나지 않는다.

"외모는 최상, 성격은 최악이라며? 수연이가 아주 학을 떼더라. 엄청 당한 것 같던데, 그래도 아직도 미련으로 부르르 떠는 걸 보면 보통 잘생긴 게 아닌가 봐? 도대체 누구야? 어떤 사람이야?"

"언니, 이런 속담이 있지? 보기 좋은 떡 먹었다간 이빨 나간다고."

아리는 대충 마무리 짓고 선물을 갖고 다용도실로 갔다.

김 기사가 찾아와서 갑자기 사장님이 보낸 선물이라며 박스를 주고 갔다.

"누나 생일이라면서요? 진짜 우리 사장님 이제 별짓을 다 하지 말입니다."

아리는 깜짝 놀랐다. 설마 하태규가 자신의 생일을 알고 있을 줄이야. 게다가 선물까지 챙길 줄이야. 안에 폭탄이 든 건 아니겠지?

그날 심부름을 갔다는 건 거짓말이었다.

아리는 피해 있었다. 하태규로부터 도망쳐서.

머릿속이 복잡했다. 그런데 열은 왜 나는 걸까? 다용도실 구석에 쪼그려 앉아 있는데 이상하게 자꾸만 얼굴이 달아올라 바쁘게 손부채질을 해야 했다. 갱년기가 되면 이유도 없이 얼굴에서 열이 오르고 그런다는데, 자신은 인생의 전성기도 없이 바로 갱년기로 건너뛴 걸까?

언제까지라도 하태규란 인간한테 똑같은 부피의 거부감만 가질 거라고 믿어 의심치 않았는데, 그 믿음을 단단히 받치고 있던 한 축이 너무도 갑작스레 기우뚱해서 전체적인 모양에 균열이 가고 말았다.

처음엔 여기까지 찾아온 게 그저 당황스러웠다. 하지만 그런 감정은 점점 이상하게 여러 가지 파장으로 변형되었다. 결코 인정할 수 없는 방향이라는 게 문제였다.

"돌아가자, 나랑."

한순간이지만 진심으로 마음이 움찔했다. 그런 식의 말을 하리라곤 생각지 못했다. 그래서 더 예상치 못한 공격에 주춤한 것뿐이라고 생각하고 넘기려 했다.

"노력할게."
"바꿀게."
"아니, 고칠게."

하지만 계속되는 그의 말이 끊이지 않고 아리를 괴롭혔다.

"홍조가 아니야. 심장이 두근거리는 거지."

자꾸만 하태규가 그녀를 건드렸다.

"싫고 기분 나쁘면 그만둬도 돼. 어차피 다시 건드리면 난 다시 두근거릴 거야."

가슴을 따끔하게 했다. 손에 묻은 떨림이 그에게 전해질까 봐 걱정될 정도로.

"나는 말이지, 사람을 무시하는 법부터 배웠어."

한 번도 그런 식의 말은 해준 적이 없기에, 아니, 그녀뿐 아니라 누구에게도 하지 않은 말일 것이기에 아리는 숙연해졌다.

"그 모든 걸 가르쳐 준 사람이…… 아버지였어."

가슴이 그냥 아팠다.
그래서 마무리는 다른 사람에게 부탁했다. 설마 했는데 하태규한테 당한 스텝 언니가 들어간다기에 말릴까 하다가 그냥 두었다. 그렇게 당하고도 재도전을 하겠다면 제대로 당해보는 수밖에 없다. 하긴, G맨의 무서움은 겪은 자만이 알 수 있다는 회사 전설을 그 언니가 어찌 알겠는가.

하여튼 하태규는 얼굴이 사기다. 여자들은 그 사기에 잘 속는다.

그리고 자신도 지금이라면 그가 치는 사기에 넘어갈 것 같기도 했다. 물론 아직까지는 제정신이 남아 있어 제발 정신 차리라고 아득바득 우기곤 있지만, 도대체 언제까지 버틸 수 있을지 점점 자신이 없어졌다.

분명한 건 그가 다녀간 지 며칠이나 지났는데도 그날을 생각하면 아직도 얼굴에서 열이 오르락내리락한다는 것, 그리고 그가 했던 말이 자꾸만 떠오른다는 것.

"젠장."

손톱을 잘근잘근 씹으며 암담하게 중얼거리던 아리는 해체하듯 포장을 풀었다. 마치 하태규한테 감동하려는 마음을 찢어발기기라도 하듯.

"뭐야?"

그런데 박스를 열어보고 아리는 갸웃했다. 정사각형의 커다란 박스 안에는 하얀 봉투만 하나 달랑 들어 있었다. 봉투라니? 생일선물이라기엔 좀 뜬금없다.

"돈이야?"

봉투를 열어본 아리의 표정이 움찔했다.

"쉐엣 더……."

정말 돈이었다.

"이봐라, 이봐. 돈 준다, 얘."

하여튼 누가 하태규 아니랄까 봐 봉투 안엔 십만 원짜리 수표 한 장이 들어 있었다.

"주려면 왕창 좀 쓰던가, 쩨쩨하게 십만 원?"

아리는 수표를 들고 혀를 찼다.

"암튼 엄청나게 낭만적인 인간이라니까."

아무리 돈이 마빡에서 튀어도 그렇지 어쩜 이럴 수 있는지. 고개를 설레설레 저으며 수표를 뒤집어보던 아리의 표정이 멈칫했다. 수표 뒤에 뭔가가 적혀 있었다.

—하태규 일일 사용권

잠깐 굳어 있다가 결국 풋 웃음이 나왔다.

목적은 수표가 아니었던 듯.

"어쩌라는 거야, 정말. 실용성이라곤 쥐꼬리만큼도 없는 걸 보내놓고. 아무리 회사를 그만뒀다지만 나더러 하태규를 사용하라고? 그것도 하루 동안?"

그게 가능한 얘긴가 말이다. 한숨을 폭 내쉬고 수표를 다시 넣으려고 봉투를 여는데 안에 뭔가가 더 있어 갸웃거리며 꺼내 보았다.

기가 막히게도 거기엔 번쩍거리는 골드카드 하나가 도도하게 들어 있었다.

그날 저녁, 아리는 하태규의 집 정문 앞에 서 있었다. 이젠 전처럼 마음대로 드나들 수 없는 처지여서 정문을 통과할 수가 없었다. 그래서 하릴없이 기다리고 있는데 다행히 오래지 않아 눈에 익은 차가 진입하는 게 보였다. 차가 멈춰 서더니 운전석에서 김 기사가 후다닥 내려섰다.

"누…… 오 비서님, 연락도 없이 어떻게……."

"나한테 들이받으려고 온 거야. 넌 차 세워놓고 가."

김 기사가 채 말을 마치기도 전에 차 뒷좌석의 창문이 내려가면서 안에서 그 소리가 튀어나왔다. 당연히 하태규였다.

잠시 후, 아리는 사장의 집 거실에 서 있었다. 하태규는 뭘 하고 있는가 하니, 이미 예상한 일이라는 듯 소파에 편히 기대앉아선 여유롭게 아리를 보고 있었다.

"왔으면 앉지 그래, 오아리 씨?"

"이대로가 편합니다. 할 말만 마치고 돌아가겠습니다."

"이봐, 네가 안 돌아오고 계속 버티고 있으니까 호칭부터가 곤란하잖아. 내가 무슨 홍길동도 아니고, 오 비서를 오 비서라고 부를 수도 없고."

"기가 찹니다. 전 오 비서가 아니라 오아립니다! 오아리로 태어나서 살다가 어쩌다 중간에 오 비서가 됐을 뿐이니, 그렇게 애초에 오 비서였다는 듯 말하지 말아주세요.”

“왜 그래? 오 비서가 좋은데. 난 오 비서가 좋아.”

뭐야, 저 사랑 고백 같은 고집은!

“잔뜩 열받아서 쳐들어올 줄은 알았는데 이렇게 빨리?”

“그럼 하루 정도 꼭 끌어안고 있다가 올 걸 그랬나요? 이거 의도가 뭐죠?”

아리가 테이블에 골드카드를 탁 내려놓았다.

그가 피식 웃었다.

“헤드헌팅할 때 백지수표도 제시하고 그러잖아? 나도 오 비서라는 인재를 돌려받기 위해 골드카드를 제의했을 뿐인데, 왜? 부족해?”

“당사자 본인이 그 정도로 대단한 인물이라는 자각도 없을뿐더러, 이 정도의 호사를 원한 적도 없습니다.”

“그렇게 자기 자신을 낮춰서야 쓰겠어? 자기 PR시대라는데 저렇게 자신감이 없어서야 원. 저 정도 인물을 다시 데려오려고 이렇게 애써야 하나 한순간 갈등이 이네.”

“자신감은 스스로 생각했을 때 한 치의 부끄러움도 없을 때에야 쓰는 단어죠. 제가 저에게 부여하는 것이지 남이 물질로 부여하는 게 아니란 말입니다! 그리고 저는 이 카드를 받았을 때 수치심이 더했습니다. 받아봐야 비굴함밖에 안 생긴다면 그걸 정말 자신감이라고 할 수 있을까요?"

"왜 이렇게 비뚤어졌어? 나보다 더 독특한 인간일세. 너무 부정적으로 보는 거 아니야?"

"……."

"난 널 돌아오게 하고 싶은데, 그게 세상 그 어떤 일보다 어려워. 그럼 어떻게든 솔깃한 조건을 제시해서 설득하는 게 당연한 수순 아니야? 이런 일에서 솔깃한 조건이란 게 돈 말고 또 뭐가 있지? 아니면 다른 조건을 말해봐, 뭐든 내밀어볼 테니까."

"아니요. 됐습니다. 제가 그 정도의 조건을 제시받아도 하나도 민망하지 않을 수준이 된다면 그때 다시 오도록 하죠."

그러고 돌아 나가려던 아리가 다시 하태규를 쳐다보았다.

"안 가냐?"

하태규가 희한한 일이라는 듯 아리에게 물었다.

가도 문제고 안 가도 뭐라 그러고. 도대체 저 인간의 머릿속엔 뭐가 들어 있는 걸까?

"생일선물은 감사했습니다."

"어, 그래?"

"일부러 챙겨주셨으니 선물까지 돌려드리진 않겠습니다. 아무리 수표 쪼가리라도 말이죠."

"십만 원이 쪼가리는 아니지. 그래서, 언제? 쓸 생각은 있어? 하태규 일일 사용권. 당연히 없겠지만 그렇다고 태우거나 하면…….”

“당연히 써야죠, 흔치 않은 선물인데.”

그의 표정이 멈칫했다. 아리는 빙긋 웃었다.

“아주 쏙 마음에 드는 선물이었거든요.”

“왜? 고객 없을 때 나 데려다가 눕혀놓게? 대충 그런 용도들이 지금 머릿속에서 막 파바밧 떠다니고 있지?”

“안 그래도 열심히 생각해 보고 있습니다. 대신 반드시 제가 하자는 대로 해주실 거라고 믿고 있겠습니다.”

하태규의 표정에 뒤늦은 후회가 번졌지만 아리는 모르는 척 시치미를 뗐다.

“안 가냐?”

하태규가 또 물었다. 하긴 용건이 끝났는데도 계속 서 있으니 의아하기도 할 것이다. 그렇다고 자꾸 쫓아내려고 하니까 사람 마음이 좀 성질나려 했다.

“카드 때문이기도 하지만, 실은 다른 이유도 있어서 찾아왔습니다.”

“뭔데? 그런 게 있으면 얼른얼른 말하고 가. 빨리 안 가니까 괜히 기대하게 되잖아!”

아리는 흠칫했다.

“……혹시 알고 계세요? 사장님 생일과 제 생일이 사흘 차이란 것. 그 말인즉, 이제 곧 사장님 생일이란 소리죠.”

"그랬나? 몰랐어. 네 생일이 오늘인지도 이번에 알았거든."

"설마 생일은 다가오는데 선물 받을 사람이 없어서 저한테라도 받아내려고 굳이 제 생일을 챙겨주셨을 리는 없겠지만."

"상상력 참 조악하다. 아무튼 그래서?"

"저도 사장님 생일선물을 준비했습니다."

그의 표정이 멈칫했다. 아리는 주머니에 손을 넣어 잠시 만지작거리던 그것을 곧 그의 앞에 내놓았다. 선물은 그가 그랬던 것처럼 같은 종이였지만, 이쪽은 수표가 아닌 작은 카드였다.

"미리 생일 축하드립니다, 전 사장님."

하태규가 아리를 노려보며 카드를 가져가 열었다. 안에 적힌 내용을 읽었을 텐데도 아무 반응이 없어서 아리는 좀 더 기다렸다. 한동안 카드를 뚫어지게 보고 있던 그가 고개를 들었다.

"이거, 진짜냐?"

아리는 고개를 끄덕였다.

카드에는 이렇게 적혀 있었다.

—무엇이든 소원을 한 가지 들어드립니다.

이를테면 하태규 따라 하기 같은 거랄까.

마지막 선물이랄까.

사실 그동안도 사장 생일 때마다 꾸준히 작은 선물이라도 하기는 했다. 그래 봐야 두 번이지만. 아마 넥타이랑 다른 뭔가를 했던 것 같은데 기억이 잘 안 나는 걸 보니 아마 대충 선물 시늉만 하며 던져 줬나 보다. 저놈도 기껏 선물한 넥타이를 한 번도 안 했고.

'무엇이든 소원 한 가지를 들어드립니다.'

그걸 마지막으로 이제 그만 모든 걸 끝내고 싶었는지도 모르겠다.

단단하게 쌓아둔 성벽이 무너지려고 하는 이 위기 같은 상황에서.

자꾸 약해지려는 마음에서.

툭하면 그날 그가 했던 말이 자꾸 떠오르려 하는 혼란에서 이제 그만 벗어나고 싶었다.

그가 소파에서 일어나 섰다. 두 사람의 시선이 마주쳤다.

"소원이라……. 원하는 거면 뭐든?"

"네."

"내가 뭘 원할지 어떻게 알고? 네가 산타클로스냐? 지니야? 해줄 수 없는 거면 어쩔 건데?"

"사장님 양심에 맡기겠습니다."

그가 픽 웃었다.

"내 양심을 믿겠다? 네가 언제부터 날 믿었다고?"

"그러게요."

아리는 흐리게 웃었다. 하지만 아리가 웃는 게 하태규는 별로 좋지 않았나 보다. 표정이 그다지 밝지 않았다.

"좋아, 소원을 쓸게. 결혼하자."

"네? 무슨 그런 말도 안 되는……!"

"그런 건 안 되겠지, 역시? 하긴 지니도 사람 마음을 움직이는 건 못한다고 못 박았으니, 후레자식도 아니고 나도 페어플레이를 해야겠지."

바로 철회를 해서 다행이지만 일순 심장 떨어지는 줄 알았다. 아무래도 빨리 이 집에서 나가야겠다. 저 석고상들이 이상한 주문을 걸고 있는 것 같다.

"꼭 오늘 사용하지 않으셔도 돼요. 언제라도 쓰고 싶을 때……"

"아니. 오늘 할래."

아리의 입술이 천천히 닫혔다. 도망가려던 몸도 못 박힌 듯 움직이지 않았다.

그가 천천히 다가왔다. 지척까지 와서 선 그가 그녀를 바라보았다.

"나중에 딴소리하기 없기다?"

"……한입으로 두말하진 않아요."

"용기가 지나쳤던 거 아니야? 청소 같은 시시한 걸로 넘어가지 않으리란 건 잘 알고 있지?"

“…….”

“그래, 내 소원은, 내가 원하는 건…….”

두 사람 사이의 공기가 고요해졌다.

“키스.”

그 순간 흘러나온 말에 딴 데로 빠지려 하던 생각의 줄기가 그에게 딱 붙들렸다. 아리의 눈이 서서히 커졌다.

그가 다시 한 번 반복했다.

“키스야, 내가 원하는 건.”

“…….”

“딴소리 안 하기로 했지?”

심장이 쿵쿵 뛰었다. 아니, 단순히 뛰는 정도가 아니었다. 시끄러울 정도로 덜컹거리고 있었다. ‘뭐라고? 이 미친 인간이!’ 라는 생각이 들어야 할 텐데, 지금은 그냥 심장이 무섭게 뛸 뿐이다.

거부감이 들지 않는다는 게 스스로도 이해가 가지 않았다.

어떻게? 왜? 무엇 때문에? 뭐가 바뀐 거지? 언제 바뀐 거지?

그날 그가 했던 몇 마디에 솔깃해서 이렇게 쉽게 그동안 가졌던 마음을 손바닥 뒤집듯 뒤집을 수 있나? 회사까지 그만두면서 자신이 선택한 결론이었다. 네 의지는 그렇게 가벼운 거였어? 네 생각은 그렇게 별것 아닌 거였어? 이 사람이 싫어서 도망 나온 거잖아. 네 입으로 도저히 안 되겠다고 했었잖아!

찰싹!

그래, 정신 차리자.

갑자기 아리가 자신의 뺨을 때리자 하태규의 눈이 커졌다.

볼에 빨간 자국이 날 정도로 그렇게나 자신을 다그쳤음에도 어느 순간 하태규의 키스를 받아들일 수도 있다고 수긍하는 자신이 어이없어서 한 대 더 때리고 싶었다. 눈물까지 삐질 흘리며 또 올라가려는 손을 하태규가 확 낚아챘다.

"어이가 없네. 너 지금 뭐 하냐?"

아, 뭐라고 대답해야 하지?

"발작 같은 거 있었어?"

"아, 아니요."

"그런데 왜 자기 얼굴을 때려? 설마 그 정도로 싫어?"

하태규의 표정이 흐려졌다. 그런데 왜 그 반응 때문에 자신의 명치끝이 따끔한 건지 모르겠다. 정말 내가 너무하는구나 하는 생각이 들어서. 그날 구급차에 오르기 전에 본 그의 표정이 또 겹쳐 떠올라서 혼란스러웠다.

"어차피 싫어하는 거 알고 있으니까. 알고 있으면서도 선택한 거야."

그가 낮게 중얼거렸다.

아리는 자신의 마음 때문에 곤란했다.

스스로 자기 뺨을 때린 여자가 그의 검은 눈동자 안에 비쳤다. 처음으로 그 눈동자가 참 깨끗한 검은색이라고 생각했다. 부정적인 감정을 배제하고 조금은 떨어져서 객관적으로 본 느낌이 그랬다. 이렇게 가까운 거리에서 이런 기분으로 그를 본 적이 있던가?

심장이 계속 뛰었다. 약간의 두려움으로 안개 속에 갇힌 듯 막막하기도 했다.

그가 손을 움직여 아리의 뺨으로 가져왔다. 손가락 끝이 뺨에 닿는 순간 아리는 자신도 모르게 움찔했다. 마치 바늘에라도 찔린 사람처럼 순간적인 진동을 보이자 그의 손이 정지했다. 그냥 움찔한 걸로만 알았는데 그를 피해 버렸나 보다.

안 되겠다. 이걸 핑계로 돌아서자. 같이 좋아할 것도 아니면서 키스는 받아들이겠다니 그건 비겁한 짓이다. 그의 마음을 위에서 내려다보는 짓 같은 건 하지 말자.

그가 주는 긴장된 공기를 견디는 것도 힘들었다. 그의 얼굴을 보기도 미안했다. 그가 차라리 화를 내면서 여기서 그만 멈춰주었으면.

하지만 손길은 다시 다가왔다. 말할 수 없이 조심스럽게.

하나씩 하나씩 정말 천천히 손가락이 차례차례 뺨에 닿았다. 검지부터 중지, 약지, 새끼손가락, 마지막으로 엄지까지. 다섯 개의 손가락이 다 닿았을 때 그는 잠시 주저했다. 아리도 숨을 멈췄다. 이미 거부하려던 마음도 어디로 증발된 건지 날아가 버린 것 같았다. 심장이 펌프질하고 뜨거운 열이 확 번져 마치 수증기로 가득한 공간에 서 있는 것 같았다.

긴장된 시간이 마치 연무처럼 두 사람 사이를 흘렀다.

잠시 멈춰 있던 손이 다시 뺨을 어루만졌다. 그의 눈동자가 잉크를 빨아들인 듯 더욱 진해졌다.

시간이 멈춘 것 같다. 아주 오래도록 길고 긴 꿈을 꾸는 듯한 기분. 시간을 들여 뺨을 어루만지던 손이 귓불을 건드리고, 이마를 쓸고, 흘러내린 머리카락을 쓸어 넘기고, 다시 뺨으로, 볼 전체를 감쌌다가 윗입술을 스치고, 아랫입술로 내려가 가만히 만지작거렸다.

온몸에 전류가 흘렀다.

"시간이 아까운 건 처음이야."

그의 목소리가 뭔가에 막힌 듯 잔뜩 가라앉아서 흘러나왔다.

그래서 아리는 뭔가가 또 울컥했다.

이 사람은 뭘까. 뭔데 자기 본연의 이기적인 성향도 버리고 이렇게 퍼주는 말을 하는 걸까. 그래서 차마 돌아서지도 못하게 만드는 걸까.

내가 당신에게 한 게 있고 당신이 나한테 한 게 있는데 어째서 당신은 그저 현재만 떠올리자는 듯, 모든 걸 다시 시작하자는 듯 그 권유를 눈으로, 말로, 마음으로 퍼주는 걸까.

"순간순간이 너무 빨리 지나가는 것 같다."

가슴이 먹먹해졌다.

바보라도 그 손길의 의미를 알 수 있다. 얼마나 마음을 다해, 얼마나 간절하게 만져 주고 있는지, 얼마나 이 순간을 소중하게 여기는지 아무리 오아리라도 알 수 있는 것이었다.

그의 손이 다시 배회를 시작했다.

목을 쓸어내리고,

머리카락을 쓸어 넘기고,

몇 번이고 입술을 스치듯 만지고.

서로 합의 본 건 키스뿐이었는데, 그걸 말해야 하는데도 그저 정신이 몽롱해졌다.

겨우 버티고 서 있는 게 고작이었다. 그 정도로 그는 그녀의 모든 감각을 손안에 틀어쥐고 있었다. 이건 어쩌면 그냥 본능적인 호기심인 걸까? 아니면……. 그가 허리를 숙였다. 천천히 숨결이 다가왔다. 바로 입술 위에서 입술이 정지한 채로.

"지금부터 내 소원을 사용합니다."

아리의 눈동자가 크게 흔들렸다.

윗입술의 뾰족 나온 부분에 그의 입술이 닿았다.

가만히 눈을 감고서 그가 자신의 입술로 그녀의 입술을 몇 번이나 부드럽게 쓸어내리기를 반복했다. 깃털처럼 가볍고 감미로운 입맞춤. 너무나 부드러워서 온몸이 녹아내릴 것 같다.

그의 입술은 그 언젠가 그랬듯이 처음엔 차가웠다. 그게 그의 온도라면 계속해서 그럴 줄로만 알았는데 점점 온기가 돌기 시작했다. 마찰이 반복될수록 입술 온도가 차츰차츰 더 올라갔다. 그리고 완전히 뜨거워졌을 때 서서히 입술이 겹쳐졌다.

충분히 따뜻해진 입술에 안도한 것일까. 살포시 입술이 맞물리자 거부감 없이 그녀의 입술이 열리고 그의 손이 부드럽게 아리의 머리카락을 쓸어주었다. 촉촉하게 혀가 만나고 각도를 바꾸는 키스가 이어졌다.

아…….

아리는 점점 더 그 달콤한 감각에 취해갔다.

지금 눈앞에 있는 이 남자가, 자신을 소중하게 어루만지는 키스를 하고 있는 이 남자가 그 하태규가 맞는 걸까? 그렇게나 아니라고, 절대 진심일 리가 없다고 오해하고 견제하고 마음으로 배제를 한 그 남자가 맞는 걸까. 그런데도 어째서 그 남자는 이렇게나 긴 시간을 기다려 준 걸까. 이렇게 상냥하게 자신을 맞아주는 걸까. 안아주는 걸까. 이런 시간이 오리란 걸 언제 예상이나 했던가.

'고민하지 마. 이건 단지 소원일 뿐이야.'

결국 스스로 손을 뻗어 그의 목에 팔을 감았다. 달콤한 타액이 넘나들었다. 그저 부드럽기만 하던 키스가 짙어지고 거칠어진 건 벌써 한참 전이다. 아리의 고개가 꺾이고 뜨거운 숨결과

호흡이 얼굴 전체에 쏟아졌다. 숨이 막히고 입술이 아프고 혀가
아릿했다. 하지만 아리는 그를 끌어안은 팔에 더욱 힘을 주고
스스로 그의 입술을 찾았다.

어쩌다가 이렇게 된 걸까?

따져 볼 새도 없었다.

몇 분이 지났는지, 1분인지, 5분인지, 10분인지, 영원히 끝나
지 않을 것 같던 입맞춤은 끝내 숨이 차서 헐떡거릴 즈음에야
끝났다. 힘겨워하며 그의 입술에서 풀려나서 아리는 아직 돌려
받지 못한 호흡 때문에 가슴을 오르락내리락하며 그를 바라보
았다.

검은 눈동자가 자신을 똑바로 응시하고 있다. 얼굴이 서서히
달아올랐다. 뭔가 다른 기분으로 그를 보고 있다는 걸 인정할
수밖에 없었다. 심장이 쿵쿵 뛰어 귀 옆이 시끄러웠다. 너무 두
근거려서 도무지 감당할 수가 없어 아리는 그대로 돌아서서 밖
으로 달려 나갔다.

현관문을 확 열고 나오자 바람이 아리의 뜨거운 뺨을 확 식혔
다. 그럼에도 세포 자체가 뜨거워졌는지 열기는 전혀 가라앉지
않았다.

거실 창에 그가 계속 서 있었다.

자신을 바라보며 서 있는 그의 모습이 뇌를 직접 찌르는 기
분. 심장의 웅성거림이 도무지 그치질 않았다. 처음으로 접한

이런 감정을 도저히 감당할 수가 없어 아리는 도망치듯 그곳을 떠났다.

이틀이 지났건만 거실 창에 서 있던 그의 모습이 망막에 달라붙은 듯 떨어지질 않았다. 아직도 그가 자신을 쳐다보고 있는 것 같은 기분.

"하아."

아리는 자신의 이마를 감쌌다. 마지막 그의 눈빛이 생각날 때마다 가슴이 아릿했다. 그는 꼭 그렇게 마치 홀로 남겨진 사람처럼, 세상에서 버려진 것처럼 그런 표정을 한다. 외로운 듯, 쓸쓸한 듯, 슬픈 듯…….

그런 키스일 줄은 상상도 못했다.

너무도 소중하게, 조심스럽게, 간절하게 다가온 그의 손길에 마비되었던 것 같다. 아직까지도 그의 숨소리가 귓가에서 들리는 것 같다.

앞으로 언제 또 누가 자신에게 그런 키스를 해줄 것인가.

그렇게 소중하게 여겨지는 키스를,

그렇게 가슴 뛰게 하는 입맞춤을,

그렇게 심장 아릿하게 하는 눈빛을,

자신에게 보내줄 것인가.

하태규였지만 하태규가 아니었다.

자신이 아는 그 사람이었지만, 동시에 전혀 모르는 사람이었다.

자신의 심장이었지만, 자신의 심장이 아니었던 것 같다.

그날은 그저 그에 의해 뛰었던 것 같다.

그래서 머리가 복잡했다.

〈누나, 혹시 골드카드의 비밀을 아시나요?〉

퇴근 시간, 멍청하게 앉아 있는데 '카톡!' 하며 방정맞은 소리로 메시지가 도착하기에 열어보니 김 기사였다. 아리는 덜컥해서 바로 전화를 했다.

"네가 그걸 어떻게 알아?"

〈현재 사장님의 비서 자리가 공석이라 제가 비서 일을 겸하고 있지 말입니다. 누나에 대해 알아보라고 지시를 내려서 알아봤더니, 아주 감자처럼 줄줄이 금전 문제가 엮여 나오던데요? 그래서 그대로 알려드렸어요.〉

어이가 없었다. 창피하고 자존심 상하고 얼굴이 다 화끈거린다.

"그래서, 돈이 필요한 사람이니 골드카드를 보냈다고? 내가 그걸 막 쓰면 어쩌려고?"

〈사장님이 그 정도로 콧방귀나 뀌는 인간인가요? 언제 돈에 짠돌이라서 사람들한테 욕먹었나, 인격에 짠돌이라서 욕 먹었지?〉

그것도 그렇긴 하지만.

〈엄청 단순한 사람이지 말입니다. 그냥 단순하다구요. 누나한테 다 해주고 싶은 거예요. 그런 걸 사람들은 순수하다고 표현하죠. 제 입으로 이런 말을 하는 날이 올 줄은 상상도 못했지만 순수하긴 한 것 같지 말입니다, 진짜로.〉

"누가?"

〈당연히 우리 사장님이.〉

아리는 이마를 짚고 고개를 설레설레 저었다.

〈웬만하면 받아주세요. 이런 말, 끝까지 안 하고 싶었지만 우리 사장님 불쌍하지 말입니다.〉

"부, 불쌍하긴 누가 불쌍해? 다른 사람도 아니고 네가 그런 말을 해? 우리가 쌍으로 늘 당하던 것 잊었어? 너랑 나, 뭐라고 했어. 둘 중에 먼저 성공하는 쪽이 하태규 야습하자고 피눈물 흘리면서 맹세했잖아. 그 피맺힌 폭탄주의 밤을 벌써 잊은 거야? 진짜 불쌍한 사람이 들으면 억울해서 눈물도 안 나겠다. 모든 걸 다 가진 사람이……!"

〈근데 그 인간이 누나를 못 가져서 가슴 아프다잖아요. 그리고 모든 걸 다 가졌는지 어쨌는지는 누구도 모르는 거 아니에요? 돈 가졌다고 다 가진 거예요?〉

왜 그때 아버지에 대해 말하던 그가 떠오른 걸까?

왜 집착처럼 슬픈 얼굴로 강요하듯 고백하던 그때가 생각난 걸까.

뭔가가 자신의 생각과 다르게 흘러가고 있었다. 아니, 그걸 발견한 느낌이라 더욱 괴롭고 복잡했다.

〈사실 우리 사장이 돈 말고 가진 게 뭐가 있나요? 옆에 사람이 있길 해, 행복하길 해, 만족하기를 해. 알고 보면 그런 불쌍한 인간도 없지 말입니다. 이참에 제가 좋은 인생 선배가 돼줄 생각이에요. 기아에 허덕이는 난민보다 더 불쌍한 우리 사장한테 말입니다. 쯧쯧.〉

집으로 가는 버스 안에서 이리저리 흔들리면서 아리는 이상하게 마음이 같이 흔들리는 것 같았다.

집에 가니 엄마가 씩씩거리며 냉수를 마시고 있었다. 무슨 화난 일이라도 있나 싶었는데, 알고 봤더니 전세금 올리려고 온 주인집 아줌마랑 한바탕한 모양이다. 아리는 한숨을 내쉬며 엄마에게 한탄했다.

"없으면 없다고 사정을 말해야지 싸우면 어떡해?"

"그 여편네가 가만있는 남의 아들 들먹이면서 사람 열받게 하잖아. 저가 내 아들 사기 치는데 밑돈을 대줬어, 사기를 당했어?"

또 오빠인가?

"이제 어쩔 거야? 전세금 올려줄 돈도 없는데."

"그깟 돈 해주면 될 것 아냐. 이 계집애는 엄마만 잘못했어? 그 여편네, 거들먹거리면서 사람 무시하는 거 지금껏 옆에서 봤으면서!"

"누가 그걸 몰라? 당장 살 집이 걸렸으니 그런 거 아냐!"

아리는 한숨을 내뱉었다. 엄마랑은 애초에 얘기가 안 통한다.

남의 집 엄마들은 이 정도로 집안 형편이 어려우면 억울해도 자식을 위해서 참고, 고생스러워도 자식을 위해 억척스러워지고 그런다는데 나의 엄마는 왜 이러는 걸까. 참는 것도 모르고 억척스럽게 일해본 적도 없다. 몸이 안 좋기 때문이라고 이해를 해도 가끔 힘에 부치면 어쩔 수 없이 원망이 일었다.

하태규는 어쩌면 자기 아버지를 원망하는지도 모르겠다.

그건 확실치 않았지만, 자신이 엄마를 원망하는 건 확실했다.

한바탕 퍼부어주고 방으로 들어와 주인집 아줌마에게 전화를 걸어 백배 사죄를 드렸다. '그래, 넌 좀 말이 통하는구나!' 하며 아줌마는 기다렸다는 듯 아리를 붙들고 분노를 토해냈다. 결국 마지막 말은 전세금 차액만큼 내놓든지 아니면 당장 나가달란 거였지만, 그나마 마음을 풀어놓는 것으로 통화를 끝냈다.

"어떻게 좀 해결되겠니? 직장도 그만뒀다면서."

엄마가 찔리는 건 있는지 방으로 들어와서 아리의 눈치를 보며 물었다.

아들 고생하는 건 조금도 보고 싶지 않다면서 딸은 아무렇지 않게 빚더미에 던져 버려도 되나 보다.

"며칠 있으면 다시 출근해. 전 회사만큼은 아니겠지만 월급 들어올 거고, 정직원 대상으로 회사에서 대출해 주는 거 있으니까 알아볼게. 아무튼 알아서 할 테니까 엄만 오빠한테 더 돈이나 들이지 마. 진짜야. 제발 이번엔 내 말 들어."

어차피 허무한 경고가 될 게 뻔했지만 그래도 몇 번이고 강조를 하고서 아리는 샤워를 했다. 지금까지 대출 받은 것만 해도 60살까지 숨만 쉬면서 갚아야 할 판인데 또 대출이라니.

누가 그랬던가. 인생 공수래공수거라고.

아리의 인생은 이랬다. 인생 돈 빌렸다가 돈 갚으면서 가는 거라고.

아, 풍이 다 올 것 같다.

어마어마한 빚더미 때문인지 양치질을 하는데 갑자기 입이 돌아가는 줄 알았다. 칫솔이 닿자 입술이 쓰렸다. 하태규가 자신에게 쓴 소원은 이런 식으로 통증을 남겼다. 키스만으로도 입술이 풀어져서 이렇게 오래도록 후유증이 남으리라고는 상상도 못했다.

"아, 골드카드."

수건으로 입술을 닦으며 도움도 안 되는 말을 중얼거려 보았다. 사방이 돈 내놓으라고 달려드니 자신도 사람이라 어쩔 수 없이 골드카드에 대한 미련이 남는 것이다. 그건 현금서비스를 얼마쯤 받을 수 있으려나? 꽤 될 텐데……. 하태규가 한 방에 갚아줄 거고.

"미쳤구나."

고개를 설레설레 저으며 방으로 들어오자 휴대폰이 혼자 울리고 있어서 받아보니 친구였다.

"나야. 갑자기 웬 전화……."

별생각 없이 중얼거리던 아리의 표정이 점차 변했다.

"뭐? 그게 무슨 소리야!"

〈너 들어간다는 회사, 거기 결국 부도났다고. 너 진짜 몰랐어?〉

눈앞이 새까매졌다.

"마, 말도 안 돼. 그런 소문은 있었지만 분명히 회복되는 중이라고……. 내가 그 정도도 안 알아보고 지원했겠어? 그, 그럼 내 전세금은!"

이럴 수가……. 이건 정말 너무하잖아. 숨만 쉬고 살아도 60살까지 이 모양 이 꼴일 거라고 방금 전까지 한탄하고 있었는데, 하느님은 정말 있는 건지 없는 건지.

"알았어. 지금 나갈게. 기다리고 있어."

환이 공연하는 클럽에 있다기에 아리는 서둘러 외출 준비를 하고 밖으로 나갔다.

나오느니 한숨이요, 느는 건 불운이요, 이젠 화내는 것도 지쳐서 그저 터덜터덜 걸어가는데 앞에서 달칵! 하는 차 문 열리는 소리가 들렸다. 고개를 들어보니 하태규의 차가 서 있었다. 뒷좌석에서 막 내려선 그가 아리를 똑바로 쳐다보았다.

운전석에선 김 기사가 어깨를 으쓱하며 '내 잘못 아니지 말입니다' 라는 표정을 해 보였다.

누가 심장에 펌프질이라도 한 듯 두근대기 시작했다. 어쩔 수 없이 그날의 키스가 생각났다. 가슴이 찡한 것 같다. 그런 자신이 자꾸만 점점 더 무서워진다.

그래서 아리는 철저히 감정을 꽁꽁 싸맨 채 표정 없이 그를 보려 노력했다. 저 현란한 기럭지와 돈으로 휘감은 차림새를 보라. 자신은 어쩌면 김중배의 다이아에 눈이 먼 심순애가 될지도 모르겠다. 돈이 필요하고 직장이 필요했다. 그걸 한 큐에 해결해 줄 수 있는 사람이 바로 하태규다. 그런 생각에서 자유로워질 수 없는 한 그를 제대로 보지 못할 것 같다.

적어도 저 남자의 마음은 진심이다. 그게 그를 함부로 이용해도 된다는 소리는 아니다.

그래도 없이 사는 게 죄라고 자꾸만 악마의 속삭임이 마음 깊은 곳에서 올라와 아리는 그런 자신을 벌하고자 또 뺨을 찰싹 때렸다.

"너 또 왜 그래?"

하태규가 비호처럼 달려와 아리의 손을 확 잡고서 성질을 냈다.

"너 진짜 지병 있어?"

"아니요."

다만 속물적인 자신을 벌한 것뿐.

"어디 가려고 이 시각에 밖으로 나와?"

"사장님은 이 시각에 왜 여기 계세요?"

"보고 싶어서 왔지. 달리 이유가 있겠냐?"

금수저를 물고 태어난 남자는 감정 표현을 하는 데도 거침이
없구나.

이쪽은 그 말을 산뜻하게 받아들여도 문제, 아니어도 문제인
데. 지금 이 상황에서 그를 선택하는 건 돈줄과 연결될 수밖에
없다. 순수하게 다가갈 처지가 안 된다면 차라리 그만두자. 그
것만은 절대 피해야 하지 않겠는가.

"……전 그만 가볼게요. 친구가 기다리고 있어서요."

하지만 하태규가 아리의 앞을 막았다.

"친구 누구? 남자? 여자?"

"……."

"내가 두 번이나 키스한 여자를 아무렇게나 돌아다니게 둘 줄
알아?"

그가 화를 내고 있었다. 아마도 그건 질투라는 것일 테고.

그런데 그 질투가 또 이상한 방향으로 흘러가고 있다. 독점이

나 독선처럼. 그의 질투가 얼마나 강한지는 예전의 일로 잘 알고 있다. 이제 와 생각해 보니 좋아하는 여자가 다른 남자와 잔뜩 취해서 걸어오고 있다면 이성을 잃고 날뛸 만도 할 것 같다. 하지만 그 폭발의 정도가 너무 크다는 게 문제다.

"그 키스는…… 그런 거 아니었어요."

"그럼 뭐였는데?"

"그만 끝낼 생각으로 받아들인 거예요."

왠지 마음이 따끔했다.

하태규가 어떤 표정을 하고 있을지 확인하는 게 겁이 났다.

"그러니까 제발 그만해 주세요. 전 사장님이랑 사귈 생각도, 더 엮일 마음도 없어요."

마음이 복잡했다. 또 그렇게 잘난 소리 지껄여 댔으니 이제 그만 가야 하는데도 이상하게 발이 떨어지지 않았다. 차갑게 방어벽은 치고 있었지만 마음은 그렇게 단순하지 않았다.

너 마음과 다른 말을 하고 있는 건 아니니?

이 남자가 이제 그렇게 싫지 않은 거지?

방금 전 그가 왔을 때 사실은 반가웠던 거지?

이렇게 더 냉정하게 구는 건 그런 널 인정하기 싫어서지?

"저기……."

하태규의 상처받은 표정 같은 건 아무렇지도 않게 볼 수 있었던 때가 그립다.

그는 지쳐 보였다.

그를 힘들게 하는 건 자신이다.

그래서 그를 부른 순간, 하태규가 천천히 시선을 돌렸다. 어디를 보는지는 모르겠지만 그가 낮게 중얼거렸다.

"정말 어렵다."

가슴이 뜨끔했다.

"뭐가 이렇게 어려워?"

자조가 비난처럼 들렸다.

"「그녀를 사로잡는 방법」, 「연애, 이렇게만 하면 쉬워요」, 「실전 연애」 그딴 것 모조리 다 읽어봤는데 역시 책은 책이야. 안그래, 오아리?"

"……."

그걸 정말 읽었냐?

"내가 그런 짓까지 했다. 그런데 겨우 깨달은 건 널 꼬시느니차라리 의대 들어가는 게 더 쉽겠단 것. 자존심 더럽게 상하고,하루에도 열두 번씩 울화통 터지고, 비극이다. 하태규 겨우 이거였네."

"사장님."

"그래, 난 영원히 너한테 그냥 악질 사장이지. 넌 이제 오 비서도 아니고."

왜 이렇게 심장이 빠르게 뛰는 걸까.

“어떤 인간들은 그러더라. 그냥 나 혼자 사랑하는 걸로 됐다고. 그래, 참 아름다운 말이지. 근데 그건 대체 어떤 병신들이야?”

아리의 눈이 커졌다.

“네가 날 싫어해도 어쩔 수 없어.”

“날 싫어하든 말든 난 일절 상관 안 해. 내 감정이 제일 중요한 인간이야, 난.”

그가 했던 말이 떠올랐다.

낮은 목소리로 그가 말을 이었다.

“내가 좋아하면 너도 날 좋아해야지. 혼자 좋아해 봐야 할 수 있는 것도 별로 없잖아? 그딴 건 즐겁지도 전혀 행복하지도 않고.”

아리의 심장이 계속해서 불안하게 술렁거렸다. 그의 표정은 점점 차가워져 갔고.

전과 전혀 다른 말을 하는 그에게 반감이 들기는커녕 도리어 마음만 먹먹해지고 있었다. 전자는 그녀가 싫어하던 이기적인 강요의 말이었고, 후자는 그녀를 아릿하게 하는 안타까운 부탁 같은 말이었다. 너도 날 좋아해 주면 안 되느냐고, 그가 그렇게 말하고 있는 것 같았다.

다만 그 말을 하는 그의 눈빛이 너무 허망해서.

이게 아닌데. 사실 내가 원하는 건 이런 게 아니었는데.

단순하게 당신 마음을 받아들이지 못하는 자신에게, 자신의 처지에 원망이 인 거였는데. 하지만 그걸 그런 식으로 그에게 표현해선 안 되는 거였다.

뒤늦게 마음이 초조해졌다.

"뭐가 혼자 좋아하는 걸로 행복이야? 마니또도 아니고, 뭘 몰래 숨어서 챙겨주고 혼자 뿌듯해해? 내가 너 좋아해 보고 알았어. 좋아하면 상대방 마음을 가지지 않고는 못 배겨. 그래, 처음엔 아니었지. 넌 날 좋아하지 않아도 돼. 내가 좋아하면 되니까. 네가 날 싫어하든 말든 상관 안 해. 하지만…… 딴 놈하고 있는 널 보고 깨달았어. 딴 놈한텐 네 작은 시간조차 양보하고 싶지 않아. 잠깐 같이 있는 것도 못 봐주겠는데 어떻게 자유롭게 양 떼처럼 풀어놓을 수 있겠어. 어떻게 네 마음을 갖지 않아도 된다고 생각할 수 있겠냐."

말 속에 담긴 뜻은 상냥했지만 표정은 멀어지고 있었다.

아리는 머리가 아팠다.

아니야. 이건 정말 아닌 것 같아.

내가 말하고 싶은 건,

내 마음은…….

"너니까."

그가 진지하게 눈을 맞춰오며 말한 순간 아리의 심장이 쿵 떨어졌다.

"오로지 너의 마음만은 갖고 싶어졌어. 하지만 넌, 그걸 줄 생각이 없단 거겠지."

그의 어조에 허무감이 짙게 배어 나왔다.

순간 강렬한 위기의식이 그녀를 흔들었다.

이런 건, 싫다.

오 비서를 '소 닭 보듯' 하던 하태규 사장으로 돌아가는 건 싫었다. 그게 그렇게 싫다는 걸 뒤늦게야 깨닫고서 심장이 깨질 듯 아팠다.

"그래, 그럼 가."

아리의 눈이 커졌다.

앞을 밝혀주던 가로등이 일시에 꺼지는 느낌.

"물론 당연히 그러겠지만, 잘살아. 이 하태규가 좋아한 여자니까 행복하고 즐겁게 살아."

하태규는 그렇게 떠났다.

13편
G맨의 서투른 순애보

태규는 어이없다는 표정으로 앞을 보고 있었다.

맞은편 소파에 오아리가 앉아 있다. 얼굴엔 흙이 덕지덕지, 옷엔 도깨비풀이며 나뭇잎 같은 게 지저분하게 묻어선.

그녀가 왜 저런 모습으로 내 집 소파에 앉아 있느냐.

별로 떠올리고 싶진 않지만, 아무튼 시간은 몇십 분 전으로 돌아간다.

오아리에게 집착 해제 통보를 하고서 집으로 돌아왔다.

실로 화가 났다. 속상하고 열받고. 하지만 이제 끝이라는 허무함이 가장 컸다. 그래서인지 화낼 기운도 없었다.

세상 모든 연애가 다 이루어지겠는가.

자신에게 남은 게 있다면 '누군가를 좋아한다는 건 생각보다 더 힘든 거구나', 그리고 교훈은 '진작 잘 좀 하지!'.

술을 마실까 운동을 할까 고민하다가 운동을 하기로 했다.

오아리는 그냥 신기루였다. 분명히 눈에 보였지만 사실은 거기 없었던 존재. 그래서 손에 닿기도 전에 빠져나간 거라고, 그렇게 포기하고 운동을 하려 했지만 이것도 하기 싫고 저것도 하기 싫어서 그냥 앉아만 있다가 속이 답답해서 정원으로 나갔다.

그런데 그때 뭔가가 등 뒤에서 확 숨는 기척이 있었다.

도둑고양이인가?

돌아보았지만 조명이 다 닿지 않는 넓은 정원은 대부분 어두웠다. 예민했던 건가 싶어 한쪽에 만들어놓은 데크로 걸어가는데, 등 뒤에서 뭔가가 자박 하고 밟히는 소리가 들렸다.

하지만 그는 일부러 돌아보지 않았다. 아무것도 눈치 못 챈 척 걸어가다가 갑자기 휙 돌아본 순간, 거기 있던 생명체와 눈이 딱 마주쳤다.

그건 어이없게도 오아리였다.

물론 3년을 멋대로 부려먹은 오아리이니 마음만 먹으면 이 집에 들어오는 것쯤 누워서 떡 먹기겠지만.

"너 왜 거기 있어?"

원하는 대로 보내줬더니, 사람을 그렇게 바닥까지 치게 만든 여자가 왜 이별을 선포한 지금 내 집에 서 있는 건지 도통 이해할 수 없었다.

그의 얼굴이 마음껏 찌푸려졌다. 차가운 눈으로 휙 노려보자 바위라도 된 듯 얼어 있던 오아리가 흠칫하더니 휙 도망가는 게 아닌가. 태규는 어이가 없었다.

"사람을 보고 도망을 쳐?"

그럴 거면 여긴 왜 들어온 거냐. 열이 확 오른 태규도 같이 달렸다. 그대로 오아리의 뒤를 쫓았다. 문제는 지금이 해가 진 시각이라는 것, 그리고 정원이 엄청 넓다는 것이다.

쫓는 자와 쫓기는 자 사이의 숨바꼭질은 꽤나 길게 이어졌고, 생포 작전은 유격 훈련에 버금갔다. 적당히 잡혀줄 줄 알았던 오아리는 필사의 도주를 선택했고, 당연히 태규도 눈에 불을 켜고 레이스에 가담했다. 결국 제 다리에 제가 걸린 건지 오아리가 장렬하게 바닥에 엎어지는 걸로 추격전은 끝이 났다.

그걸 잡아다가 지금 눈앞에 앉혀놓은 것이다. 얼굴에 묻은 흙은 그때 넘어져서 묻은 것이고, 옷의 저 지저분한 것들은 치열하게 도망 다니면서 지가 묻힌 거다.

"그러니까 왜 도망을 쳐! 다친 데 있으면 약 가져와서 치료해. 칭얼거리는 여잔 질색이야. 약통 어디 있는지는 알지?"

"없어요, 다친 덴. 그나마 잔디에 넘어져서."

"잔디를 괜히 심었어. 이럴 줄 알았으면 맨땅으로 가는 거였
는데."

이를 갈며 오아리를 노려보았다. 미안하지만 진심이다.

죽어도 내 여자 안 되겠다는 여자한테 베풀 인정 따위는 없다.

사랑은 싹 지워졌다, 진심으로.

저 여자를 봐도 이제 아무렇지도 않았다. 왜 왔는지는 모르겠
지만 이제 저 여자 앞에서 사랑을 구걸할 일은 없다. 그렇게 싫
다는데 더 구차하게 미련 떠는 것도 우습고.

"왜 왔어?"

"그게요…… 그것은……."

오아리답지 않게 우물쭈물 대답을 잘 못했다.

하긴 물어봐서 무엇 하랴. 오아리는 '오 비서 0호'로 있을 때
도 인정은 많은 여자였다.

"그렇게까지 들이댔는데 끝까지 밀어내서 사람 꼴을 이 지경
으로 만들어놓았으니 양심에 찔렸냐? 이제 와서 하태규가 불쌍
하기라도 해? 동정의 말이라도 하러 온 거야?"

그런 동정이 더 아프다고, 이 여자야!

"그게 아니라……."

"걱정 마라. 걷어차였어도 나 하태규야. 알아서 잘살 테니까
신경 꺼. 아, 그리고."

오아리가 쳐다봤다.

"있을 거면 나가서 나뭇잎 털고 다시 들어와. 털다가 내키면 그대로 집에 가도 되고."

"……좀 더 있다 가겠습니다."

"왜 갑자기 친한 척이야? 넌 네가 걷어찬 남자 하나하나 다 동정하고 신경 쓰면서 살아? 난 안 그래. 저주의 말을 퍼부으면서 걷어찼어도 그날 집에 와서 다리 쭉 뻗고 잤어. 어쩌면 그 여자들이 저주를 돌려보내서 내가 이 꼴을 당하는 건지도 모르지만. 그렇게 생각할 테니까 미안해하지도 말고 걱정하지도 말고 격려하지도 말고 가."

벌떡 일어나는데 오아리가 불쑥 말했다.

"전 걷어찬 남자 없는데요?"

휙 째려봤다가 다시 털썩 앉았다. 내 집 소파니까 다시 앉는다고 무슨 문제 있으랴.

"그게 이 상황에서 중요하냐?"

"진지하게 사귄 적도 없고 고백받아 본 적도 없으니 차본 적도 없겠죠. 그 부분 정정해 드립니다."

태규는 어이가 없었다. 저러니 '오 비서 0호'라고 부를 수밖에.

"정정 다 했냐? 어디 또 지적할 부분은 없고?"

"……네, 이상입니다."

"역시 이 상황에서도 까다로운 오 비서야. 놀라워."

"칭찬으로 알아듣겠습니다."

"보니 너도 됐고 나도 된 것 같네. 보다시피 난 앞으로도 계속 성질부리고 욕 얻어먹으면서 잘 지낼 테니. 별로 널 원망하거나 가슴 아파하거나 그러지도 않을 생각이야. 내가 말하니까 안 미덥지? 받은 것 열 배로 돌려줘야 하는 인간이 왜 그러나 싶지? 하지만 이번엔 그냥 여기서 딱 포기할 생각이야. 나도 남자니까 성장은 해야 할 것 아냐? 또 무슨 말을 해줄까? 무슨 말을 하면 네 마음 편해지는 데 도움이 될까?"

"저 편하자고 여기 온 것 아니에요."

"그럼 나 편하게 해주려고 왔냐? 나 지금 너 때문에 무지 불편해. 불편해서 돌아버릴 것 같아. 내가 쉽게 너 보내줬을 것 같아? 죽어도 싫다니까 정말 죽어버리기 전에 놔줘야 할 거 아냐. 그래서 기껏 바다에 풀어줬더니 다시 찾아와서 눈앞에서 얼쩡거리는 건 무슨 심보야? 짜증 나서 소파랑 테이블이랑 몇 번 엎고 싶은 걸 꾹 참고 있어. 아니면 진짜 엎어줄까? 뭘 어떻게 하면 질려서 도망가겠냐? 다신 얼씬 안 하겠어?"

못되게 협박을 하는데도 오아리는 입을 꾹 다물고만 있었다.

"요상한 자비를 선이라고 생각하지 마. 희망고문이 더 나쁜 거야. 할 일 없으면 책이라도 좀 읽어. 차버린 남자한테 가져야 할 101가지 예절 뭐, 그딴 거. 없으면 이번 기회에 내가 집필을 좀 할까."

"사장님."

"경고했다. 또 한 번 나타나면 그땐 정말 가만 안 둬. 다시 잡아달라고 할 거 아니라면 다시는 내 앞에 나타나지 마."

"사장님."

"뭐?"

"다시 저 좀 잡아주시면 안 될까요?"

오아리가 침을 꼴깍 삼켰다. 태규는 잠시 굳어 있다가 툭 되물었다.

"……뭐?"

"그러니까 제 말은…… 저 재취업하고 싶은데요."

빤빤한 오아리의 얼굴.

그래서 태규의 얼굴에선 표정이 확 사라졌다.

"아직 기회가 있다면 오 비서로 돌아가고 싶습니다. 지금에 와서 뻔뻔하다는 건 알지만, 회사에 다시 들어갈 수 있게 해주세요."

"왜?"

태규는 싸늘하게 되물었다. 오아리가 자신을 가지고 놀고 있다. 그런 말 하나에도 열두 번씩 기분이 바뀌려고 해서 화가 치미는 이 하태규를 놀리고 있다. 인간 하태규, 이 정도밖에 안 됐나?

"왜 마음이 변했는데?"

"그건……."

"혹시 그거냐? 뒤늦게 로또를 걷어찬 것 같아서 아쉬워진 패턴? 좋다고 따라다닐 땐 몰랐는데, 영원히 졸졸 따라다닐 줄 알았더니 갑자기 이제 그만하겠다니까 이건 아니다 싶어?"

태규의 마음이 점차 식어갔다. 자신이 오아리에 대해 알면 얼마나 알겠는가. 백 퍼센트 알고 있다고 생각했음에도 이 모양 이 꼴이 되었는데.

"아무 말도 안 하겠다? 그러면서 돌아올 테니 받아달라? 상당히 비겁한 제안인 것 같은데."

"……."

"늦었어. 넌 아웃이야."

태규는 자리에서 일어났다. 냉정하게 돌아서려는 태규의 앞을 그녀가 벌떡 일어나 막아섰다.

"사장님!"

"비켜."

"뒤늦게 아쉬워진 건 맞아요. 사장님이 계속 절 좋아할지 어떨지는 사장님 마음이니까 전 몰라요. 하지만 이제 그만이라고 하니까, 그렇게 가버리니까 마음이 허전해진 건 사실이에요."

"……너 내가 우습냐? 함부로 해도 될 것 같아? 네가 강자가 된 것 같아?"

"그런 거 아니에요."

"아니면 허전해졌다는 네 말에 내 심장이 쿵 떨어지고, 혹시나 싶은 기대에 내 가슴이 부풀어 오르고, 그런 시나리오라도 쓰고 있어?"

그녀의 눈동자가 공처럼 커졌다. 태규는 싸늘하게 그녀를 계속 쳐다보았다.

"절 너무 야비하게 보시는 것 아니에요?"

"내 눈엔 충분히 야비해 보여. 내가 널 좋아한다니까 내 감정 따위, 네가 마음대로 옮겨도 되는 장기말 같지?"

"그런 것 아니에요! 어울리지도 않게 그런 생각 하지도 않으면서 왜 그런 식으로 말하세요? 누가 사장님을 그렇게 함부로 대하겠어요? 정말 제가 그럴 수 있다고 생각하세요? 진심으로?"

태규는 침묵했다.

"그냥 왜 그런 건지 저도 잘 모르겠어요. 그냥…… 그랬어요. 뭐라고 잘 설명하진 못하겠지만, 사장님이 그렇게 지친 얼굴로 그만두겠다고 하니까, 아픈 눈을 하니까……. 그런 거 진짜 신경 쓰면 안 되는데, 아무렇지 않을 줄 알았는데, 내가 바라던 건데, 막상 그렇게 되니까 정말 내가 바라던 건가……? 자꾸 그 표정이 신경 쓰여서, 계속 가슴에 남을 것 같아서. 아무튼 냉정한 얼굴은 쓸쓸하고 아픈 얼굴보다 싫어서. 아, 저도 잘 모르겠어요. 횡설수설하는 거 싫은데, 제 마음이 그렇게 횡설수설이라서…….”

“됐으니까 하나만 똑바로 대답해. 오 비서로 돌아오겠단 거야, 나한테 돌아오겠단 거야?”

오아리의 표정이 멈칫했다.

“전자라면 됐으니까 돌아가고, 후자라면 얼마든지 흔들려 줄 용의가 있어.”

“전, 저는…….”

“횡설수설은 내가 걸러서 들으면 돼. 하지만 대답이 확실치 않은 건 용서 안 해. 여기서 밤샐래, 아니면 집에 갔다가 내일 와서 다시 말해줄래?”

“지금 할게요.”

그녀가 천천히 말을 이었다.

“……후자에 더 가깝습니다.”

태규의 눈이 커졌다.

결심한 듯 대답한 그녀가 똑바로 눈을 맞춰왔다. 기껏 내리누른 심장이 주인을 배반하고 미친 듯이 뛰려 한다. 잠시 굳은 듯 서 있던 태규는 천천히 팔짱을 끼고서 눈을 가늘게 떴다.

“후자라면, 나한테 돌아오겠다?”

“네.”

“그게 뭘 의미하는 건지는 알고 하는 말이겠지?”

“……사장님한테 돌아간다는 거요. 그거 말고 또 다른 의미가 있나요?"

"당연히 있지. 돌아오면 넌 나랑 결혼해야 해. 난 적당히 좋아하고 끝낼 생각이 없거든."

오아리의 얼굴이 물 부은 시멘트처럼 버석 굳었다.

"그, 그건 너무 독선적이죠. 사귀는 것부터 하면 되잖아요."

"나 독선적인 거 몰랐어? 3년 동안 뭘 한 거야? 레드썬 했다더니 그것도 잊어버렸어?"

"그게 문제가 아니라, 갑자기 결혼 운운하니까 그렇죠."

"그럼 넌 조금 사귀다가 말 생각이었어? 얼마나? 한 달? 일 년? 그러고 딴 놈 만날래? 네가 팜므파탈이야? 나쁜 여자가 꿈이었어? 난 한 번 사귀면 쭉이야. 그딴 인스턴트 사랑 질색이라서 인스턴트 음식도 안 먹는 인간이야, 내가."

오아리가 어이없다는 표정을 했다.

"어떻게 그렇게 단언해요? 서로 싫어질 수도 있고 다른 문제가 생길 수도 있고. 다른 사람들은 뭐 그러고 싶지 않아서 실연하고 헤어지는 줄 알아요? 전 그냥 일단 사귀어볼 거라구요. 사귀는 게 먼저예요! 무슨 일이 있어도 사귈 거예요!"

순간 태규의 입꼬리가 끌려 올라갔다.

"그래? 그렇게 원한다면 사귀어주도록 하지."

오아리의 입이 딱 벌어졌다. 얼굴엔 흙이 꼬질꼬질, 몸엔 나뭇잎을 잔뜩 묻히고서. 그게 또 미치도록 귀여워서 태규는 아리의 뺨에 기습적으로 입을 확 맞췄다. 그녀가 놀라서 뺨을 한 손으로 가렸다. 그래서 이번엔 그 손을 잡고 입술을 훔쳐 버렸다.

"지, 지금 뭐 하시는 거예요!"

"키스하잖아."

"그걸 몰라서 물어요? 왜 갑자기 키스를……!"

무슨 짓을 해도 귀엽기만 하니 이러는 거 아니겠는가. 바르작거리는 손을 더 단단히 잡고 이번엔 좀 더 긴 키스를 했다. 오아리는? 뭘 먹고 힘이 저렇게 세진 건지 사람을 확 떠밀어냈다. 태규는 피식 웃었다.

"놀랐냐?"

"노, 놀라지 그럼 안 놀라요?"

"싫어?"

"그런 게 아니라."

"싫진 않다는 소리네."

"싫지 않다가 좋다는 소리는 아니라구요!"

"나한텐 싫지 않다는 좋다야. 됐어, 그 정도면 엄청난 발전이야."

"정말…… 제멋대로인 건 여전하시고."

"쭉 그럴 생각이야. 그런 나도 상관없다고 네 발로 찾아온 거 아냐?"

아예 말문이 막혀 버벅거리고 있는 오아리의 뺨에서 흙을 지워주고 나뭇잎을 떼어냈다. 오아리는 움직이지 않고 그냥 서 있었다. 마치 딸내미 대하는 기분이 들어 일순 뿌듯하기까지 했다.

"꼴 봐라."

쯧쯧 혀를 차자 오아리가 그제야 당황해했다.

"제가 할게요."

"다 했어. 앞으론 이런 나뭇잎 같은 것도 안 돼. 내 여자한테 내 손 말고 다른 게 붙어 있게 둘 순 없지."

"사장님 손도 안 돼요!"

"뭐야? 그럴 거면 뭐 하러 사귄다고 나섰어? 손도 못 잡으면 대체 뭘 하란 거야?"

버럭 소리를 지르자 오아리가 이렇게 대답했다.

"누, 누가 계속 안 된대요? 쭉 붙여둘 것처럼 말하니까 그런 거지. 적당히 조절하면서 잡으면 괘, 괜찮달까……."

태규의 분노가 일시에 딱 멎었다.

"음, 너 진짜 나랑 사귈 생각이구나?"

"그, 그럼 가짜로 사귈 수도 있어요?"

"그럼, 좋아하는 건 언제 할래?"

"에?"

"에가 아니라 언제 나 좋아해 줄 거냐고. 사귀겠다고 말했으면 당연한 수순이지. 자, 언제부터 그럴래? 내일부터? 한 일주일쯤 기다리면 되나?"

"그, 그런 걸 누가 미리 정해놓고 해요?"

오아리의 얼굴이 빨개지고 있다. 그게 흐뭇해서 태규는 그녀의 뺨을 확 감싸 쥐고 다시 입을 쪽 맞췄다. 물론 또 떠밀렸지만 운동을 괜히 한 게 아니다. 오아리가 아무리 밀어대도 꿈쩍하지 않을 근력이 그에겐 있었다.

"사람 애먹이고 말이야."

그녀가 아무리 밀치고 화를 내도 태규는 그 입술을 좀처럼 놓아주지 않았다.

횡설수설 정신없는 말로 돌아온 그녀.

하지만 그 정도면 됐다.

아직은 횡설수설 정도면 충분했다.

학을 뗄 정도로 싫어하던 여자다. 사람 마음 자체를 봐주지 않던 여자다. 하지만 그게 동정이었건 아쉬움이었건 아무튼 하태규의 포기 선언에 어떤 식으로든 흔들렸다는 것, 그게 가장 중요했다.

아직은 그것이면 되었다. 저 정도면 엄청나게 발전한 것이라고 그녀가 고백한 거나 마찬가지다. 지금까지 들은 말 중에선 가장 희망적인 말이었다. 그 새침하고 이기적인 말들이 그를 들뜨게 했다. 머릿속을 술렁거리게, 심장을 두근거리게 했다.

그래, 그 정도면 되었다.

0과 1은 다르니까.

1이면 언젠가는 100이 될 가능성이 있다.

"충분하지, 1 정도면."

*

"내가 이럴 줄 알았지! 뭐가 좋아한다는 거야? 좋아한다는 사람이 이래? 이렇게 사람을 부려먹을 생각으로 가득 찬 인간인데!"

예전에도 그랬고 지금도 그렇고, 하태규 머릿속엔 오아리 부려먹는 것밖에는 안 들어 있다. 그렇게 사람 마음, 사탕인 양 녹일 것처럼 굴더니 이게 복수지 뭐가 복수냐? 진짜 유치하고 사악한 인간이다. 결국 받은 대로 돌려주겠단 거잖아!

아리는 빗자루를 패대기치며 입에서 불을 뿜고 있었다.

이게 어떻게 된 사연인가 하니, 어제 숨 막힐 때까지 키스를 한 하태규가 소파에 척 앉더니 갑자기 휴대폰을 갖고 와 지시를 내렸다.

"인사팀에 연락해서 비서 구한다는 공고 내."

이럴 수가!

아리는 소파에 털썩 앉아 그를 하염없이 쳐다보았다. 그가 휴대폰을 척 내리고 그녀를 마주 쳐다보았다.

"왜?"

"지, 지금 이상한 전화를 하셨지 말입니다."

"이상한 전화? 비서 채용하겠다는 전화잖아."

"제가 들어가겠다고 하지 않았나요?"

"내 여자로 받아주겠다고 했지, 비서까지 오케이한 기억은 없는데?"

"사장니임."

"애초에 한 번 변심하고 나간 인간을 뭘 믿고 내 옆을 맡겨?"

그렇게 말하면 찔리는 게 한두 가지가 아니겠지만 그래도 이건 아니지 않은가.

"그럼 어쩌라구요."

이 남자의 정신세계를 도통 모르겠다. 왠지 속은 것 같은 기분이라 아리는 버럭 소리쳤다.

"그럴 거면 사귀는 건 왜 하겠대요?"

"그건 그거고 이건 이거고. 그럼 넌 비서를 시켜줘야 나랑 사귀겠다는 거냐?"

윽! 양심에 바로 화살이 날아와 박혔다.

다 그런 건 아니지만 반쯤은 그런 것도 있는 것 같다. 하태규 때문에 돌아온 것도 사실이지만, 직장을 구해야 하는 이유도 있었다. 양쪽 다 날로 먹으려 든 건 역시 벌받을 짓이다. 하태규가 그렇게 호락호락한 인간도 아니고.

"그래요, 뭐. 저 뻔뻔한 인간이에요. 비서도 하고 사장님한테
도 돌아오고 그럴 생각이었어요! 백 좀 믿고 월급 좀 타보겠다
는데 그게 그렇게 나빠요?"

"하, 역시 그런 이유였군. 머리 팽팽 돌아가는 사악한 여자 같
으니. 남자의 순정을 이용해 먹어? 대놓고 말하니까 좀 덜 나쁜
짓인 것 같지?"

"그래서 저한테 복수할 생각이세요? 유치하다고 생각하지 않
으세요?"

"복수가 아니라 응징이지. 오아리의 남자로서와 네 상사로서
의 구분은 명확해야 하지 않겠어? 인수인계도 없이 단칼에 사직
서 내고 멋대로 나가 버리다니, 회사가 놀러 다니는 덴 줄 알아?
내가 너한테 뻑 가지만 않았어도 삼대를 괴롭힘당할 일이야. 하
지만 오 비서에 대한 믿음이 있으니 안 받아줄 수도 없고. 그래
서 조건을 걸 생각이야."

"……조건이 뭔데요?"

"별것 아니야. 비서 겸 한 가지만 더 하면 돼. 아줌마가 허리
디스크가 재발해서 수술했다잖아. 아줌마 대신 한 달만 일해."

한마디로 아줌마 대신 한 달 동안 가정부 하란 소리다. 이 인
간은 어떻게 된 게 툭하면 가정부를 못 시켜서 안달이다. 전생
에 가정부 하다가 죽은 귀신이라도 붙었나.

"속 좁은 나쁜 놈 같으니. 천 년을 살아도 안 변할 독종 같으니."

지극한 순애보를 가진 남자라고, 잠깐 변했다고 생각한 게 잘못이다. 하태규네 집 가정부만큼 힘든 일이 어디 있느냐 말이다. 때론 아주머니가 존경스러울 정도로 이 집 일은 하드했다. 일단 청소기도 없이 이 넓은 평수를 쓸고 닦을 생각을 하니 그것부터 막막했다.

"그래, 부려먹어라, 부려먹어. 허리 나갈 때까지, 그래서 분이 풀리실 때까지 부려먹어!"

"욕 다 했냐?"

뒤에서 불쑥 소리가 끼어들어 전신에서 전기가 흘렀다.

하태규다.

돌아보니 하태규가 반듯한 정장 차림으로 서 있었다. 재 출근하려나 보다.

"어머, 욕은. 감히 누가 욕을 했다고 그러세요? 지금 청소하잖아요, 청소."

들었더라도 시치미 뗀다. 그게 하태규 옆에서 3년 동안 버텨 온 비기다. 샐샐 웃으며 1분 전에 내팽개쳤던 빗자루를 다시 다소곳이 쥐어 들자 하태규가 혀를 찼다.

어쩌겠는가. 일단 하라는 대로 하면 약속은 지킬 인간이다.

모르고 돌아왔냐. 모르고 같이 설레었냐.

"왜 이렇게 팔자가 박복한지."

꿍얼꿍얼하는데 하태규가 현관으로 성큼성큼 걸어가며 이렇게 말했다.

"지하실 가면 청소기 있어. 그거 찾아서 써."

"네에?"

"약 세 대쯤 있을 거다."

저러고 있다.

그가 문을 열려 하기에 아리는 냉큼 그를 불렀다.

"사장님, 출근하시는 건가요? 그럼 비서인 제가 당연히 수행……."

"요트 사러 가니까 쓸데없는 소리 말고 청소나 잘해놔. 일단 네 사직서는 아직 내 책상 안에 있어. 그 봉투의 운명은 내가 쥐고 있으니까 똑똑한 머리로 잘 알아서 판단하라고."

그리고 그 인간은 휙 나가 버렸다.

"어쩐지, 일하러 가나 했더니 요트라고? 그거 타고 또 얼마나 판판 놀려고! 근데 아직 사표를 수리 안 했나?"

그나마 다행이라고 생각하며 청소기를 꺼내기 위해 지하실로 갔다. 거기엔 그의 말처럼 정말로 청소기가 있었다. 무려 세 대나. 최신형 무선 청소기에 강당처럼 넓은 곳을 청소하는 대형 청소기까지. 청소기 없는 집으로 유명하던 하태규의 집은 실상 청소기가 넘쳐 나는 집이었다.

"정말 말이 안 나온다. 도대체 뭘 먹고 크면 저렇게 되지? 사람이 얼마나 비뚤어지면 이렇게 청소기를 쌓아두고도 일부러 안 내놓을 수 있을까?"

어이가 없어 투덜거리는데 지하실 문이 끼익 열리며 김 기사가 들어왔다.

"누나, 돌아오셨군요! 역시 누나는 사장님 옆이 어울리지 말입니다."

"됐고, 왜 여기로 왔어? 하태규 방금 나갔는데 못 봤어?"

"봤지 말입니다. 근데 본인이 운전하시겠다면서 청소기 옮기는 거나 도우라던데요?"

"그, 그래?"

"와, 청소기 정말 크지 말입니다. 이걸 그동안 꿍쳐 놨던 겁니까? 정말이지 인간 본성의 끝을 보여주는 분이지 말입니다."

김 기사가 투덜거리며 청소기 옮기는 걸 도와주었다.

"왜 아니겠어. 청소기 없이 그 넓은 집을 청소시키면서 사람들 고생하는 모습 보며 얼마나 통쾌해했을까? 이건 단순히 사악의 수준을 넘어 악마야."

"근데 어째 이걸 내놓을 생각을 다 했대요?"

아리는 멈칫했다.

'그, 그러게?'

하태규는 과연 어떤 인간인가.

아무튼 청소기 덕에 그렇게 암담하던 쓸고 닦기는 무사히 끝났다. 박스째로 새 제품 그대로 보존되어 있던 청소기는 성능도 좋았다. 2층도 김 기사가 대형 청소기로 돌려주어 한숨 덜었고.

"어디 가? 점심이라도 먹고 가."

청소가 얼추 끝나니 점심시간이라 자장면이라도 시켜 먹을까 해서 불렀더니 김 기사가 어쩐지 서두르며 단번에 거절했다.

"아, 아니에요. 지금 바로 가야지 말입니다."

"왜? 그냥 같이 밥 먹고 가."

"시, 실은요, 사장님이 청소기 옮겨주고 청소 좀 도와주고 11시 전까지 얼른 집에서 사라지라고 명령하셨어요. 혹시라도 같이 노닥거리고 있으면 작살낸다고. 하태규 주제에 질투가 아주 하늘을 찌르지 말입니다."

"에에?"

민망해서 죽을 것 같았다.

"누님은 제대로 걸리셨지 말입니다. 부럽네요."

"부럽긴 뭐가 부러워? 내 꼴 당해봐야 정신을 차리지, 다들."

"아무튼 누나 팔자지 말입니다. 그럼 전 이만 사라질게요. 아참, 점심은 자장면 안 드시는 게 좋을걸요. 사장님 스케줄 오전에 끝나고 점심 전에 돌아오실 것 같던데, 그때 혼자 자장면 먹고 있다가 걸리면 작살나지 말입니다."

그렇게 김 기사는 마지막 어드바이스를 남기고 바람처럼 사라졌다.

"후우."

그러고 보니 자신은 지금 오 비서가 아니라 오 파출부였다. 청소 끝났다고 신나게 자장면이나 시켜 먹고 있을 때가 아니란 소리다. 그것도 하태규 집으로 자장면 배달 오토바이가 들락날락거리게 했다간 무슨 사단이 날지도 모른다.

아니나 다를까, 바로 그때 사장으로부터 문자가 도착했다.

〈1분 뒤 도착.〉

아리는 휴대폰을 휙 던지고는 현관 앞으로 가서 대기했다. 역시나 정확히 1분 뒤에 현관문이 벌컥 열리며 하태규가 안으로 들어섰다.

'빨리도 들어온다. 넌 대체 사장이란 직함은 왜 달고 다니니? 회사 안 나가?'

"다녀오셨어요? 만족스러운 거래가 되셨는지 모르겠네요."

아리가 공손하게 배꼽인사를 하며 맞이하자 하태규가 황당하다는 표정으로 흘끗 보곤 휙 지나쳤다.

"요트는 잘 구입하셨나요?"

"내가 요트 산다고 했나?"

"그러셨습니다만?"

"중간에 마음이 바뀌었어. 역시 오토바이가 좋아."

고딩이냐?

"하긴, 요트보다야 오토바이가 엄청 저렴하고…… 엄청 저렴할 리는 없겠죠? 암튼 오토바이는 위험한데 그런 건 왜 사고 그러세요?"

소파로 가려던 하태규가 휙 돌아봤다.

"너 지금 나 걱정하냐?"

아리는 움찔했다. 사실은 돈지랄한다고 욕하고 있었지만 그보단 정말 살짝 걱정됐던 것도 같다.

내 악마 내가 걱정하겠다는데 그게 잘못됐냐?

"실은 오토바이 별로 안 어울리실 것 같아서요. 그게, 이미지가 그렇잖아요. 기껏 돈 퍼부으면서 산 거면 아깝기도 하고……."

하태규가 혀를 끌끌 찼다.

"내가 탈 거 아니니까 이미지 타령 그만하시지. 어떤 녀석한테 줄 선물이야."

"……누구요?"

"그런 녀석 있어. 오토바이 엄청 좋아하는 유치한 녀석."

왜인지 그 말을 하는 하태규의 표정이 일순 순해 보였다. 놀랍게도 그가 아빠 미소 같은 걸 지었던 것도 같다. 눈매 같은 데도 유순하게 풀려 있고.

그 표정을 보아하니 누구를 말하는 건지 알 것 같았다. 동생한테 줄 선물인가 보다. 그러고 보니 하 사장 동생이 오토바이를 좋아했던 것도 같다. 그래도 인간이라고 동생한텐 저런 표정도 짓는구나.

하태규의 또 다른 면을 발견한 것 같다.

왠지 마음이 부들부들 풀리려 했다. 아마 영원히 풀렸을지도 모르겠다. 그다음 말만 하지 않았다면.

"뭐 해? 밥해."

하태규는 절대 상온을 오래 유지하도록 두지 않는다.

"내가 네 부엌데기야?"

라고 소리 지르는 상상만 했다.

꿈틀한 눈썹을 얼른 펴고서 아리는 친절하게 웃었다.

"안 그래도 지금 준비하려는 참이었습니다. 가정부가 당연히 식사 준비를 해야죠. 맛있는 가정식으로."

"할 줄 아는 건 있고?"

"그럼요. 제가 얼마나 요리를 잘하는데요. 한식요리사 자격증도 따두었답니다."

"심심했나 보네, 별걸 다 따두고. 난 한식 빼고 다 좋아해. 중식이 좋겠어. 양식도 괜찮고."

아리의 속에서 마그마가 끓었다.

"네, 알겠습니다. 그럼 양식으로 준비하겠습니다."

"됐고, 자장면이나 시켜."

주방으로 사뿐사뿐 걸어가던 아리가 고개를 갸웃했다.

"자장면이요? 너 자장면도 먹니? 헉!"

속으로 생각할 말을 계산 실수로 밖으로 흘려 버리고서 아리는 그야말로 식겁했다. 당연히 하태규의 눈썹이 활처럼 휘어져 있었다.

"하, 너 자장면도 먹니?"

"그것이…… 속으로 하려던 말인데……."

"그래서 속으로 그러셨다? 너 자장면도 먹니?"

"죄송합니다. 죽을죄를 졌습니다!"

아리는 바로 허리를 구십 도로 꺾었다. 문답무용! 무조건 자신의 실수다. 자장면을 시키기도 전에 자신이 궁중 프라이팬에 튀겨지게 생겼다.

"왜 그러세요, 오 비서님? 괜찮습니다. 제가 감히 자장면도 먹습니다. 왜냐하면 오 비서님께서 자장면을 참 좋아하신다니까 감히 저란 놈도 옆에서 먹어보려고 했습니다."

아리는 부들부들 떨며 사장의 시선을 피하려고 애썼다.

'죽었다, 정말.'

"제, 제가 자장면 좋아하는 건 어떻게 아셨어요?"

"김 기사님께서 그러시더군요. 1분 전에 방정맞은 카톡을 보내오셨어요. 오 비서님이 자장면을 먹고 싶어 하시지 말입니다, 라고 말이죠."

아리는 눈을 질끈 감았다.

어떻게 하지? 석고대죄라도 할까?

"사과의 의미로 자장면을 포기하겠습니다. 얼른 식사 준비할 테니까 조금만 기다려 주세요. 한 달 동안 전 분명히 집안일을 하기로 한 거니까요."

그리고 서둘러 주방으로 도망가려는 아리의 뒷덜미를 하태규가 확 낚아챘다.

"됐어, 음식 냄새 배잖아. 시켜 먹어. 난 내 주방 기구에 음식 냄새 배는 거 질색이야."

그러고는 배배 꼬인 나선형 계단으로 사라지는 그를 올려다보며 아리는 고개를 갸웃했다.

"주방 기구에 음식 냄새가 배는 게 싫으면 어디에 배야 되는 건데?"

아무튼 자장면은 배달되었다.

아마도 세상에서 가장 긴장되는 30분이었던 것 같다. 하태규와 단둘만의 점심시간이 자장면 마주 보며 먹기라니. 단무지가 코로 들어가는지 입으로 들어가는지 모를 지경이었다. 어찌어찌해서 식사 시간이 끝나고 아리는 뭘 해야 할지 고민하다가 아주머니에게 문자를 보내보았다.

〈내가 웬만한 건 하고 나왔는데. 그럼 싱크대 안 좀 정리해 줄래

요? 전에 접시들 새로 들여놓고 쓸 일이 없어서 그냥 뒀네.〉

그런 대답이 돌아왔기에 아리는 바로 싱크대 정리에 돌입했
다. 맡은바 일이 있다면 뭐든 눈에 띄는 결과를 내야 직성이 풀
려서 당장 소매를 걷어붙였다.

그런데 싱크대가 높아도 너무 높았다.

"인텔리전트 키친이라더니 이게 뭐가 인텔리전트야? 바보잖
아, 이거. 높이도 못 맞추고."

구시렁거리며 가장 위의 선반에서 커다란 접시들을 위태롭게
반쯤 끌어내는 찰나, 머리 위를 불쑥 지나쳐 온 손이 접시들을
다시 안으로 툭 밀어 넣었다. 누가 그랬을지는 돌아보지 않아도
알 수 있었다. 등 뒤에서 바로 기척이 느껴졌다. 심장이 쿵 해서
흠칫한 아리는 천천히 뒤를 돌아보았다.

"지금 뭐 하세요?"

"넌 뭐 하는데?"

"접시 꺼내서 닦으려고요. 새 접시들인데 아주머니가 경황이
없어서……."

"그래서 까치발로 바들바들 떨면서 접시 꺼내고 있으셨어?
그러다가 떨어뜨려서 깨지면 네가 다 보상할래? 파편이라도 튀
어서 나 피 흘리면 네가 나한테 수혈해 줄래?"

"잘 꺼내면 되잖아요."

"방금 전에 내가 원위치 안 시켰으면 절대로 깨졌어. 헛소리 그만하고 걔들은 그냥 거기 있게 둬. 어차피 찾아올 인간도 없는데 닦기는 뭘 닦아? 그리고 식기세척기는 폼으로 달아놨어? 너보다 더 깨끗하게 처리하니까 신경 쓰지 말라고. 알았어?"

"그럼 쓰지도 않을 접시는 뭐 하러 저렇게 사놓으셨는데요?"

"내가 샀어? 작은어머니가 사다가 처넣었지. 내가 경고했다, 건드리지 말라고."

"그럼 전 뭘 하면 되는데요?"

"뭔가 시킬 게 있겠지. 내가 시키면 해. 그전엔 아무것도 하지 마. 알아들었어?"

못 알아들었다.

"그럴 거면 뭐 하러 여기로 출근하라고 하셨는데요?"

"시킬 일 있다니까. 그때가 되면 하기 싫어도 사지육신을 다 동원해야 하니까 그전까지 튼튼하게 밥이나 많이 먹고 있어. 괜히 그때 가서 쓰러지기라도 하면 귀찮으니까. 가만, 그러고 보니 안색도 안 좋은 게, 너 황달 있냐? 건강검진 받아봐야 하는 거 아니야?"

아리는 자기 얼굴을 확 감쌌다.

화, 황달이라고?

"저 그런 거 없거든요?"

"없긴 뭐가 없어. 얼굴이 누런데. 간 안 좋은 거 아냐? 술 끊어!"

"아니라니까요! 저 엄청 건강하다구요."

"건강은 쥐뿔. 손은 왜 이렇게 작아? 이러고도 건강하다고?"

괜히 아리의 얼굴에 붙어 있는 손을 확 떼어내더니 손 갖고 난리다.

이젠 별게 다 불만이다.

"손 작은 거랑 건강이랑 무슨 상관이 있는지 모르겠네요. 근데, 이젠 손 작은 것까지 뭐라 그러세요?"

"손 키워."

그가 말도 안 되는 트집을 잡고는 손을 놓고 가버리자 아리는 어이가 없었다. 자신의 손을 내려다보았지만 그렇게 작은지는 모르겠다.

저것도 명령인가? 손은 대체 어떻게 키우면 되는 거야?

"피아노를 쳐야 하나?"

아무튼 하루 일이 끝나자 아리는 무사히 퇴근했다. 말이 출근이지 하루 종일 헛소리에만 시달린 것 같다.

하지만 그날 이후로도 비슷한 패턴은 계속되었다. 도통 일이라고 할 만한 게 없이 빈둥빈둥 놀면서 하태규한테 말대답하는 걸로 시간을 보내는 게 다였다. 그쯤 되니 지루하기도 하고 이게 뭔가 싶기도 하고, 무엇보다 쉬워도 너무 쉬어서 의심이 갔다.

그도 그럴 게, 막노동이라도 시키면 어쩌나 싶어 각오 단단히 하고 왔는데 며칠 동안 이어지는 일은 그저 때 되면 요리 시켜 먹기, 먼지 닦기, 청소기 돌리는 게 다였다.

"도대체 이건 또 무슨 종류의 사람 괴롭히기지? 왜 일도 안 시킬 거면서 사람을 붙들어두는 거냐고!"

이해를 할 수 없었다. 하지만 그 고민은 오래가지 않았다.

역시 하태규지. 하태규는 이래야 하태규지.

며칠 동안 잠잠하다 했더니 드디어 올 게 왔다. 수영장 바닥을 청소하란다.

"내가 팔에 알통이 사라진다 했다."

아리는 투덜거리며 청소 도구들을 챙겨 수영장으로 향했다. 그런데 물이 다 빠져 있어야 할 수영장엔 맑은 물이 차서 찰랑거리고 있었고, 거기서 한 마리 우아한 사람 남자가 유연하게 수영을 하고 계셨다.

누구겠는가. 하태규지.

아리의 시선이 그에게로 가만히 향했다.

14편

심장이 뛴다

"아, 하태규, 정말 왜 저런다니."

아리는 청소 도구를 탁 놓고는 쭈그리고 앉아 하태규를 바라보았다. 이러고 보고 있자니 하태규가 몸매 하나는 끝내준다. 타고난 축복받은 기럭지에 촘촘히 잡힌 팔의 근육들, 움직일 때마다 유연하게 물결치는 견갑골이라거나 목의 근육, 쭉 빠진 등선과 탄탄한 허벅지까지.

사람을 이렇게 어이없게 하는 인간만 아니라면 박수를 쳐주고 싶을 정도다.

자신은 지금 그를 어떻게 여기고 있는 걸까?

마음이 움직인 건 사실인데.

그렇다면 이제 그를 좋아하는 걸까?

그를 두고 좋아하느니 어떠니 판단하는 게 왠지 낯설어서 미뤄두고 있었지만 끌리는 건 사실이다.

과연 사람을 좋아한다는 건 어떤 걸까?

지금 이 감정이랑 뭐가 같고 뭐가 다른 걸까?

아직은 좀 버겁기도 하고, 얼굴 마주치면 때때로 흠칫흠칫 놀라고, 갑자기 화낼까 봐 눈치도 보이고, 문득문득 진지하게 생각해 주는 말을 하면 깜짝이야 싶고, 달콤한 말을 하면 당황스럽고. 그렇게 보면 세상 사람들이 말하는 '좋아한다'와는 다른 것 같지만, 그렇다고 '아니다'라고도 경솔하게 말할 수 없는 기분.

그래, 타인의 좋아하는 기분과 비교해서는 끝까지 답을 얻을 수 없다.

다른 사람을 좋아하던 기분과 비교해도 안 된다.

이건 오로지 하태규를 대하는 자신의 마음. 그 마음은 아마도 다른 사람들의, 혹은 다른 사람을 향하던 그것과는 다른 것일 테니. 하태규란 사람이 특이한 만큼 그 사람을 향하는 마음도 같이 특이해지는 거겠지.

지금은 그저 이 마음을 좀 더 소중하고 조심스럽게 품고 있고 싶었다. 너무나 많은 위태로움이 있었기에 살짝 부는 바람에도 흔들릴까 봐 아리는 그게 겁이 났다. 아직 해결되지 않은 문제가 산적해 있었기 때문에.

함부로 드러냈다가 타인에 의해 먼저 감지되어 더 깊어지기도 전에 방해받을까 봐 겁이 났다. 지금은 그런 기분이다.

“거기서 왜 또 그렇게 넋 놓고 있어? 또 내 욕했어?”

“바닥 청소하라고 하셨는데 사람이 빠져 있어서요.”

“이리 와봐.”

“왜, 왜요?”

“와서 물 빼야 할 거 아냐! 내가 하리?”

성질을 내기에 아리는 반사적으로 다다다 달려갔다.

“물은 어디서 빼면…….”

가장자리에서 물 뺄 장치를 찾느라 여념이 없는데, 젖은 손이 불쑥 다가와 아리의 손목을 잡아 수영장 안으로 확 끌어당겼다.

풍덩!

불시의 공격에 놀랄 틈도 없이 물에 빠져 허우적거리던 아리는 뭔가 단단한 것에 끌어 올려져 기침을 해대며 겨우 정신을 차렸다.

무, 물 먹었다.

“갑자기 뭐 하시는 거예요!”

“사람이 빠졌다며. 그럼 건져 내야 할 거 아냐. 자, 빨리 건져 내봐.”

“어휴, 정말 얄미워.”

아리는 젖은 머리카락을 뒤로 넘기며 하태규를 있는 대로 노려보았다. 물속에서 블라우스에 검은 스커트 차림은 여간 불편한 게 아니었다. 저 못된 인간 때문에 다 젖어버려서 쩍쩍 달라붙고 난리였다.

"저 나갈래요."

"넌 아무렇지도 않냐?"

허우적거리며 하태규의 품에서 빠져나가려던 아리가 멈칫했다.

"이렇게 닿아 있는데도 넌 아무렇지도 않은 표정이야."

아리의 눈이 커졌다.

"난 너랑 1cm만 가까워져도 심장이 미친 것처럼 뛰어대는데 넌 언제나 아무렇지 않게 내 얼굴을 봐. 난 어떻게든 너와 좀 더 있고 싶은데 넌 어떻게든 필사적으로 일거리를 찾으려고 들어. 난 네가 왜 너한테 그런 조건을 걸었는지 빨리 알아줬으면 싶은데, 넌 그쪽으로는 일말의 가능성도 안 두지."

아리의 눈동자가 흔들렸다.

"아니면 일부러 모르는 척하는 건가?"

젖은 그의 얼굴에서 물빛이 반짝거렸다. 그래서일까, 그의 검은 눈동자가 일순 슬퍼 보였다. 물기가 눈물로 비친 기분.

"괜찮다고 위안은 하지만, 그럴 때마다 자꾸 속상해져서 말이야."

그가 허탈한 표정으로 웃었다.

방금 전까지 그의 생각을 하고 있었다. 하지만 자신은 정말은 그를 제대로 생각하지 않았는지도 모르겠다. 그래서 하태규가 이런 말을 하면, 슬픈 표정을 하면 벌을 받는 것처럼 가슴이 아팠다. 그 아픔이 점점 더 선명해지고 있다는 걸 그러는 당신은 왜 모르지?

"요즘의 난 내가 봐도 유치해. 수영장 청소하라고 시켜놓곤, 사실은 나 좀 봐주쇼 하고 널 부른 거야. 내가 이런 짓까지 하고 있어. 그런데 정작 당사자는 청소할 생각이나 하고 있으니, 쯧. 너 불감증이냐?"

"무, 무슨 소릴 하시는 거예요?"

하태규 때문에 정말 머리가 어지러웠다.

"사장님이 자꾸만 너무 직접적으로 나오니까, 너무 적극적으로 말하니까 제가 말할 자리가 없어지잖아요. 나름 열심히 생각하고 애써 고민하고 있는데, 자꾸만 사장님이 먼저 왜 넌 생각도 안 하냐고 닦달하니까……."

그가 피식 웃었다.

"그럼 뭔가 말할 용의는 있다는 거네?"

"그, 그래요."

"좋아, 그 말 믿어보자. 아무튼 난 네가 좋으니까."

"또 그러잖아요, 지금 또!"

그가 부드럽게 웃었다. 가만히 손을 뻗어 아리의 머리카락을 만지작거렸다.

"어쩔 수 없어. 난 너만 생각할 거야."

아리의 얼굴에 열이 확 번졌다. 그의 직설화법이 그녀를 자꾸만 코너로 몰았다. 뭐든 화려하고 절실하게 표현하는 그의 앞에서 자신의 말 따위엔 힘이라곤 하나도 없을 것 같다. 그저 그가 한 말을 반복하는 것밖에 안 될 것 같아 자신도 없고, 뭐라고 해도 그에 비해 늘 모자랄 것만 같다.

그와 아슬아슬할 정도로 몸이 맞닿아 있다는 게 신경 쓰였다. 그의 가슴이 한없이 넓다는 것도, 문득 기대고 싶어질 정도로 아주 단단하다는 것도 점점 더 선명하게 인식이 되었다.

곤란하면서도 설레었다.

부담스러우면서도 두근거렸다.

이런 감정, 낯설면서도 반가웠다.

자신도 그에게 달콤한 말을 해주고 싶었다. 사장과 비서이던 관계가 좀 더 빨리 서로만을 생각하는 평범하고 행복한 연인 관계가 되었으면 좋겠다. 그럼 지금보다는 더 마음이 편할 것 같았다. 의도와 다르게 그를 상처 입히는 건 아무리 자신이라도 싫었다.

생각에 빠져 있는데 그가 문득 아리의 손을 잡아 자신의 심장 쪽으로 끌어당겼다. 맨 피부 아래에서 그의 심장박동이 선명하게 전해졌다.

아리의 심장도 동시에 쿵쿵 뛰었다.

"봐, 단단하지? 이 정도 몸매면 감탄스러울 지경이지? 너 바로 이런 남자의 사랑을 받고 있는 거라고."

분위기, 깨졌다.

"사장님은 남이 사장님 칭찬을 안 해주니까 자기가 자기 칭찬하는 거죠?"

하태규는 대답이 없었다. 명백한 공격에도 그냥 엷게 웃으며 그녀를 바라보고 있다. 장소 때문일까, 시간 때문일까, 그의 얼굴이 홀릴 정도로 잘생겼다는 걸 인정했다. 이제야 장막이 걷히고 그의 얼굴이 제대로 보인 기분. 선입견을 지우고 본 그의 얼굴은 이렇게나 매력적이었다. 3년 동안 자신은 무슨 최면에 빠졌던 걸까? 저 얼굴 때문에 이제야 설레다니.

그가 아리의 손 위에 자신의 손을 겹쳤다. 손바닥 아래론 그의 심장이, 위론 그의 커다란 손이 있다. 박동은 두 배로 더 선명하게 손바닥을 울렸다.

"들려?"

아리의 눈동자가 흔들렸다.

"들어줘, 계속."

이상하게 순간 아리의 눈동자가 촉촉해졌다.

"너도 언젠가는 말해줄 거지? 사랑한다고. 그러니까 그때까지 내 옆에 꼭 붙어 있어. 절대 도망가지 말고.”

이 사람은……

왜 이렇게 사람을 흔드는 걸까?

왜 이렇게 사람을 아프게 하는 걸까?

왜 이렇게 자신에게 잘해주는 걸까?

왜 이렇게 사람을 감동시키는 걸까?

자신의 무엇이 잘났다고 이런 거침없는 마음을 전해주는 걸까.

“저는…… 예쁘지도 않고 잘나지도 않았는데, 집안이 잘난 것도 아니고. 그런데 왜 저한테 이렇게 잘해주는 거예요? 왜 절 좋아하시는 거예요?”

자신도 모르게 그런 말이 흘러나갔다.

긴장된 시간이 흘러갔다. 하지만 그는 생각지도 못한 방식으로 대답을 해주었다. 얼굴을 감싸 쥐고 누르듯 힘껏 키스를 한 것이다.

아리의 눈이 뎅그레졌다. 젖은 입술끼리의 마찰이 선명하게 느껴진 순간 그가 입술을 떼고 아리의 몸을 덜렁 들어 수영장 밖으로 나왔다. 그가 내려주자 똑바로 선 아리의 몸이 오한이라도 온 듯 부르르 떨렸다. 물 밖의 기온 때문일까? 아니, 자신의 심장이 너무나 뜨거워서다. 그래서 기온 차가 너무나 많이 난 탓이다.

바들바들 떨고 있는 그녀의 몸을 커다란 타월이 감싸주었다. 고개를 들자 그가 타월로 아리의 몸을 꼼꼼히 덮어주고 있었다.

"……."

뭔가를 말하고 싶다. 뭐든, 무슨 말이든…….

더 이상 그를 혼자만의 공간에 두어선 안 될 것 같다는 예감이 강하게 들었다. 이상하게도 초조한 마음이 들었다.

말해야 했다. 아니, 말하고 싶었다.

내 마음이잖아.

내가 아니면 누가 알아.

그 순간 그가 너무도 다정하게 아리의 이마에 입을 맞추는 바람에 아리는 그대로 정지했다. 공기처럼 가벼운 입맞춤. 심장이 저릿할 정도로.

그가 아리와 눈을 맞추고 가만히 그녀의 젖은 뺨을 쓸어주었다. 하태규라고는 할 수도 없는, 얼마 전까지도 상상도 못한 상냥한 눈매로 한참을 그렇게 뺨을 쓸다가 손등으로 톡톡 두드렸다.

"사실 생각해 보면 그래. 너는 그렇게 예쁘지도 않고, 집안이 잘난 것도 아니고. 모과랑 너랑 섞어 바구니에 담아서 시장에 내놓으면 뭐가 모과고 뭐가 사람인지 구분 못할 정도야."

"……말 다 하셨어요?"

“그런데도 나는 그냥 네가 좋아.”

가슴이 저릿했다.

“나도 몰라. 그냥 너한테만 심장이 뛰어.”

심장이, 뛴다.

그의 것처럼, 아니, 그의 것 이상으로 자신의 심장도 뛰었다.

“춥다. 들어가.”

“사장님…….”

“아, 나 내일부터 지방 간다. 일주일 정도 예정이니까 그동안 청소 열심히 하고 있을 것!”

“네?”

“이번에도 안 따라가면 영감이 호적에서 파버리겠다고 난리야. 그러기엔 버려야 할 게 좀 많잖아?”

멍하니 선 아리를 흘끗 쳐다보곤 그가 가운을 걸치며 먼저 갔다. 아리는 멀어지는 그의 등을 바라보고 섰다가 갑자기 마음이 급해져서 그를 부르려다가 그만두었다.

이상한 여자가 아닌가. 좀 떨어져 있겠다고 하니 그게 갑자기 불안해지기라도 한 건지. 지금까지도 갑자기 증발했다가 생각지도 않을 때 불쑥불쑥 나타난 게 한두 번이 아닌데.

아리는 천천히 손을 내렸다.

그럼에도 이상한 기분.

등을 보이며 멀어지는 그를 보고 있자니 왠지 모르게 뭔가가 툭 하고 걸렸다. 뭔지는 모르겠지만 아무튼 뭔가가.

　마치 답답한 것처럼,

　불안한 것처럼.

　그리고 며칠 후 그 소식을 들었다.

2권에서 계속…